HEYNE BÜCHER

HAFFMANS KRIMINALROMANE
BEI HEYNE

W0309307

GEORGE BAXT

Mordfall für Mae West

KRIMINALROMAN

AUS DEM AMERIKANISCHEN
VON
GEORG DEGGERICH

WILHELM HEYNE VERLAG
MÜNCHEN

HAFFMANS KRIMINALROMANE BEI HEYNE
Herausgegeben von Gerd Haffmans und Bernhard Matt
Nr. 05/111. Im Juli 1995.

Die Originalausgabe
»The Mae West Murder Case«
erschien 1993 bei St. Martin's Press, New York
Copyright © 1993 by George Baxt

Für
Margaret Longbrake

Deutsche Erstausgabe

Alle deutschsprachigen Rechte vorbehalten
Copyright © 1995 by
Wilhelm Heyne Verlag GmbH & Co. KG, München
Printed in Germany 1995
Konzeption und Gestaltung: Urs Jakob
Umschlagillustration: Archiv Engelmeier, München
Umschlaggestaltung: Atelier Ingrid Schütz, München
Gesamtherstellung: Ebner Ulm

ISBN 3-453-08987-1

EINS

»Schön, daß Sie bei uns waren«, sagte die leicht beschwipste Gastgeberin.

»Honey, es war mir ein Vergnügen.« Die Stimme war unverkennbar. Verführerisch, spöttisch, gespielt aufrichtig.

»Und ich soll wirklich kein Taxi bestellen?« fragte sie besorgt. »Es ist furchtbar spät.«

»Ich habe es nicht weit bis nach Hause, Honey. Ich kann den Spaziergang gebrauchen. Gute Nacht, Liebes.«

»Kommen Sie gut heim!« Die Gastgeberin schloß die Tür und glitt mit einem ungemein blöden Ausdruck auf ihrem Allerweltsgesicht langsam auf den Boden der Eingangshalle.

Der Vollmond lugte verstohlen durch die Palmen. Los Angeles ist widerlich mit seinen Palmen. Die Bäume sind innen hohl und dienen Rattenfamilien als Behausung. Ein gerissener Bauspekulant hatte sie vor etwa vierzig Jahren nach Hollywood und in die nähere Umgebung eingeschleppt. Die Lady, die gemächlichen Schrittes zu ihrer Villa auf der Highland Avenue in West Hollywood zurücklief, war gleichfalls eine gerissene Spekulantin. Für ihren Auftritt bei der Party hatte sie einhundert Dollar kassiert. Sie hätte es auch gratis gemacht, nur um das neue Material auszuprobieren, das sie für einen bevorstehenden Kabarettauftritt einstudiert hatte.

Um ihren Hals wand sich eine kunstvoll verschlungene Federboa. Ihre Hände lagen zu beiden Seiten auf weitgeschwungenen Hüften. Sie sang leise vor sich hin. »Frankie and Johnny were lovers, o yeah.«

Es war zwei Uhr früh. Die Hollywood Avenue war menschenleer. Sie wußte, daß alle Straßen der Stadt menschenleer waren. Auch am hellen Tag waren sie die meiste Zeit verlassen. Los Angeles war eine Autofahrer-Stadt. Der öffentliche Personenverkehr war ein Witz. Los Angeles war ein Witz.

Ohne die Filmstudios wäre Los Angeles eine Geisterstadt. Die Studios befanden sich im Aufschwung. Die große Depression gab zwar auch in diesem Jahr, 1936, Grund zur Sorge, aber der Präsident der Vereinigten Staaten, Franklin Delano Roosevelt, leistete Großartiges bei dem Versuch, eine gesunde Wirtschaft auf die Beine zu stellen. Sie lauschte regelmäßig andächtig seinen *Kaminfeuer-Gesprächen* im Radio, und der charmante Ton seiner Stimme verzauberte sie und gab ihr Vertrauen.

Ihre Handtasche baumelte wie ein Pendel hin- und herschwingend an ihrem rechten Handgelenk. Sie erreichte den gepflasterten Weg, der zu ihrer Veranda führte. Verflixt. Sie hätte schwören können, das Licht auf der Veranda angelassen zu haben, als sie zur Party gegangen war. Sie kramte in ihrer Handtasche und fand den Hausschlüssel. Ihr war, als hörte sie ein Rascheln in den hohen Hecken, die den Weg säumten. Sie drehte sich um und schnappte nach Luft.

Sie hatte das Gefühl, als wäre er ihrer Vorstellung entsprungen. Er trug ein schwarzes Cape mit einer Kapuze, die seinen Kopf bedeckte und sein Gesicht beschattete. Seine Hände hielten ausgestreckt die Zipfel des Capes und gaben ihm auf groteske Art das Aussehen einer obszönen Fledermaus.

Sie verspürte keine Angst. Sie war amüsiert. Ihr Leben lang hatte sie mit Männern zu tun gehabt. Und nie war es ihr in den Sinn gekommen, daß sie einmal einem begegnen könnte, der gefährlich wäre. Er sagte nichts. Er stand einfach nur da. Ein Windhauch ließ das ausgebreitete Cape leicht flattern.

»Womit kann ich dienen?« Sie bewies dreisten Mut.

Er kam langsam auf sie zu. Sie überlegte, was passieren würde, wenn sie schrie. Rechts von ihr wohnte ein älteres Paar, und beide waren mehr als leicht taub. Ihre Nachbarn zur Linken betrieben eine Bar mit Grillrestaurant im Zentrum Hollywoods, und sie bezweifelte, daß sie bereits zu Hause waren. Polizeistreifen waren in dieser Gegend unbekannt.

»Also, hör zu, Honey, wenn das hier ein Scherz sein soll, dann ist mir die Pointe entgangen.« Sie war überrascht, wie ruhig sie sprach. Blitzartig fiel ihr ein, daß es ihr mieser Ex-Mann im Kostüm sein könnte, der sie ausrauben wollte. Sie hatte ihn früher am Abend gesprochen und ihm gesagt, sie müsse zu einer Party. »Schlag es dir aus dem Kopf, Louis. Du bekommst keinen Pfennig.« Das Mondlicht fiel für einen Augenblick auf seine rechte Hand. Sie erblickte den Ring, diesen furchtbaren Ring, der da auf sie zuschoß, ein Fledermauskopf mit zwei vorspringenden Zähnen. Er kam über sie und warf sie zu Boden. Die Zähne bohrten sich in ihre Kehle. Seine linke Hand vollführte eine flinke Bewegung, und sie seufzte, als die Messerklinge in ihr Fleisch drang und ihr Herz traf. Mit ungläubigem Staunen blickte sie zum Himmel auf. So hatte sie sich ihren Tod nicht vorgestellt. Sie hatte sich ausgemalt, über achtzig zu werden und von der Aufregung eines letzten, wonnevoll genossenen sexuellen Abenteuers ihr Leben im Schlaf auszuhauchen.

Obwohl das Leben aus ihr wich, schauderte sie, als sich sein Mund auf die Wunde an ihrem Hals legte und das heraussickernde Blut aufleckte, eifrig schlabbernd wie ihr nimmersatter Pekinese, wenn er eine Schale Hühnersuppe vorgesetzt bekam. O Gott, o Gott, wie herrlich. Dahinzuscheiden ist eigentlich gar nicht mal so übel. Was für ein Abgang.

Am nächsten Morgen führte Penelope Granger ihre Promenadenmischung Wilhelmina spazieren, ein Tier mit unentwirrbarem Stammbaum. Es war kurz nach sieben, und Penelope und Wilhelmina trugen ihre üblichen Meinungsverschiedenheiten aus. Wilhelmina zog Penelope zu einem Laternenpfahl, und Penelope riß sie brutal zurück. »Nicht den da, Wilhelmina. Ich weiß, ihr Hunde hinterlaßt euch beim Pinkeln gegenseitig Botschaften, aber den da drüben benutzt diese fette Dogge, und ich habe dir schon oft gesagt, der ist viel zu groß für dich Fliegengewicht, und was schlimmer ist, er hat schlechte Manieren. Er sabbert. Wie wär's mit der hübschen Palme hier?« Aber Wilhelmina hatte ihren eigenen Kopf. Auf dem gepflasterten Weg zu ihrer Rechten lag etwas Interessantes, und sie war fest entschlossen, es näher zu untersuchen. Sie hastete den Weg hinauf. Darauf nicht gefaßt, entglitt Penelope die Hundeleine, und sie fiel beinahe vornüber aufs Pflaster.

»Du miese Töle!« schrie Penelope, während sie ihr Gleichgewicht wieder zu gewinnen suchte.

Wilhelmina ließ sich durch die Kette von Schimpfwörtern nicht beeindrucken, die wie ein Pfeilhagel eines wütenden Eingeborenenstammes auf sie niederging. Sie roch ein bezauberndes Parfüm und dachte nach, während sie die neben der Leiche liegende Federboa im Maul hielt, obwohl sie mit Blut verschmiert war.

Penelope Granger war für einen Moment auf dem Gehweg festgefroren. Eine Hand flog an ihren Mund. Die Leiche lag in grotesker Haltung, mit weit aufgerissenen Augen, die ins Leere stierten. Penelope starrte auf eine dralle Blondine mit einer Figur, die früher als Stundenglasfigur bezeichnet wurde. Ihr Kostüm paßte eher in die Zeit der Gay Nineties. Ihre Handtasche war mit Perlen besetzt und billig. Am Hals hatte sie eine Wunde, deren Blut geronnen war. Penelope trat etwas näher, um das Gesicht genauer zu betrachten. Sie kannte diese Person. Sie verehrte sie. Sie war so durchtrieben. So ausgelassen. Nahm sich selbst und ihr Publikum immer auf den Arm. O mein Gott. Es darf nicht sein. *Sie ist tot. Man hat sie ermordet.*

Penelope öffnete ihren stattlichen Mund und schrie: *»Mae West ist tot! Man hat Mae West ermordet!* Hilfe! Polizei! Jemand hat Mae West ermordet!«

»Natürlich handelt es sich nicht um Mae West«, sagte Detective Herb Villon zu seinem jüngeren Kollegen, Jim Mallory. »Niemand ermordet Mae West, außer ein paar Kritiker.«

»Ich könnte darauf hereinfallen«, sagte Jim Mallory. »Dies hier ist das perfekte Double.«

Die Detectives hatten von einem Paar mittleren Alters, die ihrer Auskunft nach eine Bar mit Grillrestaurant betrieben, erfahren, daß der Name des Opfers Nedda Connolly lautete. Die beiden hießen Ross und Audrey Ditmars. »Sie verdiente ihr Geld durch Mae-West-Imitationen«, erzählte ihnen Audrey Ditmars. »Sie war sogar verdammt gut. Armes Ding. In einigen Wochen hätte sie in irgendeinem Schuppen in Santa Monica auftreten sollen. Es war hart, an den Vertrag heranzukommen – wo es gegenwärtig so viel Konkurrenz unter den Mae-West-Imitatoren gibt.«

»Die Lage bessert sich«, sagte Herb Villon spitz. »Sie ist die dritte Mae-West-Imitation, die es in den letzten vier Monaten erwischt hat.« Die zwei davor waren männlich, Larry Hopkins und Danny Turallo. Während er die Leiche von Mrs. Connolly untersuchte, teilte der Gerichtsmediziner den Detectives mit, daß der Modus operandi der gleiche wie bei den Vorgängermorden war: zwei Wundmale oberhalb der Halsvene, ein tödlicher Messerstich ins Herz.

»Es scheint, als ob jemand etwas gegen Mae-West-Imitatoren hat«, sagte Villon in die Runde.

»Vielleicht Mae West«, warf Mallory ein.

»Mae West legt zwar Leute um«, sagte Villon, »aber ihre Waffe ist die Zunge. Mich beunruhigt eher die Frage, wie viele solcher Morde wir noch bekommen?« Er wandte sich an die Ditmars: »Und Sie haben kein Schreien gehört?«

»Wir haben überhaupt nichts gehört. Wir sind erst nach drei Uhr heute früh nach Hause gekommen. Wir schlossen die Bar wie gewohnt um zwölf, manchmal ist es sogar noch früher, weil wir in der Innenstadt sind, und Sie wissen ja, sobald die Kinos zugemacht haben, ist es da still wie im Leichenschauhaus. Danach haben wir mit dem Barkeeper und ein paar Kellnern gepokert. Sie muß bereits tot gewesen sein, als wir nach Hause kamen.«

»Was ist mit den Leuten, die auf der anderen Seite wohnen?«

»Ziemlich alt und ziemlich taub. Außerdem gehen sie früh ins Bett«, sagte Ross Ditmars zu Villon.

»Wieso hat ihre Neugierde sie nicht vor die Tür gelockt?« überlegte Villon laut.

»Oh, neugierig sind sie schon«, sagte Audrey. »Sie schielen durch ihre Sonnenblenden zu uns herüber. Sie sind sehr ängstlich. Sie können versuchen, mit ihnen zu reden, aber sie werden nichts in Erfahrung bringen. Zumindest nichts Nützliches, denke ich.«

Jim Mallory hatte die Hecke näher untersucht. »Er hat sich hinter diesen Sträuchern hier versteckt. Sieh nur. Ein paar Zweige sind abgebrochen.«

»Fußabdrücke?« fragte Villon.

»Verwischt.«

»Arme, arme Nedda«, sagte Audrey Ditmars. »Was soll jetzt aus ihrem Kanarienvogel und ihrem Hündchen werden?«

»Lady, darüber zerbreche ich mir im Augenblick am wenigsten den Kopf. Was ist mit Männern? Haben Sie irgendwelche bestimmte Typen gesehen, die sie besucht haben?«

Audrey Ditmars reckte sich zu ihren stolzen einsfünfzig und sagte schnippisch: »Wir sind keine Spanner. Ich liege nicht hinterm Küchenfenster auf der Lauer, um meine Nachbarn auszuspionieren.«

»Da war diese Ratte Louis«, warf Ross Ditmars dazwischen.

»Wer ist Louis?« fragte Villon.

»Ihr Ex«, sagte Audrey. »Billiger Typ. Spielhöllenganove. Wollte ständig Geld von ihr. Wenn Sie bei uns auf dem Revier nachfragen, werden Sie erfahren, daß sie ihn ein paarmal einsperren ließ, weil er sie verprügeln wollte.«

»Klingt charmant«, sagte Villon.

Audrey lächelte verkniffen. »Oh, er hat bekommen, worauf er aus war. Ross hier« – sie zeigte auf ihren Mann – »hat ihn einmal ordentlich in die Mangel genommen.«

»War mir ein großes Vergnügen«, sagte Ross strahlend.

»Das Gelände hier wird auf die übliche Weise abgekämmt«, sagte Villon zu Mallory. »Laß schnell ein paar von den Jungs rüberkommen. Ich bezweifle aber, daß wir irgend etwas von Bedeutung finden werden, aber sag ihnen, sie sollen sich trotzdem die Mühe machen.«

Einige Reporter und Fotografen waren erschienen. Während Villon den Reportern sein spärliches Wissen mitteilte, wurden die Fotografen an Penelope Granger und ihre Freundin Wilhelmina verwiesen, die still auf den Stufen zur Veranda gehockt und gewartet hatte, von Villon entlassen zu werden. Penelope war entzückt darüber, für die Kamera posieren zu dürfen, während sie den Reportern erzählte, wie sie und Wilhelmina die Leiche gefunden hatten.

»Hey, Herb, glauben Sie, wir haben es mit einem Jack-the-Ripper zu tun?« fragte ein Reporter Villon.

»Ich bezweifle, daß es Jack-the-Ripper ist. Aber es ist jemand von seinem Kaliber. Wirklich ausgezeichnet.«

Ein zweiter Reporter, der einen Funken Intelligenz besaß, sagte: »Die Wundmale am Hals. Vielleicht ist es ein Vampir wie Dracula.«

»Sieht ganz so aus, nicht wahr?« sagte Villon. »Nun, Jungs, wir alle wissen, daß es in dieser Stadt unzählige Vampire gibt. Und wenn sie ihre Beißerchen nicht in euren Hals schlagen können, suchen sie sich eben etwas genauso Zartes.«

»Ich frage mich, was Mae West von diesen Morden hält«, sagte Mallory. »Glaubst du, sie läßt sich dadurch nervös machen?«

Mae Wests Apartment im obersten Stockwerk eines schneeweißen Gebäudes im Zentrum von West Hollywood nahm die ganze Etage ein. Es war mit erlesenem Mobiliar bestückt und ganz in Weiß gehalten. Sie liebte Weiß. Ihre makellose Haut war leuchtend weiß. Was ihre Kleidung betraf, bevorzugte sie Marineblau und andere dunkle Blautöne oder Schwarz. Obwohl sie groß wirkte, war sie von überraschend kleiner Statur, vielleicht ein paar Zentimeter über einen Meter fünfzig. Um den Eindruck von Größe zu unterstützen, trug sie speziell für sie entworfene Schuhe, die sie zehn oder zwölf Zentimeter größer machten. Nur wenige enge

Freunde wußten davon, weil sie gezwungen war, sich sehr vorsichtig zu bewegen und immer langsam und bedächtig einen Fuß vor den anderen setzen mußte, um nicht hinzufallen. Es war das von ihr so geschickt kultivierte übervorsichtige Auftreten, das ihre Hüften schwingen ließ, ihrem Körper einen so geschmeidigen und grazilen Gang verlieh, und siehe da, das legendärste Sex-Symbol der Welt war geboren.

An diesem sonnigen Morgen, während das Sonnenlicht in das ganz in Weiß möblierte Wohnzimmer fiel, lehnte das Sex-Symbol auf seiner weißen Couch und plauderte mit einer Besucherin. Der Gast war Agnes Darwin, und während der Raum und die Gastgeberin strahlend hell und fröhlich wirkten, war Agnes Darwin schwarz und düster. Im Gegensatz zu Mae West bestand Agnes aus Haut und Knochen. Ein schwarzer Turban war um ihr noch schwärzeres Haar geschwungen. Ihre stechenden, grünbraunen Augen verschwanden fast unter den dick geschwärzten Lidern. Sie trug ein langes, purpurfarbenes Kleid, das bis zu den Knöcheln reichte und so schlabbrig herunterhing, daß es ihr jede Form nahm. An ihren Ohren baumelten zwei von ihr selbst entworfene, handgefertigte Ohrringe, zwei Hexen auf ihren Besenstielen, die zweifellos bedrohlich wirkten. Ihre langen, gefährlich aussehenden Fingernägel waren in dunklem Purpur lackiert. Obwohl ihre Gastgeberin es nicht ausstehen konnte, rauchte sie eine türkische Zigarette mit einer langen, purpurfarbenen Spitze. Eins von Maes beiden schwarzen Dienstmädchen kam mit einem Teewagen herein, auf dem Kannen mit Tee, Kaffee und Kakao standen. Daneben gab es Tabletts mit verschiedenerlei Gebäck und raffiniert mundgerecht geschnittenen Sandwichstückchen mit Gurke und Butter. Auf die kritische Bemerkung ihres Gastes erklärte Mae zu den Sandwiches: »Daran muß man sich erst gewöhnen, Honey. Ich habe es von einem englischen Liebhaber, den ich Fünfundzwanzig oder Sechsundzwanzig in New York kennenlernte. Er war auf der Flucht vor Scotland Yard, wie ich später herausfand, nachdem ich ihm den Laufpaß gegeben hatte. Als ich zuletzt von ihm hörte, brummte er auf Devil's Island seine Zeit ab, der alte Teufel. Greif zu, Agnes. Desdemona« – zum Dienstmädchen gewandt –, »du machst bitte die Honneurs. Was darf's sein Agnes, Tee, Kaffee oder Kakao?«

»Keinen Gin?« Es war eine Baritonstimme.

»Also, du weißt doch, daß ich keine harten Sachen im Haus habe. Vielleicht etwas Brandy zu medizinischen Zwekken, oder ein paar Bier für die Jungs. Alkohol hat meinen Vater umgebracht, Gott hab ihn selig, und dieses türkische Höllenkraut wird auch dich ins Grab bringen. Mach diese Zigarette aus, oder ich bekomme noch einen Erstickungsanfall. Für mich Tee, Desdemona. Was macht Goneril?«

»Sie kocht das Mittagessen.«

Agnes deutete auf den Teewagen. »Und was ist das hier?«

»Frühstück«, sagte Mae. »Nebenbei bemerkt, ich erwarte Besuch von zwei Detectives.«

Agnes' Augen verengten sich. »Du steckst in Schwierigkeiten?«

»Ich?« Sie lächelte mit funkelndem Blick. »Ach, Agnes, auf die ein oder andere Art stecke ich laufend ich Schwierigkeiten. Aber es ist die Sorte Schwierigkeiten, die ich genieße. Weißt du, Sechsundzwanzig habe ich acht Tage im Knast auf Welfare Island gehockt ..., das ist im New Yorker East River, fallst du Lücken in Geographie hast. Man hat mich dort eingesperrt, weil ich ein Stück geschrieben habe und auch darin aufgetreten bin, *Sex.*« Agnes sah sie verwirrt an. »Das Stück hieß *Sex*. Ein paar Sittenwächter schickten mir die Bullen auf den Hals. Also wurde ich verhaftet und eingelocht. War eine großartige Zeit. Ich habe ein paar wirklich tolle Ladies kennengelernt. Prostituierte, kleine Diebinnen und, ach ja, da war auch diese urkomische Lady, die ihren Mann und ihre drei Kinder vergiftet hatte. Sie hatte vor, ihre Memoiren zu schreiben. Ich weiß nicht, ob etwas daraus geworden ist. Nun denn, ich komme vom Thema ab.«

Sie nahm sich einen Schluck Tee, sagte Desdemona, er wäre ausgezeichnet, und schickte sie zurück in die Küche, um Goneril bei den Vorbereitungen fürs Mittagessen zu helfen. »Diese Herren Detectives sind hinter dem Killer her.«

»Welchem Killer?«

»Der meine Imitatoren aus dem Weg räumt. Sie glauben, es sei nur eine Aufwärmübung, bevor er *mich* aus dem Weg räumt. Ich habe merkwürdige Anrufe bekommen. Keine Reden, nur heftiges Stöhnen.« Sie war aufgestanden und lief umher, aufgebracht durch den Gedanken ihres drohenden Todes. »Mich legt niemand um. Ich habe noch zu viel vor. Ich möchte große Oper machen, weißt du, wie in *Stadtgang*, wo ich die Delilah sang.«

»Das nennst du Singen?« fragte Agnes, der vornehme Zurückhaltung gänzlich unbekannt war.

»Hör zu, meine Liebe, du sollst dich wie eine Hexe und nicht wie eine Schnepfe aufführen. Yeah, das war Singen, was meinen Part betrifft. Also, wo war ich stehengeblieben? Ach ja, meine Pläne. Dann will ich am Broadway Katharina die Große spielen. Ich habe eine völlig neue Vorstellung von ihr, ganz anders als Marlene in ihrem lausigen Film *Die scharlachrote Kaiserin*. Außerdem bin ich sexier als Marlene.«

»Darüber ließe sich streiten.« Agnes hörte, wie die Türglocke »Frankie and Johnny« spielte, den Song, den Mae mit so viel Schmiß in ihrem zweiten Film *Sie tat ihm Unrecht* gesungen hatte.

»Das müssen die Detectives sein.« Mae lief hüftschwingend zu ihrem weißen Thronsessel, ließ sich darin nieder und breitete ihr schwarzes Empfangskleid kunstvoll aus. Sie saß aufrecht, lächelte einschmeichelnd und machte vom Scheitel bis zur Sohle den Eindruck einer Königin.

Desdemona trat ein und spuckte das Wort »Polente« in den Raum. Villon und Jim Mallory folgten ihr auf dem Fuß.

Als Mae Villon erkannte, erhellte sich ihr Gesicht. »Aber nein, Desdemona, das ist keine gewöhnliche Polente. Das sind alte Bekannte von mir, deren Namen mir im Moment nur nicht mehr einfallen wollen.« Villon half ihrem Gedächtnis nach. »Genau, Villon, wie François Villon, der Verseschmied, und Mallory, wie in Boots Mallory, die mit dem

Bruder von Jimmy Cagney verheiratet ist. Nehmt drüben beim Teewagen Platz, Jungs, und bedient euch. Das hier ist meine Freundin Agnes Darwin. Ihr habt vielleicht von ihr gehört. Sie ist eine waschechte Hexe. Vielleicht habt ihr auch ihren Besenstiel draußen im Flur gesehen.« Agnes gab ihre Verärgerung deutlich zu erkennen. »Ich selbst fange an, mich für Hexenkunst zu interessieren, weil ich in nicht allzu ferner Zukunft eine Hexe spielen möchte.« Jim Mallory war in den Anblick der bizarren Agnes Darwin vertieft. Herb Villon war in die üppige, vierundvierzigjährige Mae West vertieft. Obwohl er ihr genaues Alter nicht kannte, wußte er, daß sie unweigerlich auf den Zenith ihres Lebens zusteuerte. West, die den Ausdruck auf Villons Gesicht genau zu deuten wußte, ruckte verführerisch hin und her und sagte: »Einen Dollar, wenn ich Ihre Gedanken errate.«

Villon fühlte, wie er errötete. Er lächelte, bat Mallory, ihm etwas Kaffee einzuschenken, und erzählte Mae dann vom Mord an Nedda Connolly. Er hörte, wie Agnes halblaut »Einstichlöcher« flüsterte.

»Über der Halsvene. Löcher, wie sie, glaube ich, ein Vampir hinterlassen würde.«

»Einstichlöcher«, sagte Mae nachdenklich. »Ich kenne mich aus mit Einstichlöchern. Aber nicht bei Vampiren. Jedenfalls nicht die Art, wie Bela Lugosi sie spielt. Die gibt es nicht«, sagte sie mit einer wegwischenden Handbewegung.

»Und ob es sie gibt«, sagte Agnes düster, so daß Jim Mallory ein Frösteln unterdrücken mußte. »Auf der ganzen Welt gibt es Anbeter des Bluts. Glaube mir, Mae, sie existieren, und sie trinken tatsächlich Blut. Natürlich saugen sie ihre Opfer nicht bis zum letzten Tropfen aus.«

»Nein? Sie wollen wohl keine Ferkel sein?«

»Vor ein paar Jahren erst wurde in Mexiko ein Kult von Blutanbetern aufgedeckt, und ich habe von einem Kult gehört, der sich hier mitten in Los Angeles ausbreiten soll.« Sie wandte sich an die Detectives: »Vielleicht haben die ja etwas mit Ihren Morden zu tun.«

Mae erhob sich und lief umher. »Also, so wie ich die

Dinge sehe, haben sie es ausschließlich auf das Blut dieser armen Kinder abgesehen, die als meine Imitation auftreten. Der kleine Hopkins war verdammt gut. Ich habe ihn im Honky-Tonk-Club gesehen, und es war, als ob ich mich im Spiegel betrachten würde. Was zum Teufel geht hier vor, Herb?«

»Mae, haben Sie irgendwelche Feinde?«

»Nur die Zensur. Die Liga für Tugend und Sitte sitzt mir seit *Sie tat ihm Unrecht* im Nacken. Und *Ich bin kein Engel.* Also, ihr habt mich doch gesehen, nicht wahr, Jungs? Tue ich denn irgend etwas, das obszön oder pornographisch wäre?«

»Auf keinen Fall!« donnerte Jim Mallory los, ein Mae-West-Fan mit Leib und Seele. Villon blickte ihn strafend an, aber Mallory ignorierte ihn.

»Im ganzen Land reden sie von den Kanzeln herab schlecht über mich, wo ich doch nichts anderes mache, als guten, sauberen und gepfefferten Spaß anzubieten. Zum Teufel, meine Filme haben zusammen mit denen von Bing Crosby und Cecil B. De Mille die Paramount Pictures vor dem drohenden Bankrott gerettet. Um es einmal deutlich zu sagen, in De Milles Filmen kommt eindeutig mehr Sex vor als in meinen. Wissen Sie, ich habe Roosevelt geschrieben, daß ich unser Land aus dieser Depression herausholen könnte, wenn er mich in sein Kabinett holen und mich zur Sex-Ministerin ernennen würde.« Sie wartete einen Augenblick, um sich abzukühlen. Sie schlenderte zu den Detectives hinüber. »Sagt, Jungs, glaubt ihr, daß dieser Killervampir, oder was immer er ist, mir eine Botschaft übermitteln möchte? Hmm ... Ich frage mich, ob Frank Wallace in der Stadt ist.«

Villon wurde neugierig. »Wer ist Frank Wallace?«

»Irgendein Mistkerl, den ich mit neunzehn geheiratet habe, aber fragen Sie mich bitte nicht, in welchem Jahr *das* nun wieder war.«

»Ich weiß, welches Jahr«, sagte Agnes spitz.

»Ach wirklich? Nun, dann behalt's für dich, oder du hast zum letzten Mal gezaubert.« Dann wandte sie sich an die

Detectives: »Frank ist ein unverbesserliches Großmaul. Hin und wieder meldet er sich bei mir, in der Regel, wenn er knapp bei Kasse ist und mich anpumpen will. Über kurz oder lang werde ich die Scheidung einreichen. Sagen Sie, glauben Sie, er könnte mir am Telefon etwas vorstöhnen? Ach was! Frank kann es nicht sein. Er hat nie auch nur den Versuch gemacht, mich in den Hals zu beißen.« Die Türglocke läutete. »Das werden mein Manager, Jim Timony, und mein Leibwächter, Seymour Steel Cheeks, sein. Sein Vater war ein waschechter Cherokee-Indianer. Seine Mutter eine waschechte griechische Bauchtänzerin. Sie trafen sich vor dreißig Jahren in Athen, als Seymours Vater mit Buffalo Bills Wild-West-Show in Europa unterwegs war.« James Timothy und Seymour Steel Cheeks traten ein. »Kommt rein, Junge, und laßt euch ein paar alte Freunde vorstellen.« Nachdem Mae alle miteinander bekannt gemacht hatte, klärte sie die beiden über den jüngsten Mord auf.

»Das macht dann zusammen vier.«

»Drei«, korrigierte Villon.

»Vier«, beharrte Mae. »Der erste war der hübsche Knabe, den man tot im Griffith Park gefunden hat. Er war auch einer meiner Imitatoren, und zwar ein ziemlich guter, wenn auch für meinen Geschmack etwas zu üppig ausgepolstert. Er wurde nicht im Kostüm aufgefunden, weshalb Sie ihn vielleicht übersehen haben. Er nannte sich Neon Light.«

»Bei mir klingelt es«, warf Mallory ein. »Wir arbeiteten damals an den Callgirlmorden«, half er Villons Gedächtnis nach.

»Jetzt erinnere ich mich«, sagte Villon. »Der Mord hatte nichts Ungewöhnliches. Keine Einstichlöcher am Hals, bloß ein eingeschlagener Schädel.«

»Einstichlöcher hin oder her«, sagte Mae, »er trat als mein Imitator auf, und ich denke, ihm gebührt ein Platz bei den anderen dreien.«

»Jim«, sagte Villon, »laß uns die Akte vornehmen und nachschauen, ob Neon Light dazu paßt.«

Mae hatte sich neben Seymour Steel Cheeks gestellt und

drückte sanft auf seinen Armmuskel. »O mein Gott, ich glaube, ich fühle da einen neuen.«

»Ich habe ihn diese Woche erst hochgepäppelt«, sagte Steel Cheeks stolz. Und schüchtern fügte er hinzu: »Ich nenne ihn Mae West.«

»Wie finde ich denn das! Seymour benennt alle seine Muskeln nach Filmstars«, erklärte sie lachend. »Er ist ein leidenschaftlicher Bodybuilder und ein treuer Kinofan. Ich fühle mich wirklich geschmeichelt.« Sie prüfte noch einmal den Muskel. »Also, Leute, nun habt ihr mit eigenen Augen gesehen, wie Mae West Mae West auf die Pelle rückt. Was glaubt ihr, würde die *Liga für Tugend und Sitte* dazu sagen?«

ZWEI

Ein paar Minuten später hockte Mae neben Agnes Darwin auf der Couch und polierte ihre Nägel. Sie wandte sich an Timony, ihren Manager, einen in Brooklyn geborenen stämmigen Iren, der chronisch frustriert war, weil Mae seine unerbetenen Annäherungsversuche kühl abblitzen ließ. »Was meinst du, Jim? Sind diese Morde nur das Vorspiel zu einem Angriff auf meine Person?«

»Ist das die Meinung von Mr. Villon und Mr. Mallory?« Er hätte sich nur zu gern eine Zigarre angezündet, aber er wußte, daß Mae ihm dann Hausverbot erteilen würde.

»Sie haben es nicht gesagt, aber ich weiß, daß sie so denken. Hab ich recht, Jungs?« Keiner der beiden sagte etwas. »Aber natürlich denkt ihr das, und Agnes denkt es, und Jim denkt es, und auch ich denke es. Und das ist die Mehrheit. Der Kerl hinter den Telefonanrufen könnte der Killer sein. Und es muß jemand sein, der mich kennt, denn ich stehe nicht im Telefonbuch. Stimmt's, Herb?« Herb nickte.

Seymour Steel Cheeks meldete sich zu Wort: »Wenn jemand Sie anrührt, breche ich ihm sämtliche Knochen.«

Mae lachte. »Ist er nicht ein Prachtkerl. Als ich ihn damals im Ring sah, wußte ich gleich, daß ich ihn haben ... äh ... einstellen mußte. Von so einem Indianer laß ich mich gerne überfallen.« Sie blickte in Villons besorgtes Gesicht.

»Was quält Sie, Herb?«

»Sie sind zu entblößt.«

»Finden Sie? Dabei bin ich heute eher dezent gekleidet.«

»Ich meine, Sie geben ein zu leichtes Ziel ab.«

»Glauben Sie, Seymour könne mich nicht genügend beschützen? Ich kann ein paar mehr anheuern. Jim, kümmere dich um zusätzliche Bodyguards. Ruf bei ein paar Fitneß-Studios an, und laß für heute nachmittag ein paar Muskelpakete zur Talentprobe antreten.« Dann wandte sie sich den Detectives zu: »Heute habe ich meinen freien Tag. Ich stecke gerade in den Dreharbeiten zu meinem nächsten Kassenschlager *Nach Westen, junger Mann*. Klasse Titel, oder? Eine Kinoversion des Bühnenhits *Personal Appearance*. Sie mußten den Titel ändern.«

»Wieso?« fragte Agnes.

»Also, stell dir nur vor, in allen Festzelten der Welt wird mit ›Mae West in *Personal Appearance*‹ geworben. Alle würden denken, ich sei leibhaftig anwesend. Ein solches Mißverständnis könnte zu Krawallen führen.« Die Türglocke läutete. »Ich muß unbedingt das Glockenspiel abnehmen lassen. Ich kann ›Frankie and Johnny‹ einfach nicht mehr ertragen. Das Orchester spielt es bei jedem meiner Auftritte zur Eröffnung, und langsam kommt es mir zu den Ohren raus. Ich denke, ich werde auf ›Easy Rider‹ umsteigen.« Sie giggelte leise. »Auch das habe ich in *Sie tat ihm Unrecht* gesungen. Kennst du den französischen Ausdruck *double intended*?«

»Du meinst *double entendre*?« sagte Agnes schnippisch.

Maes Augen sprangen auf Rot. »Hab ich das nicht gesagt?« Sie drehte sich den anderen zu. »Es bedeutet, daß etwas zweideutig ist, und weiß Gott, der Song hatte eine zweite Bedeutung.« Sie begann verführerisch zu singen: »Ohhh ... wo ist er nur, mein Easy Rider ... ohhh.« Als Desdemona eintrat, brach sie abrupt ab. »Wer ist es, Liebes?«

»Father Riggs.«

Mae lachte. »Nur gut, daß ich nicht weitergesungen habe. Hochwürden ist da. Schick ihn rein, Liebes. Sag, Jim, ist dir aufgefallen, daß Desdemona und Goneril angefangen haben, meinen Gang zu imitieren?«

»Sie himmeln dich an«, sagte Jim. »Du solltest dich durch ihre Hingabe geschmeichelt fühlen.«

»Ahhh! Ich glaube, sie vermuten eher einen Tropfen Negerblut in meinen Adern. Na, vielleicht stimmt's sogar. Schließlich bin ich früher beim Varieté als ›Niggerröhre‹ aufgetreten, weißt du, und habe diesen schrägen Jazz gesungen, der bei den Negern so gut ankommt.« Sie giggelte wieder. »Aber ich mag sie ja wirklich. Manchmal denke ich, sie wissen über mich besser Bescheid als ich selbst. Und was Männer angeht, haben wir zweifellos den gleichen verdorbenen Geschmack. Oh, grüß Sie, Father. Kommen Sie, setzen Sie sich. Desdemona!« rief sie laut. »Bring mir mein Scheckbuch, mein Tintenfaß und meine Feder!« Und an die anderen gerichtet: »Darf ich vorstellen, Father Riggs. Wallace Riggs. Er ist der erste Gockel hier in der Gemeinde. Ein mordsmäßiger Prediger.« Father Riggs nahm auf einem Stuhl mit gerader Rückenlehne Platz. »Seht euch nur dieses makellose Gesicht an, seht euch diese Schultern an. Dieser Mann muß zum Film.«

»Das sagen Sie immer, Mae. Und ich habe Ihnen schon oft gesagt, verschaffen Sie mir eine Leinwandprobe, und wenn ich dabei eine gute Figur abgebe, gehe ich gerne zum Film.«

Agnes war von seinen Grübchen ganz hingerissen.

Mae schlug die Beine übereinander. »Sie würden wirklich die Kanzel gegen die Leinwand tauschen?«

»Es ist besser bezahlt.«

»O ja. Der Film hat mich reich gemacht. Erst letzten Monat habe ich mir dieses Häuschen hier von den Einnahmen aus dem vergangenen Jahr zugelegt. Und Jim ist ein verdammt guter Manager. Er macht sich bezahlt. Aber sagen Sie, Father, haben Sie eine Theorie über diese Mordserie an meinen Imitatoren?«

»Gott schütze ihre Seelen«, psalmodierte er, während Desdemona mit einem Tablett eintraf, auf dem sich Maes Scheckbuch, ein Tintenfaß und ein Federkiel befanden.

»Wen kümmern ihre Seelen, sagen Sie lieber, was Sie von der Sache halten. Father Wally ist ein echtes Schlitzohr«, sagte sie zu den anderen, »eines Tages wird er bestimmt Papst. Ich setze auf Sie, Father.« Sie war zu einem weißen Pult hinübergegangen und stellte einen Scheck aus. »Das sollte für eine Weile reichen.«

»Sie sind eine wunderbare, großherzige Frau, Mae.«

»Ich bin die wunderbarste, großherzigste Frau auf dieser Welt.« Sie riß den Scheck heraus, schwenkte ihn zum Trocknen in der Luft und gab Father Riggs einen Wink, ihn an sich zu nehmen. Während er auf sie zulief, drängte Mae: »Also bitte, Father, sagen Sie mir, was Sie denken.«

»Ich denke, der Mörder ist ein gottloser Unhold.«

»Sie meinen wie Adolph Zucker, mein Boss bei der Paramount.«

Villon fuhr dazwischen: »Glauben Sie an die Existenz von Vampiren?«

»Auch wenn ich in meiner Jugend eine Vorliebe für mythologische Geschichten hatte, glaube ich doch nicht an das Übernatürliche. Es gibt keine Vampire, so wie es auch keine Gespenster und keine Hexen gibt.«

»Entschuldigen Sie bitte«, zischte Agnes. »*Ich* bin eine Hexe, und zwar eine verdammt – ähm – gute.«

»Ich bin mir da nicht so sicher, Agnes«, sagte Mae. »Dein letzter Zaubertrank enthielt für meinen Geschmack zu viele Molchaugen.«

»Du solltest darüber keine Witze machen, Mae. Ich bin eine Hexe, meine Mutter war eine Hexe, und ihre Mutter davor auch und so weiter ad infinitum. Meine Ahnenreihe geht bis zurück ins Mittelalter, als mehrere Tanten und Onkel aus der Familie auf dem Scheiterhaufen verbrannt wurden. Sehen Sie, Father, auch Sie sitzen einer falschen Vorstellung von Hexen auf. Auch Hexen tun *Gutes*. Zumindest die meisten von uns. Nun gut, hin und wieder verhexe ich schon mal Leute, die mich reinlegen wollen, wie etwa meinen Metzger, wenn er mir zähes Fleisch verkauft, aber eigentlich mache ich das nur, um nicht aus der Übung zu kommen.«

»Warum verhext du denn nicht diesen Mörder?« sagte Mae.

»Ich kann ihn nur dann verhexen, wenn ich ein Bild, eine Haarlocke und ein paar abgeschnittene Nägel von ihm habe.« Sie zündete sich eine Zigarette an. Plötzlich weiteten sich ihre Augen. »O nein, o nicht doch.«

»Was ist los, Liebes? Stoßen dir die Gurken auf?«

»Wie? – Ich – tut mir leid. Ich hatte einen plötzlichen Krampf. Passiert mir hin und wieder. Ist aber gleich vorbei.« Sie hielt noch einmal die Flamme an ihre Zigarette, während ihr Blick langsam von einem zum anderen wanderte.

»Sie sind wieder am Zug, Father«, sagte Mae. »Haben Sie eine Theorie? Die Jungs hier« – sie wies auf die Detectives – »teilen meinen Verdacht, daß der Killer es letztlich auf mich abgesehen hat. Die vier Morde sind sozusagen der Probelauf, wissen Sie, so wie man eine Show erst in der Provinz ausprobiert, bevor man damit zum Broadway geht.«

»Haben Sie eine Ahnung, warum jemand versuchen könnte, Sie umzubringen?« fragte Father Riggs.

»Nun, so in etwa schon, wenn ich genauer darüber nachdenke.« Mae lief wieder im Zimmer auf und ab. »Es muß ein ziemlicher Wirrkopf sein. Vielleicht eine Art religiöser Fanatiker. Wir brauchen uns nichts vorzumachen, Father, Sie gehören zu den wenigen Kirchenmännern, die meine Moral nicht verdammt haben. Was soll's, gelegentlich habe ich doch *selbst* meine Moral verdammt« – dabei lächelte sie vieldeutig –, »besonders wenn ich mich auf dem Pfad der Versuchung befand. Nichts ist so unwiderstehlich wie die Versuchung.«

Father Riggs dachte angestrengt nach. »Die einzige Verbindung zwischen den drei Unglücklichen besteht darin, daß sie mit Mae-West-Imitationen ihr Geld verdienten.« Er machte eine Pause. »Kannten sie sich untereinander?«

»Larry Hopkins und Danny Turallo waren befreundet«, sagte Villon. »Wir wissen nicht, ob einer oder vielleicht sogar beide Nedda Conolly kannten. Allerdings, Father, gab es noch ein viertes Opfer, wie Mae uns belehrt hat.«

»Ein viertes?« Father Riggs machte ein ungläubiges Gesicht, als habe er soeben erfahren, daß man Judas Iskarioth immer gründlich mißverstanden habe.

»Yeah. Ein hübscher Knabe, der unter dem Namen Neon Light auftrat. Seinen eigentlichen Namen habe ich nie erfahren. Nachdem er mich in meinen ersten zwei Filmen gesehen hatte, wurde er ein großer Fan von mir. Er hat mir einen wirklich rührenden Brief geschrieben, in dem er mir mitteilte, er wollte gern als Transvestit auftreten und vor allem mich imitieren. Also habe ich ihn vor ein paar Jahren zu den Proben von *Die Schöne der neunziger Jahre* ins Studio eingeladen. Er war fasziniert von mir, so wie alle anderen auch. Im Handumdrehen lief er wie ich, redete wie ich, sang wie ich und sah schließlich auch so aus wie ich. Eine unglaubliche Verwandlung. Ich spürte, dieser Junge hatte das Zeug dazu, ganz groß rauszukommen. Aber seine Familie machte ziemlichen Ärger. Ich weiß nicht viel über sie. Er sagte, er habe einen älteren Bruder, der ihm angedroht habe, man werde ihn bestrafen, weil Transvestiten etwas Unmoralisches seien. Zum Teufel, mancherorts ist es sogar gesetzlich verboten.« Sie lachte. »Viele Leute würden *mich* gerne gesetzlich verbieten lassen. Selbst im Senat hat man mich angeschwärzt.«

»Wie dumm von ihnen!« sagte Father Riggs.

»Nun denn, eines Abends hatte ich Neon zum Essen bei mir, und dabei habe ich ihm ins Gewissen geredet. Ich sagte: ›Neon, du läßt nicht locker. Folge deinem Stern. Du bist zweifellos zum Transvestiten geboren, und du siehst in den Kleidern, die ich aus der Asservatenkammer der Paramount geklaut habe, so umwerfend aus, daß ich beinahe ein bißchen neidisch werde. Wie auch immer, Neon, als Transvestit hast du die Chance, reich und berühmt zu werden.‹ Nun, er ist ganz Ohr. Ich erzähle ihm von Julian Eltinge, dem größten Transvestiten, den es neben Königin Christina von Schweden je gab. Ich war mit Julian in den alten Zeiten eng befreundet. Er machte ein Vermögen. Es gibt auf der 42nd Street ein Theater, das seinen Namen trägt. Ich glaube sogar, er selbst hat es aufgemacht. Oder nimm meinen Freund Ray Bourbon, der immer gut zu tun hat, selbst wenn er mal vergessen sollte, sich die Oberlippe zu rasieren. Ich kenne nur einen einzigen Transvestiten, mit dem es ein ungutes Ende genommen hat. Er wurde auf dem Atlantic-City-Pier vom Blitz erschlagen, aber das auch nur, weil er auf der Straße Kunden anlotsen wollte. Seinen Namen habe ich vergessen, aber der Junge war wirklich gut.«

Sie schlenderte langsam zu ihrem weißen Kamin und stellte sich mit einer Hand auf dem Sims in Positur. »Nun, ich habe Neon zu seinem ersten Auftritt verholfen. Und zwar im Limp Wrist in Brentwood. Er war eine Sensation. Übrigens war Neon keineswegs nur auf mich spezialisiert. Er verkörperte eine umwerfende Garbo. Seine Katharine Hepburn war einzigartig. Er gab auch die Dietrich, und er hatte die schöneren Beine – sie hat nämlich X-Beine, müssen Sie wissen.« Sie nahm die Hand vom Kaminsims und setzte ihren Gang fort. »Aber dann geriet er in schlechte Gesellschaft. Er brauchte einen Manager, und irgendein Mistkerl brachte ihn mit dieser Ratte Milton Connery in Kontakt.«

»Gehört dem nicht der Tailspin Club?« fragte Jim Mallory.

»Ich weiß nicht«, antwortete Mae, »ob er der Eigentümer oder nur Teilhaber ist, aber er betreibt von dort aus seine Geschäfte. Herrgott, entschuldigen Sie, Father, ist das eine miese Type. Zu seinen Spezialitäten gehört das Ausrichten von Orgien« – sie glaubte, Hochwürden mit der Zunge schnalzen zu hören – »und sämtliche Spielarten abartiger Partys. Ihr Jungs müßtet doch darüber informiert sein. Oder, Herb?«

»Wir hatten davon Wind bekommen, aber es war alles so clever arrangiert, daß wir Connery nichts nachweisen konnten. Bis heute nicht. Aber dann erhielten wir den Hinweis auf eine Orgie im Hause von Lionel Atwill –«

»Dem Schauspieler?« Es war einer der seltenen Augenblicke, in denen Mae West Überraschung zeigte. »Der gute, leutselige Lionel gibt Orgien?«

»Mir liegen keine genauen Zahlen vor, Mae, aber zumindest hat er diese eine veranstaltet, bei der wir aufgekreuzt sind. Neben Atwill durften wir noch ein paar andere bekannte Gesichter einsacken.«

Mae kurvte hüftenschwingend auf ihn zu. »Also los, machen Sie schon. Namen. Ich will Namen, Villon, Namen. Schließlich muß ich meine Mädchen in der Küche bei Laune halten.«

»Nun, wie wär's für den Anfang mit Wallace Berry und Walter Pidgeon?«

»Wie ich das liebe! Mehr davon! Sagen Sie, Father, wieso hat sich die Kirche nie über die beiden beschwert?«

»Wahrscheinlich weil sie noch nie von ihnen gehört hat. Überhaupt sind wir nicht an dem interessiert, was die Leute privat in ihren eigenen vier Wänden anstellen.«

»Was, bitte schön, soll denn an Orgien so privat sein?« Sie wandte ihre Aufmerksamkeit wieder Villon zu. »Aber bei diesen Orgien steckt doch noch mehr dahinter, hab ich recht?«

»Selbstverständlich. Man hatte versteckte Kameras installiert, um mit den Aufnahmen gutes Geld zu erpressen. Da haben so einige Scheinchen ihren Besitzer gewechselt.«

Jim Timony sagte: »Ich dachte, Berry und Pidgeon sind Exklusivkunden in Polly Adlers Bordell!«

»Das müßtest du doch wissen«, sagte Mae mit wissendem Augenzwinkern.

»Operiert Polly Adler denn nicht von New York aus?« fragte Agnes unschuldig.

»Yeah«, sagte Mae, »aber sie beliefert auch Versandkundschaft. Ich für meinen Teil habe mir nie viel aus Orgien gemacht, auch wenn ich beileibe genügend Einladungen hatte. Ich bin eine Ein-Mann-Frau – das heißt, einer nach dem anderen. Man hat mich bei delikaten Angelegenheiten nie in flagranti erwischt. Wie dem auch sei. Glauben Sie, aus der Autopsie geht hervor, ob Neon vor seinem Tod merklich abgemagert war? Er war schwer krank. Sehen Sie doch bitte nach, Villon, es würde mich interessieren. Der arme Junge, bekommt im Griffith Park eins über den Schädel. Aber Augenblick mal . . ., soweit ich weiß, ist das doch ein ziemlich belebter Park, bei Tag *und* bei Nacht. Wie kommt es dann, daß es keine Zeugen gab?«

»Vielleicht hat es ja welche gegeben«, sagte Timony.

»Ach was«, sagte Mae und wischte den Einwand beiseite. »Wenn es einen Zeugen gegeben hätte, wäre der Mörder längst hinter Schloß und Riegel. Stimmt's, Villon?«

»Rein gefühlsmäßig, Mae, würde ich sagen, Neon wurde ganz woanders ermordet und nachher im Griffith Park deponiert.«

»Das nenne ich Scharfsinn. Deshalb sind Sie auch Detective und nicht ich.« Beide Hände auf die Hüften gelegt, wo sie sie am liebsten hatte, nahm Mae sich Timony vor. »Wieso hast du Beverly für das Tailspin gebucht, Jim?«

»Aber du hast mir doch selbst aufgetragen, ihr ein Engagement zu verschaffen. Im Tailspin war noch was frei, und sie waren überglücklich, deine Schwester zu bekommen.«

»Du hast eine Schwester?« Agnes war sichtlich überrascht.

»Yeah, Süßes, und irgendwo steckt auch noch ein Bruder, John. Ich bin mir nicht ganz sicher, was aus dem geworden ist, aber Beverly ist zweifellos eine Nummer für sich. Wissen Sie, womit Sie auftritt? Sie gibt *mich*. Noch eine Mae-West-Imitation. Wir sind gleich groß. Sie trägt meine ausrangierte Bühnengarderobe, wenn mir mal danach ist auszumisten. Herr im Himmel, verzeihen Sie, Father, nun ist auch sie in Gefahr! Jim, wir müssen auch für Beverly eine Muskelparade veranstalten. Sie steht ganz besonders auf Italos. Sieh zu, ob was Hübsches von der Sorte aufzutreiben ist. Vielleicht leih ich ihr auch Steel Cheeks aus!«

Der Indianer sprang auf und rief zornig: »Nein! Ich beschütze Sie und niemanden sonst! Ich weiche nie von Ihrer Seite!«

Mae ließ ihre Hüften schwingen. »Also, ist das nicht rührend? Er ist anhänglicher als ein Labrador Retriever und außerdem noch zu viel mehr zu gebrauchen. Seymour, du bist ein Schatz, und ich bin froh, auf dich gestoßen zu sein. Sie wollen schon gehen, Father?«

Father Riggs ging zu ihr und drückte ihre Hand. »Ja, in einer halben Stunde ist Chorprobe.«

»O ja, Chorprobe. Ist es ein reiner Knabenchor?«

»O ja doch.«

»O yeah? Und sind's gute oder böse Knaben? Ich muß unbedingt einmal auf eine Stippvisite vorbeischauen. Vielleicht kann ich den Jungs ein paar allgemeine Lebensregeln mit auf den Weg geben. Ich werde zusehen, daß ich sie irgendwo in meinem gedrängten Terminkalender unterbringe.«

»Und nochmals vielen Dank für Ihre großzügige Spende.«

»Denken Sie bei Ihren Gebeten an mich. Es sieht so aus, als könnte ich jede Hilfe gebrauchen.«

»Ich werde immer für Sie bitten, Mae.«

Nachdem er gegangen war, sagte Mae: »Er ist einfach viel zu süß, um im Beichtstuhl zu versauern. Ich werde einmal mit Lupe Velez reden. Diese verrückte Mexikanerin ist katholisch, und wenn irgendwer ihn da loseisen kann, dann sie. Was ist los mit dir, Agnes? Du starrst wieder so komisch.«

»Es ist wegen dir, Mae.«

»Hör auf damit. Kein Wort mehr. Oder ich bekomme noch selbst Angst.«

»Du brauchst Schutz, Mae.«

»Nun, Jim kümmert sich darum, also Schluß mit diesem Hokuspokus. Wenn du wirklich eine so tolle Hexe bist, warum beschützt du micht nicht einfach mit einem Zauberspruch?« Desdemona kam aus der Küche herüber. »Hey, Desdemona, wie sieht's auf dem Markt mit Kaninchenpfoten aus?«

»Kein gutes Pflaster für Kaninchen.«

»Jetzt macht sie sich auch noch lustig!« rief Mae aufgebracht.

»Goneril läßt fragen, wie viele Leute zum Mittagessen erwartet werden.«

»Oh, sag ihr, sie soll eine Art Buffet auf dem Sideboard arrangieren. Mir hat ohnehin gerade ein Vampir den Appetit verdorben. Und richte Goneril aus, daß mir ihre Tante-Jemima-Pfannkuchen zum Hals raushängen!«

Desdemona zuckte mit den Achseln und ging. Herb Villon wandte sich an Mae: »Jetzt muß ich aber doch ein gutes Wort für sie einlegen.«

»Irgendwie ist es ein verrückter Einfall, aber ich habe gerade an Gladys George gedacht.«

»Sollte ich die kennen?«

»Wenn Sie an guter Schauspielkunst interessiert sind, schon. Sie kommt vom Broadway und dreht hier draußen für die Paramount einen Film. Sie war der Star in dem Stück *Personal Appearance*, das gerade als *Nach Westen, junger Mann* mit mir verfilmt wird. Sie wollte selbst in dem Film mitspielen und war stinksauer, als Paramount mir die Rolle gab. Als Ersatz hat man ihr *Valiant is the Word for Carie* angeboten. Sie hat angenommen – eine Mutterrolle, um Himmels willen –, und jetzt wirft sie mir bei jeder Begegnung tödliche Blicke zu, was zum Glück nicht allzu oft passiert. Bei allen Heiligen, dabei habe ich meinen Produzenten Manny Cohen zu überreden versucht, ihr diesen gottverdammten Film doch zu lassen. Ich war von Anfang an nicht groß davon begeistert. Ich schreibe meine Sachen lieber selbst. Eben darum habe ich das Skript auch umschreiben müssen, weil einfach das echte Mae-West-Feeling nicht da war.« Ihre Augen blitzten diebisch auf. »Echt gut wird die Sache nur, wenn das echte Mae-West-Feeling dabei ist. Ahhh, sie wollten mich nicht Katharina die Große spielen lassen, weil die Dietrich erst vor einigen Jahren diese Rolle gespielt hatt. Also habe ich denen gesagt, okay, Jungs, wie wär's dann mit der Johanna von Orléans, und ich verführe den Dauphin von Frankreich und gehe in ein Kloster, hinter dessen Mauern sich ein Freudenhaus verbirgt? Die haben sich alle bekreuzigt, sogar der Produzent, der doch Jude ist. Ich wußte gleich, daraus wird nichts.«

Aus der Küche drang Desdemonas Anweisung herüber: »Keine Tante-Jemima-Pfannkuchen mehr.«

»Scheiiiiiße«, brüllte Goneril, nebenbei bemerkt Desdemonas ältere Schwester. »Ich habe gerade erst neue Vorräte eingekauft!«

Im Wohnzimmer entließ Mae gerade Jim Timony, um ihn zusammen mit Seymour Steel Cheeks auf Erkundungstour durch die umliegenden Fitneßstudios zu schicken. »Nur erstklassige Kandidaten, Jungs, keine Milchgesichter.« Sie blickte ihnen hinterher, dann wandte sie ihre Aufmerksamkeit wieder den Detectives zu. »Sie müssen nicht denken, daß mich in jüngster Zeit nicht schon genug Sorgen plagen. Meine Filmkolleginnen halten sich alle für Primadonnen. Nehmen wir nur Alice Brady von den Broadway Bradys – ihr Vater William ist ein berühmter Produzent und verheiratet mit Grace George, einer großartigen Schauspielerin. Alice ist selbst ziemlich gut, aber jetzt hat sie nun mal eine Nebenrolle, und darüber kommt sie einfach nicht hinweg. Kaum zu glauben, daß sie mal eine Affäre mit Clark Gable hatte. Dann ist da Elizabeth Patterson. Sie ist schon seit einiger Zeit im Geschäft. Ich mag Liz, aber sie versucht immer wieder, mir die Show zu stehlen. Mir! Das ist etwa so, als wollte man das Empire State Building verrücken! Mir zu Seite sind zwei männliche Hauptdarsteller. Der eine, Randolph Scott, befindet sich auf dem Weg nach oben. Der andere ist Warren William, und für den geht's eindeutig abwärts. Randy ist süß, wenn auch ohne Pep. Randy hat eine Stoppuhr, mit der stoppt er jede seiner Szenen. Offen gesagt, ich stehe auf Männer mit gutem Timing.«

»Ernstlich, Mae«, sagte Villon, »wir müssen auch Ihre Schwester beschützen lassen.«

»Sie brauchen sich deswegen keine Sorgen zu machen. Mein Schutz ist auch ihr Schutz. Sie wohnt ja bei mir. Und ich kann Ihnen versprechen, sollte der Vampir hier in mein reinweißes Privatgemach einzudringen versuchen, so hat er sich gleich zweier Furien zu erwehren. Vergessen Sie nicht, wir sind in Brooklyn geboren und aufgewachsen, und wir wissen uns sehr wohl zu verteidigen. Es war schon eine ziemlich rauhe Nachbarschaft, aber wir lernten auszuteilen, was wir einstecken mußten, und sehr bald ließ man uns in Ruhe. Unser Vater war Battlin' Jack West.«

Jim Mallory wurde lebendig. »Der Preisboxer?« Er war ein Sportfanatiker.

»Und was für ein Preisboxer. Die einzige Person, bei der er den Schwanz einziehen mußte, war meine Mutter.« Sie machte eine Pause. »Die Formulierung ist irgendwie unglücklich, oder?« Alle vier mußten lachen.

Agnes Darwin dämpfte die gute Laune. »Es ist nach wie vor da. Ich werde dieses ungute Gefühl einfach nicht los. Ich werde für dich und Beverly Fetische anfertigen.«

»Was zum Teufel sind Fetische?«

»Sie halten das Böse fern. Eine Spezialität der afrikanischen Medizinmänner.«

»Nun, ich fahre nicht nach Afrika, so sehr mir Schwarze auch liegen.«

»Du mußt auch nirgendwohin gehen. Ich bekomme sämtliche Utensilien im Hexenkessel.«

»Was ist *das* nun wieder?«

»Ein okkultischer Supermarkt auf der Fairfax Avenue.«

»Ich brauche allerdings einen *wirksamen* Schutz gegen Vampire. Ein Platinkreuz für den Hals, vielleicht mit einem Dutzend Diamanten oder so etwas. Ich sag den Mädchen, sie sollen alle Fenster mit Knoblauch behängen. Und ich hänge noch ein paar Spiegel auf, weil Vampire ohne Spiegelbild sind. Für eine Frau jedenfalls kann es nie genug Spiegel geben.« Sie wandte sich in verführerischem Ton an Jim Mallory, unter dessen schlecht sitzendem Jackett sie ein paar kräftige Schultern erspäht hatte. »Ich mag es, mich von allen Seiten im Spiegel zu betrachten, besonders dann, wenn ich zuvor ein ausgiebiges Bad genommen habe. Und da klingelt auch schon wieder diese verdammte Türglocke.«

Agnes Darwins Magen gab ein wütendes Grummeln von sich. »Ich muß unbedingt etwas essen«, sagte sie laut.

»Schon gut, schon gut«, sagte Mae und winkte Agnes zurück, die sich von der Couch erheben wollte. »Sobald wir die nächste Audienz hinter uns haben.«

Desdemona trat ein und gab bekannt: »Rabbi Morris Rothfeld.«

»Bei mir sind immer alle willkommen«, sagte Mae lächelnd. »Ich unterstütze die Synagoge des Rabbi. Und außerdem war meine Mutter Halbjüdin. Guten Tag, Rabbi! Treten Sie ein! Ist er nicht großartig? Er ist der jüngste Rabbi in Gefangenschaft, und seit ich ihn kenne, habe ich alles versucht, ihn zum Zerreißen der Ketten zu bewegen. Seien Sie nicht schüchtern, Rabbi, Sie und Father Riggs haben ein so makelloses Aussehen, daß man Sie der Welt nicht vorenthalten sollte. Lassen Sie sich meine Freunde vorstellen! Desdemona! Mein Scheckbuch, mein Tintenfaß und den Federkiel. Rabbi, das hier ist Agnes Darwin, eine wahrhaft authentische, praktizierende Hexe.«

»Sehr erfreut«, sagte Morris Rothfeld, während er überlegte, welche Hexe sich das Haar frisierte.

»Und das hier sind meine beiden altbekannten Detectives, Herb Villon und Jim Mallory.« Sie gaben sich die Hand. »Ich bin sicher, Sie haben davon gelesen, daß meine Imitatoren abgemurkst werden.«

»Aber sicher doch.« Er sprach mit einer imponierenden Baritonstimme. Mae zweifelte nicht, daß er an hohen jüdischen Festtagen die Synagogenfenster erzittern ließ. »Und deshalb, Mae, habe ich auch etwas zu Ihrem Schutz mitgebracht.«

DREI

»Na, wie finde ich denn das!« rief Mae laut, während sie den Rabbi zum Schreibtisch begleitete. Er zog ein schmales, rechtwinkliges Metallstück aus seiner Jacke und hielt es ihr auf seiner Handfläche entgegen. »Es ist so schön zu wissen, daß sich so viele gute Freunde um mein Wohlergehen sorgen.« Sie betrachtete die Metallscheibe. »Was ist das für ein Ding?«

»Wir nennen es eine Mesusa. Innen eingeschlossen, ist eine kleine Rolle mit biblischen Versen. Aus dem Buch Deuteronomium. Man muß es rechts am Türrahmen aufhängen.«

»Sie meinen in der Eingangshalle?«

»Genau. Jedesmal, wenn man seine Wohnung betritt, küßt man seine Finger und legt sie dann auf die Mesusa. Das bringt Gesundheit und Sicherheit.«

»Mesusa, eh? Klingt wie eine griechische Vorspeise.« Sie wandte sich an Mallory: »Hey, Jüngling. Mach dich nützlich. Frag bei den Mädchen in der Küche nach einem Hammer. Sie verwalten das Werkzeug. Sie haben auch Nägel. Und dann nagel das Ding an die Tür. Wenn's um die eigene Sicherheit geht, soll man keine Sekunde zögern, nicht wahr, Rabbi?«

»Sehr richtig. Und vergessen Sie nicht, die Mesusa zu küssen.«

»Irgendwie habe ich den Eindruck, als sei hier wieder ein *double intended* versteckt.« Sie setzte beherzt ihre Unterschrift unter den Scheck, legte den Kiel beiseite, riß den Scheck aus dem Heft und wedelte ihn zum Trocknen in der Luft. »Wissen Sie, Rabbi, ich sollte gleich eine doppelte Leinwandprobe für Sie und Father Wally ansetzen. Wären Sie interessiert?«

»Wenn es Geld für meine Synagoge bedeutet, sage ich nicht nein. Aber ich bin kein Schauspieler.«

»Sie sind ein begnadeter Sänger.« Und zu Agnes und Herb Villon gewandt fuhr sie fort: »Der Rabbi hat mich einen Freitagabend zum Gottesdienst eingeladen, und ich war froh, teilnehmen zu dürfen, auch wenn ich mich dadurch nicht ins Getümmel stürzen konnte. Es war eine sehr lohnenswerte Erfahrung. Ich war nie zuvor in einer Synagoge gewesen. Ich meine, meine Mutter war zwar Halbjüdin, aber sie war nicht gerade religiös. Das alles interessierte sie nicht. Sie kümmerte sich nur um ihre Kinder. Nun denn, in dieser Synagoge muß ich also mit den anderen Frauen oben auf dem Balkon sitzen, abgetrennt von den Männern, versteht ihr? Der Rabbi drückt mich einfach seiner Frau in den Arm, Goldie, richtig?«

»Goldrichtig«, sagte der Rabbi. »Goldie liegt immer richtig, so oder so.«

»Nun aber mal halblang, Rabbi, Goldie ist in Ordnung. Ich mag sie. Und jetzt hört gut zu, Herb und Agnes, plötzlich tritt der Rabbi hervor, sein Scheitelkäppi auf dem Kopf und einen Gebetsschal um die Schultern, und mit ihm ein zwölfköpfiger Knabenchor zur Verstärkung. Dann öffnet er den Mund, und mit einem Mal bin ich so nervös, als wäre es seine Premiere. Doch dann entsteigen seinem Mund glorreiche Klänge, wie ich sie noch nie gehört habe. Und ich habe Caruso und Chaliapin und Lawrence Tibbett gehört, und ich will euch sagen, keiner kann dem Rabbi das Wasser reichen. Sie erröten ja, Rabbi. Ist er nicht fantastisch? Und seht euch diese Schultern an.«

»Mae, bitte, Sie bringen mich in Verlegenheit.«

»Stecken Sie den Scheck in die Brieftasche, und führen Sie Ihre Frau von einem Teil des Geldes ins Brown Derby zum Essen aus. Sagen Sie mir das Datum, und ich lasse Ihnen einen Tisch reservieren.«

»Vielen Dank, aber wir besuchen keine so schicken Restaurants wie das Brown Derby. Dort gibt es kein koscheres Essen.«

»Dann gehen Sie eben zu Kaffee und Kuchen und sehen sich die Filmstars an. Goldie hat es verdient, einmal ausgeführt zu werden.«

Sie hörten, wie Mallory die Mesusa ans Türholz nagelte.

»Ich vermute, das ist Musik in Ihren Ohren«, sagte Mae lächelnd zum Rabbi, »genau wie es für mich wie süße Musik klingt. Sie sind eingeladen, Rabbi. Wir wollten gerade zu Mittag essen.«

»Gott sei Dank«, sagte Agnes und sprang auf. Mae hakte sich beim Rabbi unter. Sie mochte den jungen Mann wirklich gern.

»Ich habe bereits zu Mittag gegessen«, log er, »aber ich trinke gern einen Kaffee.«

»Machen Sie mir nichts vor, Rabbi. Meine Küche ist zwar nicht koscher, aber ich verstehe Sie schon. Ich hatte einmal einen jüdischen Liebhaber, und ich war ganz verrückt nach ihm. Aber trotzdem wurde nichts draus.«

»Wie schade«, sagte der Rabbi, »was kam denn dazwischen?«

»Er hatte eine jüdische Mutter.«

Mallory gesellte sich wieder zu ihnen und schmatzte beim Anblick des üppigen Büffets mit den Lippen. »Da haben die Mädchen aber was Feines ausgebreitet.«

»Sie verstehen eben was vom Ausbreiten«, sagte Mae. »Hey, Rabbi, ich sehe geräucherten Lachs und geräucherte Felchen. Absolut koscher! Könnten Sie sich dafür nicht erwärmen?«

»Und ob ich das könnte«, gab der Rabbi zu. Desdemona und Goneril waren zu beiden Seiten des Sideboards in Stellung gegangen und strahlten vor Freude.

»Ich muß mich bei euch zwei Buchstützen dafür bedanken, daß ihr den Rabbi fürs Mittagessen mit eingeplant habt.«

Goneril schniefte und sagte: »Ich führe immer eine koschere Küche.«

Mae blinzelte dem Rabbi zu. »Goneril hat immer schon Juden bekocht.«

»Ach ja?« sagte der Rabbi. »Und wie ist sie zu Ihnen gekommen?«

»Ich habe sie beim Würfeln gewonnen.«

Als alle um den Eßtisch saßen, senkte der Rabbi Messer und Gabel und blinzelte zu Mae hinüber. Wenn ihre Verleumder nur wüßten, was für eine bezaubernde Frau sie war. Ihre körperlichen Vorzüge standen hinter der Reinheit ihrer Seele und der Wärme ihres Herzens weit zurück. Wenn sie nur die Zahl lesen könnten, die sie auf den Scheck gesetzt hatte. Wenn sie nur zur Weihnachtszeit oder zu anderen Zeiten im Jahr dabeisein könnten, wenn er und Goldie die Kartons auspackten, die sie der Synagoge schickte. Kleider. Schuhe. Lebensmittel in Dosen für die Bedürftigen. Kekse für die Kinder. Sogar Filmillustrierte, besonders solche, auf deren Titel sie abgebildet war.

»Rabbi«, sagte Mae, »irgend etwas stimmt nicht mit Ihren Augen. Sie sind ganz verschwommen.«

»Entschuldigen Sie, bitte. Ich bin ein äußerst sentimentaler Mensch. Meine Frau sagt, wenn wir einmal ins Kino gehen, braucht nur der erste Ton der Musik einzusetzen, und schon steht mir das Wasser in den Augen. Aber offen gesagt, ich mußte gerade an Sie und Ihre Warmherzigkeit und Großzügigkeit denken und was an bloßen Lippendiensten Sie dafür zurückbekommen.«

»Ganz normale Lippendienste? Oder ist das schon wieder ein *double intended?*«

»Lippendienste bedeutet Heuchelei«, erklärte Villon.

»Ach, ja?« sagte Mae und zog eine Gräte aus ihrem Felchen. »Wenn mir jemand Lippendienste anbietet, sind die niemals geheuchelt, Honey.« Der Rabbi lachte. »Seht euch bloß diese Zähne an. Was hältst du davon, Agnes? Schneeweiß, und leuchten wie Scheinwerfer. Also, das ist ein Satz Beißerchen, die sich liebend gern in meinen Hals graben dürften.« Der Rabbi lachte wieder. »Sagen Sie, Rabbi, Sie sind nicht zufällig ein Vampir, oder?«

»Juden könnten niemals Vampire sein«, sagte er ernst. »Obwohl uns in all den Inquisitionsprozessen, die wir über die Jahrhunderte erleiden mußten, immer wieder nachgesagt wurde, wir würden Kinderblut trinken. Und bedauerlicherweise wird diese monströse Vorstellung gerade heute wieder in Deutschland hervorgeholt und neu aufgewärmt. Sagen Sie, Villon, ich habe wie alle anderen auch von dieser schrecklichen Mordserie gelesen. Schwebt Mae tatsächlich in Gefahr?«

»Vorbeugend und sicherheitshalber müssen wir davon ausgehen, daß diese Morde eine potentielle Gefahr für Miss Wests Leben darstellen.«

»Reden Sie nicht so geschwollen daher, Herb, sagen Sie Mae zu mir, so wie alle Bullen in meinem Leben mich genannt haben.«

»Sie mögen Bullen?« fragte der Rabbi mit entwaffnender Treuherzigkeit.

»Aber sicher mag ich Bullen. Die meisten von ihnen sind überaus interessant.« Sie lächelte zu Jim Mallory hinüber. »Besonders die Art, wie sie mit ihrem Polizeiknüppel umgehen.«

»Also wirklich, Mae«, mahnte Agnes die Hexe, »jetzt ist aber Schluß mit deinen *double entendres*. Du bringst die Herren von der Polizei ganz schön in Verlegenheit.«

»Nun, da wissen sie wenigstens, wie ich mich mit dieser Todesdrohung im Nacken fühle. Bislang habe ich Vampire immer für harmlose Flattermänner gehalten. Aber jetzt flattern sie mir ganz schön nahe um den Kopf. Wieso unternimmt die Paramount nichts, um mich zu schützen?«

»Sie sind dabei«, beruhigte sie Herb. »Ich habe heute morgen mit der Sicherheitspolizei gesprochen, und dort ist man in Alarmbereitschaft. Sie befinden sich in guten Händen.«

»Ich kenne die Jungs vom Sicherheitsdienst«, sagte Mae, während sie in ihrem Kaffee rührte. »Ich hatte mit jedem einzelnen einen Privattermin. Die meisten haben es gut überstanden. Insgesamt ein sehr ansprechender Haufen, bis auf ein paar Dickschädel, die auf die Treue zu ihrer Frau schwören. Aber sagen Sie, Rabbi, haben Sie eine eigene Theorie, was die Morde betrifft?«

»Ich habe meine Theorie, und Goldie hat ihre eigene.«

»Zuerst die von Goldie.«

»Nun, sie vermutet dahinter einen religiösen Fanatiker, der frei herumläuft.«

»Ich kann mir einen Vampir schlecht als religiösen Fanatiker vorstellen.«

»Ich persönlich glaube nicht an die Existenz von Vampiren«, sagte der Rabbi tonlos.

Mae rutschte auf ihrem Stuhl. »Und wie erklären Sie sich dann die Einstiche oberhalb der Halsvene?«

»Bei allem Respekt vor der Professionalität der anwesenden Detectives, ich halte sie für einen roten Hering.«

»Für mich sehen sie ganz und gar nicht nach Fisch aus, egal welche Farbe.«

Agnes zündete sich eine Zigarette an. »Mae, Liebste, hast du noch nie einen Kriminalroman gelesen?«

»Ich habe für so etwas keine Zeit, hast du das immer noch nicht mitbekommen?«

Agnes blies einen Rauchkranz in die Luft und sagte: »Rote Heringe sind in Kriminalromanen das, was schier unglaubliche Zufälle bei einem Lügner sind. Mit anderen Worten, rote Heringe sind falsche und in die Irre führende Spuren.« Und in arg gestelztem Ton fügte sie hinzu: »Der Ausdruck kommt aus dem Britischen. Bei Fuchsjagden zog man einen Hering über die Fährte, um die Hunde zu verwirren.«

Mae wedelte sich mit der Hand den Rauch von Agnes' Zigarette aus dem Gesicht und sagte gereizt: »Also, wer würde schon auf derart miese Tricks verfallen?«

»Ein Freund der Füchse«, sagte Agnes schnippisch, die den Wink sehr wohl verstanden hatte und die Zigarette in ihrer Kaffeetasse versenkte.

»Entschuldigen Sie die Unterbrechung, Rabbi, aber nach dem, was mein Freund Herb mir erzählt hat, besteht für den Leichenbeschauer an der Echtheit des Bißabdrucks kein Zweifel.«

Der Rabbi zuckte die Schultern. »Ich bin mir sicher, es gibt irgendein Instrument mit zwei Zinken, mit dem man einen Bißabdruck simulieren kann. Anderenfalls könnte ein solches Instrument von einem talentierten Werkzeugmacher schnell entworfen und hergestellt werden. Was ist Ihre Meinung dazu, Mr. Villon?«

»In einem Mordfall ist alles möglich, Rabbi. Und ich bin für alle Vorschläge offen. Ihrer hat einiges für sich. Wir müssen dieser Idee nachgehen, Jim. Allerdings, Rabbi, wurden die Opfer nicht durch den Biß getötet. Es floß zwar Blut, aber die eigentliche Todesursache war ein Stich ins Herz.«

»Also liege ich richtig!« sagte der Rabbi triumphierend. »Wenn es sich um einen echten Vampir handeln würde, hätte er seine Opfer gründlich ausgesaugt, ein paar Tropfen mehr oder weniger. Wenn aber dieser Möchtegern-Vampir ein Messer benutzen muß, um seinen Opfern den Garaus zu machen, dann ist er einfach nur ziemlich *meschugge*.«

Die Zähne fest aufeinander gepreßt, erklärte Mae Agnes: »Das heißt, er ist total übergeschnappt.« Und, sich an die übrige Tischrunde wendend: »Übergeschnappt oder nicht, er ist gefährlich. Nicht nur für mich, sondern auch für meine Schwester.« Als Antwort auf den verwirrten Blick des Rabbi klärte Mae ihn über ihre Schwester Beverly auf sowie über ihre bevorstehende Ankunft in Hollywood und ihr Auftreten im Tailspin Club.

»Meines Wissens nach einwandfrei eine Lasterhöhle«, sagte der Rabbi und drehte sich zu Herb Villon. »Sie sollten den Laden dichtmachen.«

»Wir haben keinen triftigen Grund dafür. Zugegeben, es ist ein Treffpunkt der Homosexuellen, aber es ist immer noch eine der besseren Bars unserer Stadt. Man kann dort gut essen und trinken. Die Preise stimmen. Eine Klientel, die sich zu benehmen weiß, darunter viele von Film und Funk. Ich selbst war schon mit meiner Freundin dort. Sie bieten großartige Unterhaltung. Ihre Transvestitenshows sind einsame Spitze. Ehemalige Stars, die für einen Auftritt dort dankbar sind, garantieren immer noch gute Unterhaltung, und das Publikum empfängt sie herzlich und mit viel Applaus. Nein, Rabbi, das ist ganz bestimmt keine Lasterhöhle.

Es ist eine Oase, wo die schrägen Vögel sich treffen und unter sich sein können. Und glauben Sie mir, Rabbi, auch viele alleinstehende Frauen gehen dorthin, weil sie wissen, sie können sich dort prima amüsieren, ohne belästigt zu werden.«

»Lesbierinnen!« zischte der Rabbi.

»Und Litauerinnen und Lettinnen«, konterte Villon, einen uralten Spruch Sam Goldwyns aufwärmend. Der Legende nach soll dieser Satz im Zusammenhang mit Lillian Hellmans Theaterstück *The Children's Hour* gefallen sein, das Goldwyn verfilmen wollte. Als er davon erfuhr, daß es in dem Stück um zwei Frauen geht, die im Verdacht stehen, lesbisch zu sein, sagte er nur unwirsch: »Na gut, dann sind sie bei uns eben litauisch.«

»Außerdem sollten Sie wissen, Rabbi«, sagte Mae, »daß nicht alle Frauen in Schwulentreffs lesbisch sind. Zumal sie ihre eigenen Stammlokale haben, wie etwa das Warrior's Husband im Valley.«

»Was ist mit dieser zwielichtigen Type, Milton Connery? Sagt man dem nicht enge Kontakte zum Tailspin Club nach?«

»Ganz Los Angeles weiß davon«, sagte Villon.

Mae beugte sich vor. »Rabbi, ich will Ihnen eine Kurzlektion über zwielichtige Typen erteilen. Sinke ich in Ihrem Ansehen, wenn ich Ihnen gestehe, daß die meisten meiner Shows am Broadway von Ganoven finanziert wurden? Sie kennen doch Owney Madden? Lepke Buchhalter? Arnold Rothstein? Frank Costello? Für Sie waren und sind es auch heute noch Gangster, für mich waren es Engel. Macht eine rein geschäftsmäßige Verbindung zu diesen Herrschaften auch aus mir eine zwielichtige Type?«

»Aber nein, verehrteste Mae, ganz sicher nicht. Und ich möchte mich für mein prüdes und engstirniges Verhalten entschuldigen. Einem Rabbi steht es genausowenig an wie jedem anderen Menschen.«

»Wie gut für Sie, Rabbi. Da will ich Sie gleich über die unmittelbare Nachbarschaft in Kenntnis setzen. Die Studios und ihre Gewerkschaften sind ausnahmslos mit niederträchtigen Elementen durchsetzt. Stimmt's, Herb?«

»Vollkommen richtig.«

»Wer weiß, vielleicht hat einer von denen ein Kopfgeld auf mich ausgesetzt, und der Attentäter hält sich für oberschlau und hat beschlossen, alles einem Vampir in die Schuhe zu schieben. Vampire können sich nicht verteidigen, denn ich vermute, sie haben keine eigene Gewerkschaft. Sag Agnes, gibt's eine Hexengewerkschaft?«

»Nein, Liebste, wir haben einen Zentralverband, der jeden Monat ein Magazin herausbringt. Ich habe darin meine eigene Kolumne, ›Direkt vom Besenstiel‹.«

»Das muß ja ein ganz schöner Balanceakt sein.«

»Nein, Liebste, so heißt meine Rubrik«, sagte Agnes mit eiskalter Stimme.

Mae lächelte. Sie genoß die kleinen Sticheleien mit Agnes. Sie bemerkte, daß die beiden Mädchen die ganze Zeit über dagestanden und auf weitere Anweisungen gewartet hatten. »Nun, ihr zwei dürft jetzt abräumen, selbst etwas essen und danach ein Mittagsschläfchen einlegen. Ich frage mich, was Timony und Seymour wohl in den Fitneßstudios anstellen. Wahrscheinlich wollen sie mir noch eins auswischen, indem sie nach Kerlen mit Schielaugen und Warzen auf der Nasenspitze Ausschau halten. Was soll's, mit plastischer Chirurgie läßt sich da einiges machen. Ich selbst«, fuhr sie fort, während sie hüftenschwingend zurück ins Wohnzimmer ging, »habe schon so manche Behandlung genossen. Sagen Sie, Herb, ich möchte für Beverlys Premiere am Freitag einen großen Tisch bestellen. Wollen Sie und Jim nicht auch kommen? Ich würde mich sehr freuen. Bringen Sie doch Ihre Freundinnen mit.«

»Ich habe keine«, sagte Jim Mallory eilig.

»Wie das, Honey?« fragte Mae. »Können Sie sich keine leisten?«

»Jim tut sich etwas schwer mit Frauen«, erklärte Herb mit vielsagendem Grinsen. »Er hat große Hemmungen.«

»Wovor?«

»Der arme Kerl wird ganz rot«, sagte Agnes. »Sei nicht so gemein, Mae.«

»Ich bin nicht gemein«, sagte Mae unschuldig. »Jim sieht viel zu gut aus, um ohne Begleitung zu sein. Also, Jim, wenn ich nicht wüßte, daß Seymour Steel Cheeks Ihnen sämtliche Knochen Ihres Körpers und noch ein paar mehr brechen würde, würde ich Sie zu meiner Leibwache ernennen. Ach was, ich will Sie trotzdem in meiner Nähe. Je mehr, desto lustiger. Man sagt, die Menge gebe Sicherheit. Was meint ihr, bezieht sich das auf die Nummern eins bis zehn, oder auf die ganze heulende Meute am Rande? Agnes, da ist schon wieder dieser verdammt merkwürdige Blick.«

Agnes hielt ihre Arme um den Körper geschlungen, um sich eines Fröstelns zu erwehren. »Ich kann nichts dagegen machen, wenn es mich überkommt. Morgen ist Halloween, die Nacht vor Allerheiligen.«

»Yeah, Honey, ich weiß. Die Nacht, in der die Hexen losgelassen werden. Ist es die Nacht der guten oder der bösen Hexen?«

»Es ist die Nacht aller Hexen. Da ist Unheil im Verzug. In sämtlichen Bars wird gefeiert. Die Riesenparty steigt im Tailspin.«

»Gehst du hin?«

»Aber klar. *De rigeur.*«

Mae explodierte. »Da haben wir es mal wieder, du und dein verdammtes französisches Kauderwelsch!«

Agnes legte die Arme über Kreuz und sagte unbeeindruckt: »*De rigeur* ist längst in unseren Wortschatz eingegangen. Alle benutzen es.«

»Ich habe es noch nie gehört!«

»Es bedeutet, von mir wird erwartet, daß ich mich auf der Party blicken lasse.«

»Also, warum zum Teufel sagst du das dann nicht!« Mae hielt abrupt inne. Ihr war da ein Gedanke gekommen. Plötzlich schnippte sie mit den Fingern. »Marie Antoinette!«

»Wo kommt *die* nun wieder her?« fragte Agnes.

»Aus Österreich«, klärte der Rabbi sie auf.

Mae ließ sich von ihrem eigenen Erfindungsgeist davontragen. »Marie Antoinette! Das wird meine nächste Rolle! Katharina die Große ist vergeben, also spiele ich Marie Antoinette!«

Herb Villon wußte, daß er mit seiner Bemerkung ein hohes Risiko einging: »Äh, Mae, ich glaube, in irgendeinem Filminfo stand zu lesen, daß MGM Norma Shearer als Marie Antoinette ins Auge gefaßt hat.«

Ihre Hände ruhten fest auf der Hüfte. Ihre Augen waren schmale, bedrohliche Schlitze. »Shearer kann unmöglich eine Königin spielen. Sie hat einfach nicht das Format. Selbst Shirley Temple würde da noch eine bessere Figur abgeben. Und *ich* erst!« Sie drückte einen penibel manikürten Daumen auf ihren herrlichen Bauch. »Ich bin die Königin der Königinnen. Ich erzähle den aufständischen Landarbeitern nicht nur, sie sollten Kuchen essen, ich gebe ihnen auch gleich ein paar Rezepte dazu. Ich sehe mich schon die Stufen zum Schafott hinaufsteigen und dabei verführerisch meine hintere Partie schwingen. Das wird ihnen einiges zu denken geben. Und wenn ich dann auf die Plattform steige, werde ich mich mit herausforderndem Blick zu ihnen umdrehen. Ich werde die Hände auf die Hüften legen, so wie jetzt, und vielleicht einen Song wie ›Minnie the Moocher‹ anstimmen, und daraus entwickelt sich dann eine große Bauerntanznummer, für die jemand wie Madame Albertina Rasch die Choreographie übernehmen müßte. Yeah! Eine richtig flotte Nummer. Und ich komme so gut rüber, daß sie beschließen, mich zu verschonen und ich meinen Kopf nicht verliere, es sei denn bei einem meiner Wächter, wenn er denn schnuckelig genug aussieht.«

»Mae«, sagte Agnes trocken, »du kannst nicht einfach so in der Geschichte herumpfuschen.«

»Agnes, ich kann tun und lassen, was ich will. Hmmm.« Sie schwebte wieder im siebten Himmel. »Bei der Besetzung des Prinzgemahls werde ich auf Gary Cooper insistieren.«

»Der paßt vom Aussehen her nun ganz und gar nicht«, sagte Agnes.

»Du solltest zum Augenarzt gehen, Honey. Sein Aussehen ist völlig korrekt, und wie, hmmmm!«

»Mae, ich muß Sie leider verlassen«, sagte der Rabbi.

»Chorprobe?«

»Sie müssen hellseherische Fähigkeiten besitzen.«

»Nein, ihr Kirchenmänner verabschiedet euch alle mit diesem Satz. Father Wally mußte auch zur Chorprobe. Nun, *euren* Chor kenne ich schon. Die sind ein bißchen jung, selbst für mich. Grüßen Sie Goldie von mir und vergessen Sie nicht, sie demnächst auszuführen. Immer nur Arbeit und nie ein bißchen Spaß lassen die Frau eines Rabbis einrosten.«

Sie nahm seinen Arm, begleitete ihn zur Tür und öffnete sie. »Hey, sehen Sie nur, meine Mesusa! Hübsch und glänzend und schutzbringend.« Sie küßte ihre Finger und legte sie auf die Mesusa. »Na, wie finden Sie das?«

»Ausgezeichnet, Mae. Ganz ausgezeichnet.«

Ein paar Minuten später, während sie auf ihrem Thronsessel saß und ihren Blick über Agnes und die Detectives schweifen ließ, verkündete sie entschlossen: »Ich kann nicht bis zu Bevs Premiere warten. Ich werde das Tailspin morgen abend inspizieren.«

»Das ist morgen das reinste Irrenhaus«, sagte Agnes.

»Wer hat denn gesagt, daß ich da nicht hingehöre?« Sie blickte Villon an, dessen Gesicht eindeutig Mißfallen signalisierte. »Meine Bodyguards werden mich begleiten, Herb. Und was noch wichtiger ist, es dürften dort eine ganze Menge Mae Wests auftauchen.«

»Es könnte dort auch ein Vampir auftauchen«, sagte Villon.

VIER

Es könnte dort auch ein Vampir auftauchen.

Nachdem die Detectives gegangen waren, öffnete Agnes eins der Fenster zum Balkon, setzte sich auf die Fensterbank und zündete sich eine Zigarette an, wobei sie den Rauch nach draußen blies. Neben dem Fenster gingen zwei Türen auf den Balkon, aber Mae hatte draußen noch keine Stühle aufstellen lassen. Mae West hatte eins mit Vampiren gemein. Sie mied die Sonne. Ihr gefiel ihre weiße Haut, und sie gab sehr darauf acht. Los Angeles schien unter einer permanenten Sonnenglut zu liegen, und oft herrschte eine gnadenlose und unerträgliche Hitze. Auf ihren seltenen Spaziergängen tagsüber suchte Mae Schutz unter einem überdimensionalen Sonnenschirm. Daneben hatte sie ein Faible für Hüte mit übertrieben breiter Krempe. Jedem modischen Trend trotzend, trug sie stets knöchellange Kleider. Einem bösen Gerücht zufolge tat sie dies wegen ihrer dicken, häßlichen Beine. Doch dem war nicht so. Ihre Beine waren wohlgeformt, aber Mae hatte den Eindruck, daß knöchellange Kleider ihr Statur gaben, ganz besonders in Kombination mit ihren Schuhen mit Plateausohle.

»Eines schönen Tages werden die Zigaretten dich genauso hinwegraffen wie meinen Vater. Battlin' Jack litt all die Jahre als erwachsener Mann an einem quälenden Husten, und dabei war ihm nicht einmal besonders viel Zeit vergönnt. Ich mag dich, Agnes. Ich bin froh, daß wir Freunde sind. Ich habe nicht viele Freundinnen. Da bist du, da ist Beverly, wenn sie mir nicht gerade Kopfschmerzen bereitet, und da sind Desdemona und Goneril.«

»Wie lange sind sie schon bei dir?«

»Seit ich damals beschlossen habe, mich hier niederzulassen und mein Glück zu machen. Übrigens wurden sie mir nicht durch irgendeine Agentur vermittelt. Ich bin durch die Vermittlungszentrale für Schauspieler an sie gekommen. Die haben mir ein Dutzend schwarzer Ladies zum Vorsprechen vorbeigeschickt, die alle bei mir Zimmermädchen oder Köchin werden wollten. Als Desdemona und Goneril eintraten und wie Zwillinge aussahen, was sie in Wahrheit gar nicht sind, war für mich die Entscheidung klar. Sie teilen sich ein hübsches Apartment eine Etage unter mir. Ich habe für sie einen Treppenaufgang bauen lassen, der ihre Küche direkt mit meiner verbindet. Die beiden sind mir eine unschätzbare Hilfe.«

»Hast du bei der Paramount keine Freundinnen?«

»Nein, dort bin ich mit keiner richtig warm geworden. Die Dietrich hängt mit Claudette Colbert zusammen, Miriam Hopkins bleibt lieber für sich, Carole Lombard zieht die männlichen Kollegen vor und flucht wie ein Rohrspatz, und Sylvia Sidney heult ständig. Zu den Frauen in meinen Filmen hat sich nie eine Freundschaft entwickelt, weil sie, glaube ich, alle Angst vor mir haben. Ich mochte Rafaela Ottiano in *Sie tat ihm Unrecht*. Sie spielte die Russische Rita, aber wir hatten bereits in New York gemeinsam auf der Bühne gestanden, und uns deshalb eine Menge zu erzählen. Sie hat sich auch hier niedergelassen, aber sie lebt mit ihrem Vater zusammen und läßt alle anderen Männer abblitzen.«

»Vielleicht ist sie ja eine Lesbe?«

»Wenn, dann eine überaus diskrete. Sie schickt mir zu Weihnachten und Ostern eine Karte. Eine liebenswerte Person.«

»Macht dir Jim Timony immer noch arg zu schaffen?«

»Agnes, keiner macht mir zu schaffen. Außerdem steht Jim kurz vor der Pensionierung.«

»Oh, tatsächlich? Ich hätte nicht geglaubt, daß er sich jemals aufs Altenteil zurückzieht.«

»Das hätte auch er nicht geglaubt. Aber es wird höchste Zeit. Er ist in mich verliebt, nur ich ganz bestimmt nicht in ihn. Ich werde ihm eine gute Abfindung zahlen.«

»Was ist mit Seymour Steel Cheeks?«

»Eine Zwischenmahlzeit. Ein kurzes Engagement. Früher oder später hat er eine andere. Das ist immer so. Zumal ich so viel älter bin. Wenn erst der Reiz, mit Mae West zusammenzusein, verflogen ist, sind auch die Männer bald ausgeflogen. Sei's drum. Gibt es bei dir einen neuen, Agnes?«

»Ich denke schon. Und zwar ein Warlock.«

»Was sind Warlocks?«

Agnes schnippte den Zigarettenstummel aus dem Fenster und nahm auf einem Lehnstuhl gegenüber von Maes Thron Platz. »Warlocks sind männliche Hexen.«

»Sag mal, Gespensterbraut, stimmt die Geschichte, daß du auf eine lange Ahnengalerie von Hexen zurückblicken kannst?«

Agnes lächelte. »Davon ist jedes Wort wahr. Aber jetzt hör zu, Mae, hältst du es wirklich für ratsam, morgen auf der Party zu erscheinen? Das wird ein einziges Tollhaus. Die Jungs sind die Mädchen und die Mädchen die Jungs, und es wird ein riesiges Besäufnis geben, und es könnte gefährlich werden.«

»Wahre Gefahr hat nur der kennengelernt, der einmal die New Yorker Kritiker bei der Premiere erleben durfte. Aber Scherz beiseite, ich muß einfach raus und sehen, was in der Welt passiert. Wenn ich nicht gerade in Dreharbeiten stecke, hocke ich dumm hier herum, weil nirgends was los ist, und wenn mal was los ist, habe ich keinen, der mitgeht. Oh, freitags abends gehe ich zum Boxen und nachher esse ich noch ein Chop Suey unten in Chinatown. Manchmal steuere ich Steel Cheeks auch ins Mocambo oder ins Coconut Grove, aber nach einer halben Stunde starren alle Leute uns an und ich fahre lieber wieder nach Hause und blättere in meinen Filmillustrierten. Dieser Vampir hier ist so ziemlich das Aufregendste, was mir seit Jahren untergekommen ist, und da will ich mir nichts entgehen lassen.«

»Paß nur auf, daß er sich dich nicht entgehen läßt.«

»Agnes, als Frau hast du bestimmt schon von weiblicher Intuition gehört. Nun, ich kann mich voll und ganz darauf verlassen. Als die Paramount mich fragte, ob ich nicht hierherkomme und *Nacht für Nacht* mit Georgie Raft drehen wollte, einem guten Freund aus alten Tagen, da spürte ich intuitiv, daß sich hier eine ganz neue Karriere für mich eröffnen und ich ein großer Filmstar werden würde. Es war nur eine Nebenrolle, und die Reklame für mich war miserabel, aber ich durfte meinen eigenen Text schreiben. Und ich habe meine eigenen Diamanten getragen. Bei meinem ersten Auftritt betrete ich Georgies Club, und das Garderobenfräulein sagt: ›Du meine Güte, was für Diamanten.‹ Und ich sage nur zu ihr: ›Liebste, mit Güte hat das nun wirklich nichts zu tun!‹ Nun, im ganzen Land waren die Leute in den Kinos völlig aus dem Häuschen, und ich hatte es geschafft. Georgie Raft meinte nur, ich hätte alles bis auf die Kamera in die Tasche gesteckt. Die Paramount bot mir einen großartigen Vertrag, mit meinem Namen noch vor dem Filmtitel und der Option auf mein eigenes Skript. Immerhin hatte ich zuvor alle meine Stücke fürs Theater selbst geschrieben und damit eine ganze Reihe Erfolge gefeiert. Ich kann mit mir ebenso zufrieden sein wie die Paramount, auch wenn ich im Moment Abstriche machen muß, weil die *Liga für Tugend und Sitte* mich dazu zwingt, meine Auftritte jugendfrei zu halten. Aber ich spiele immer noch gutes Geld für Zucker und seine Jungs ein, und mein Vertrag für die kommenden zwei Jahre ist unter Dach und Fach. Außerdem kann ich jederzeit zurück zum Theater, wobei jeder Veranstalter in Amerika für mein leibhaftiges Auftreten ein kleines Vermögen hinblättern würde. Wie dem auch sei, um auf die Intuition zurückzukommen ...«

Sie stieg von ihrem Thronsessel und stellte sich vor einen Spiegel, der über einem weißen Tischchen hing. »Agnes, ich habe ein langes Leben vor mir. Schau mir ins Gesicht. Keine einzige Falte, reinste Alabasterhaut. Auf den ersten Blick wenig Temperament, aber glaube mir, unter der Oberfläche steckt jede Menge davon. Ich habe die Dinge fest im Griff. Das hab ich von meiner Mutter. Sie hat mich dazu angehalten, meine eigenen Sachen zu schreiben. Sie war eine Heilige. Sie starb zu früh, und ich trauere noch heute um sie.« Sie fuhr mit ihrer Hand vom Kopf bis zur Hüfte. »Schau es dir an. Alles nur Fassade. Aufgesetzt. Darunter bin ich ein Kind, das nach seiner Mutter ruft. Wie dem auch sei, ich will damit nur sagen, dieser Vampir, dieser fadenscheinige Vampir – «

»Die Morde sind allerdings wenig fadenscheinig«, sagte Agnes.

»Oh, und ob sie das sind. Diese Bißspuren am Hals sind eine einzige Fälschung. Father Riggs und der Rabbi haben recht. Es gibt keine Vampire.«

»Es gibt eine Fledermausart, die so heißt.«

»Yeah, und auf der ganzen Welt gibt es Naturvölker, die Blut trinken. Nun, die Krankenhäuser geben ihren Patienten doch auch Bluttransfusionen, oder? Wo ist da der Unterschied, außer daß sie es in Krankenhäusern inter Venus machen?«

»Intravenös.«

Mae warf ihr einen giftigen Blick zu. Wenn Blicke töten könnten, hätte Agnes sich als sichere Kandidatin fürs Leichenschauhaus betrachten dürfen. »Ich glaube, Villon ahnt, was ich vorhabe. Ich mache mich selbst zur Zielscheibe.«

»Du bist verrückt!«

Mae genoß Agnes' Wut. »Aber ganz und gar nicht. Ich sage nur: Na, los doch, Killer, hier präsentiere ich mich in aller Öffentlichkeit, eine leichte Beute. Also komm und hole mich. Es ist wie auf dem Silbertablett für dich angerichtet. Kein Killer würde es wagen, an einem so öffentlichen Ort wie einem Nachtclub zuzuschlagen. Der Laden wird proppenvoll sein, und ich kann dir versichern, von dem Augenblick an, da ich meinen großen Einzug halte, wird alle Aufmerksamkeit mir gehören. Und ich kann dir gleichfalls versichern, mein Einzug wird großartig.«

»Jetzt hör mal zu, Mae West. Stanford White wurde in einem überfüllten Nachtclub erschossen. Und es gab mal einen Ganoven, den hat man beim Tango mit seiner Freundin erstochen.«

»Muß ein verdammt lausiger Tänzer gewesen sein.«

»Bitte, Mae! Du bist lebensmüde, dich so in Gefahr zu begeben!«

»Welche Gefahr, bitte schön?« fragte Jim Timony von der Tür her. Während Agnes ihn über Maes Vorhaben unterrichtete, trat Timony langsam ins Zimmer, dicht gefolgt von Seymour Steel Cheeks.

»Du wirst nichts dergleichen tun«, sagte Timony streng.

»Es ist auch nicht gefährlicher, als Bevs Premiere zu besuchen oder morgens ins Studio zu gehen. Auf einer Tonbühne ist es sogar gefährlicher als irgendwo sonst. Dort gibt es mehr als genug Verstecke, von wo aus ein Killer zuschlagen könnte.«

Agnes platzte der Kragen. »Kann man diese Frau denn gar nicht zur Vernunft bringen?« fragte sie Timony.

Timony zuckte die Schultern.

»Aber sicher doch, Honey«, gab Mae zurück, während sie durchs Zimmer schlenderte, »frag nur irgendeinen meiner verblichenen Liebhaber. Wen du auch nimmst, Agnes, sie sind alle alt, alt und verblichen.«

»Kannst du denn niemals ernst sein? Dein Leben ist in Gefahr!«

»Ich bin oft genug ernst, und dies ist nicht das einzige Mal, daß mein Leben in Gefahr ist. Vor einigen Jahren bekam ich eine Entführungsdrohung. Die Paramount ließ nichts davon an die Presse. Sie wollten nicht, daß sonst noch wer auf den Zug aufspringt. Jim besorgte mir eine Kleinkaliberpistole, mit der man ganz schön was anrichten kann. Die befindet sich bei mir im Schlafzimmer und genießt derzeit noch in einer Schublade ihren Schönheitsschlaf. Morgen abend führe ich sie in meiner Handtasche aus. Und ich bin eine verdammt gute Schützin.«

Agnes drehte sich zu Seymour Steel Cheeks, der mit verschränkten Armen dastand und aussah wie eine Filmtrophäe.

»Seymour, red du mit ihr. Vielleicht hört sie auf dich.«

»Sie hört nie auf mich«, gab Seymour kleinlaut zurück.

»Weil du nie viel zu sagen hast. Und jetzt endgültig Schluß damit. Wie steht's mit den Bodyguards, Jim?«

»Ungefähr ein Dutzend werden in ein paar Stunden im Hasseltine's Gym für dich vorsingen. Jake Hasseltine hat mir echte Qualitätsware versprochen.«

Maes Gesicht wurde träumerisch. »Jake Hasseltine? Du meinst doch nicht etwa den alten ›Eins – Zwei‹ Hasseltine?«

»Er wird sich freuen, daß du dich an ihn erinnerst.«

»Wie könnte ich ihn vergessen. Laß mich nachdenken ...« Sie blickte zur Decke, um in ihrem Gedächtnis zu kramen. »Chicago. Es muß Zwanzig oder Einundzwanzig gewesen sein. Er kämpfte gegen ›Glass Jaw‹ Brogan, wenn ich mich recht entsinne. Schlug ihn gleich in der ersten Runde k.o. Nachher gab's ihm zu Ehren eine Party, bei Collesano's. Wir wurden einander vorgestellt, unsere Blicke trafen sich, unsere Hände trafen sich, und dann, ummmm, ihr könnt euch schon vorstellen, was sich sonst noch traf.« Agnes traute ihren Ohren nicht. Da war das Leben dieser Frau in Gefahr, und sie schwelgte in Erinnerungen über eine weit zurückliegende Eroberung! »Jake Hasseltine. Mein Gott, was hatte der für einen knallharten Uppercut.«

Timony ging dazwischen. »Was ist also mit morgen abend?«

»Nun, was soll sein? Ich gehe zur Halloween-Party ins Tailspin. Nur im kleinen Kreis. Seymour, die Detektive und du sind herzlich eingeladen, uns zu begleiten, wenn es dir nicht zu sehr ans Herz geht.«

»Mit meinem Herzen ist alles in Ordnung.«

Alles in Ordnung, dachte Mae, bis auf die Tatsache, daß ich es gebrochen habe. »Agnes, würdest du bitte für mich einen Tisch reservieren lassen. Da du dörиggör dort erscheinen mußt, gehe ich davon aus, daß du einen heißen Draht zum Management hast.«

»Ich werde einen guten Tisch bekommen. Wieviel Uhr?«

»Wann, glaubst du, wird der Spaß losgehen?«

»Sobald du dort anmarschierst.«

Mae lächelte. »Wie wär's mit neun Uhr?«

»Neun Uhr. Wird erledigt.«

Mae ließ sich in einen Lehnstuhl sinken. »Sag, Agnes, dein

heißer Draht zum Tailspin heißt nicht zufällig Milton Connery?«

»Das ist eine meiner Anlaufstellen dort.«

»Kennst du ihn schon lange.«

»Drei, vier Jahre vielleicht.«

»Und er interessiert sich für Hexenkünste?«

»Erst seit er mich kennengelernt hat.«

Mae grinste. »Also hast du ihn verzaubert.«

»Es war genau umgekehrt. Er ist eine Ratte, aber als solche war er sehr einfühlsam.«

»Ach, ja? Das klingt gerade so, als würde man immer nur die eine Seite von ihm sehen.«

»Verkneif es dir, Mae. Laß die Finger von Milton Connery.«

»Hör zu, Agnes, versuche nicht, mir irgend etwas anzuhängen. Ich habe bereits genug am Hals, auch ohne daß ich mir diesen Connery oder sonstwen in die Werkstatt hole. Ich bin an etwas ganz anderem interessiert, Agnes. Wenn du diesen Typen seit drei oder vier Jahren kennst, dann mußt du auch Neon Light kennengelernt haben.«

»Wir sind uns begegnet.« Ihre Stimme klang flach und tonlos. Mae schien es nicht zu bemerken.

Mae schlug die Beine übereinander. »Seid ihr euch nur kurz begegnet, oder hast du ihn näher kennengelernt?«

»Außer Milton ließ er niemanden an sich heran, und selbst bei ihm würde ich es nicht als engere Bekanntschaft bezeichnen.«

»Erzähl mir von Neon.«

»Nun, du hast ihn doch selbst gekannt. Was soll ich da groß erzählen?«

»Herr im Himmel, ich möchte von dir wissen, welchen Eindruck er auf dich gemacht hat. Hat er dir etwas über sein Leben erzählt? Mir gegenüber hat er nie ein Wort darüber verloren, aber vielleicht war er bei dir ja anders. Wenn Leute über einen gemeinsamen Bekannten reden, lernt man einen Menschen aus einer ganz anderen Perspektive kennen. Ich glaube, genauso arbeiten Detektive.«

»Du heiliger Bimbam!« sagte Agnes zu Timony und Seymour, »jetzt spielt sie auch noch die Detektivin!«

Maes Augen glühten. »Ich spiele nicht bloß. Ich mein's ernst. Ich wollte dich schon vor den Detectives nach Neon fragen, denn ich dachte mir, wenn du morgen abend döriggör auf der Party sein mußt, müßtest du eigentlich auch Connery kennen, und da der wiederum mit Neon Light zusammenhing, hättest auch du Neon kennenlernen müssen. Aber dann habe ich beschlossen zu warten und mein privates Verhör zu starten, weil mich Detectives langsam zu interessieren beginnen. Und der Herrgott weiß, daß ich in meiner Glanzzeit eine ganze Armee Detectives zu meinen Bekannten zählen durfte.«

»Amen«, sagte Timony.

»Ich brauche keine Kommentare von den billigen Plätzen«, verwarnte ihn Mae. »Also los, Agnes, spuck's aus.«

»Spuck was aus? Ich habe nie viel Zeit allein mit dem Jungen verbracht. Wir sind nur ein paarmal ausgegangen, aber jedesmal war Milton dabei, und dann haben sie über nichts anderes als über Transvestiten geredet und wie sie Neon ganz groß rausbringen würden.«

»Wußte Milton, daß der Junge krank war?«

»Wenn er es wußte, hat er es mir gegenüber nie erwähnt.«

»Und hast du es gewußt?«

»Nein, ich wußte von nichts. Was hatte er denn?«

»So ziemlich alles, was man sich vorstellen kann. Ganz oben auf der Liste stand Krebs, gefolgt von der Schwindsucht. Vielleicht litt er auch an einem Neidnagel, aber für so etwas habe ich mich nie groß interessiert. Ich will bloß wissen, warum er umgebracht wurde. Wieso bringt man einen todgeweihten Mann um?«

»Vielleicht wußte sein Mörder nicht, daß es so schlimm um ihn stand?«

»Vielleicht wollte sein Mörder auch bloß kein Risiko eingehen, und es ging ihm mit Neon nicht schnell genug. Neon besaß eine Reihe von Informationen, für die sich vermutlich auch die Polizei interessiert hätte. Wie zum Beispiel Details über Orgien, versteckte Kameras und Erpressung. Transvestiten sind bekanntlich ausgebufft, aber sie sind nicht gerade sehr helle. Und sie reden zuviel, besonders untereinander. Und allzu oft geben sie das, was sie irgendwo erfahren haben, an ihre Kundschaft weiter, und das kann gefährlich werden.« Sie unterbrach sich und wandte sich Timony und Seymour zu: »Wenn ich die Herrschaften von irgend etwas abhalte, bevor es Zeit für Hasseltine's ist«, sagte sie gebieterisch, »dürft ihr jetzt gehen.«

»Ich muß schon sagen, Mae!« sagte Timony.

»Raus.«

Timony ballte die Fäuste. Das Faß drohte überzulaufen, aber Timony wußte sich zu beherrschen. Sobald sie in Streit gerieten, wurde er von ihr immer nur vorgeführt. Er drehte sich um und ging mit so viel Würde, wie ihm zu Gebote stand, aus dem Zimmer. Seymour wartete, bis er außer Hörweite war.

»Gibt's noch was?« fragte Mae ungeduldig.

»Mögen Sie Mr. Timony nicht mehr?« Seine Stimme klang wie die eines eingeschüchterten Kindes, das befürchtet, seine Eltern wollten sich scheiden lassen.

Mae schickte einen Der-Himmel-steh-mir-bei-Blick zur Decke und rang sich dann eine Art Lächeln für Seymour ab. »Ich bin momentan etwas unpäßlich, Seymour, bei all diesen Morden und dem Gefühl, daß eine ganze Herrschar von Bestattungsunternehmern sich voller Vorfreude die Hände reibt, mich in Kürze einbalsamieren zu dürfen.« Sie verkniff es sich hinzuzufügen, daß eine ganze Heerschar von Frauen der Meinung war, sie sei bereits einbalsamiert. »Und außerdem, Seymour, haben wir Mädchen nicht gern einen Mann in der Nähe, wenn wir unser ganz privates« – sie deutete mit dem Kopf auf Agnes – »Tettertet haben.« Agnes verschluckte sich am Qualm ihrer Zigarette. »Du verstehst schon, Honey, oder?«

»Natürlich, Mae. Ich brauche nicht den Wink mit dem Zaunpfahl.«

»Oh, nun denn, wir wollen es hoffen. Nicht, daß es in der Nachbarschaft nicht genügend davon gäbe.«

Sie blickte ihm hinterher und wandte sich dann wieder Agnes zu, die sich an der geöffneten Tür zum Balkon von einem Erstickungsanfall erholte. »Wie wär's mit einer Tasse Tee?« Ohne auf Antwort zu warten, lief sie zum Durchgang zur Küche und verlangte lautstark nach Tee. Agnes beobachtete sie und dachte bei sich: Das ist ein Weibsbild, das einfach alles besitzt – Schönheit, Scharfsinn und Intelligenz. Sie war großherzig, und sie war ganz Frau, aber sie konnte die Dinge ebenso unverblümt aussprechen, und sie ging keinem Konflikt aus dem Weg. Wenn diese Welt den Männern gehörte, so wollte sie es den Männern schon zeigen. Sie brauchte keinen Manager mehr, sie brauchte nur einen fähigen Anwalt und einen fähigen Buchhalter. Managen konnte sie sich selbst. Timony war nicht mehr als eine Galionsfigur, und so sehr er sich anfangs auch dagegen gesträubt hatte, inzwischen wußte er, daß er nicht länger gebraucht wurde und daß seine Tage gezählt waren. Dabei hatte ihre Freundschaft über erstaunlich viele Jahre gehalten. Das Wort Illoyalität tauchte in Maes Vokabular nicht auf. In Kürze wollte sie sich mit ihm einigen. Sie wußte, er würde sich elegant zurückziehen, mit einer großzügigen Abfindung versehen. In Hollywood war Jim ein Fisch auf dem Trocknen, Maes überflüssiger Satellit. Er war ein Relikt aus der Zeit der Spelunken, der Variétés und der rauhen Broadway-Bühne in den Zwanzigern. Davon hatte allein der Broadway überlebt, und auch der nur mit Händen und Füßen. Das Kino war jetzt der unumschränkte Herrscher, ein grausamer und fordernder Tyrann. Mae wußte mit ihm umzugehen, Timony nicht.

»Du machst schon wieder so ein komisches Gesicht«, sagte sie zu Agnes. »Was soll es denn diesmal bedeuten?«

»Es bedeutet, du solltest meiner Meinung nach die Ermittlungsarbeit den Detectives überlassen.«

»Machen dir meine Fragen etwa angst, Agnes? Ich dachte, Hexen kennen keine Furcht, genau wie die Hollywood-Agenten.«

»Sie machen mir keine angst, weil sie deutlich genug formuliert sind. Nun gut, ich kenne Milt Connery seit einigen

Jahren, also habe ich auch Neon Light kennengelernt. Jawohl, ich weiß, daß das Tailspin eine Brutstätte für Orgien, Erpressung und Gott weiß was ist, aber nach außen hin hat der Laden eine blütenweiße Weste. So wie dein Freund Herb Villon davon schwärmt, ist er sogar reiner als rein. Ich weiß nicht, was hinter den Kulissen vor sich geht, weil ich nie hinter den Kulissen war. Was Neon Light angeht, so ist seine Ermordung genauso tragisch wie alle anderen Morde auch. Ich wußte nicht, daß er schwerkrank war. Er hat ständig Tabletten eingeworfen und seine Temperatur gemessen, aber ich hielt ihn für einen Hypochonder.«

»Wieso hast du nie von dir aus gesagt, daß du Connery schon seit ein paar Jahren kennst?«

»Das ist nichts, was ich gerne an die große Glocke hängen möchte. Wie viele zwielichtige Gestalten gibt es in deinem Leben, deren Bekanntschaft du noch eingestehen könntest?«

Mae lächelte. »Du warst dabei, als ich dem Rabbi ein paar Namen vorlegte. Ich wette, er konnte sich an keinen davon erinnern. Und du hast wirklich keine Ahnung, wer Neon umgebracht haben könnte? Keinen Verdacht?«

»Nein, Mae, leider nicht. Neon bedeutete mir nichts. Genauso wie ich mir generell nichts aus Transvestiten oder aus Tunten mache. Um die Wahrheit zu sagen, sie machen mich traurig. Sie stehen weder auf der einen noch auf der anderen Seite. Sind weder Männer noch Frauen. Ich glaube, sie leben in einer zwielichtigen und unwirklichen Welt, und sie können sich nur untereinander akzeptieren. Dich himmeln sie an, weil du größer als das Leben selbst bist, dein eigenes androgynes Geschöpf – «

»Andro ... wie bitte?«

»Androgyn. Sowohl Mann als auch Frau.«

»Ah, was für ein Blödsinn. Du meinst wohl die Dietrich. Sie trägt gerne Hosen. Ich habe es einmal probiert, und es sah aus wie zwei Tüten geschälter Erdnüsse.«

Desdemona rollte den Teewagen ins Zimmer. Mae wies sie an, ihn zwischen zwei Lehnstühle zu stellen. »Plätzchen«, sagte Mae.

»Teegebäck«, korrigierte Desdemona.

Die Hände auf den Hüften, sagte Mae: »Teufel noch eins, das ist ja hier schlimmer als in der Schule!«

FÜNF

Hazel Dickson, Herb Villons Freundin, hockte ihm in seinem schmalen Büro gegenüber. Herb telefonierte gerade mit Mae, und Hazel, die ihren Unterhalt damit bestritt, daß sie die Presse und eine Reihe anderer Leute mit Klatsch belieferte und dafür reichlich abkassierte, wartete ganz gespannt auf eine Meldung vom anderen Ende der Leitung, die sich gewinnbringend weiterverkaufen ließ. »Sie ist hocherfreut, bei der Premiere Ihrer Schwester dabeisein zu dürfen«, hörte sie Herb zu Mae sagen, »aber was morgen ist, kann ich nicht so genau sagen. Donnerstags geht sie gewöhnlich zum Messerwerfen mit den anderen Klatschreportern.«

»Sehr witzig«, murmelte Hazel.

»Miss West hat für morgen einen Tisch im Tailspin reserviert. An Halloween.«

»Wieviel Tailspin können wir denn an einem Abend ertragen?« Sie überlegte einen Moment. »Andererseits werden eine ganze Reihe von Hollywood-Leuten dasein und so über die Stränge schlagen, daß sie am nächsten Morgen lieber nichts mehr davon wissen wollen. Und vielleicht kann ich sogar Mae für ein kurzes Pläuschchen gewinnen. Bislang hat sie mich noch jedesmal abblitzen lassen. Also, warum nicht?«

»Okay, Mae«, sagte er in die Muschel, »wir sind um neun da. Oh, natürlich wäre Jim begeistert. Wie? Klar, ich richte es ihm aus. Während er Sie beschützt, beschützen Sie ihn. Wir sehen uns morgen abend.« Während er den Hörer zurück auf die Gabel legte, sagte er zu Hazel: »Ich würde mir keine großen Hoffnungen machen, mit Mae West ins Gespräch zu kommen.«

»Und wieso nicht? Ist sie so zugeknöpft?«

»Nein, sie ist recht offenherzig. Aber nur bis zu einem gewissen Punkt. Ich glaube, sie hat nur wenige wirkliche Freundinnen.«

»Du hast recht. Sehr wenige. Da wäre diese Agnes Darwin, der du heute begegnet bist. Die Hexe. O Mann, wenn das mal kein schlechter Witz ist.«

»Überleg mal, Hazel, womit verdienen Hexen ihr Geld?«

»Gute Frage. Womit verdienen sie denn ihr Geld?«

»Keine Ahnung, deshalb frage ich dich ja. Du behauptest doch immer, über alles und jeden Bescheid zu wissen.«

»Dein Sarkasmus ist hier völlig fehl am Platze.« Sie blickte prüfend auf ihre Fingernägel, während sie nachdachte. »Ich nehme an, sie werden dafür bezahlt, daß sie den Alleingebliebenen Liebestränke mixen, Quälgeister im Auftrag anderer Leute verhexen oder vor Frauenverbänden Vorträge halten.« Hazel kratzte sich am Kinn. »Mae ist offenbar gut zu ihrer Schwester. Und auch zum Dienstpersonal.«

»Desdemona und Goneril himmeln sie an. Was ist mit diesem Jim Timony, ihrem sogenannten Manager?«

»Der ist schon seit ewigen Zeiten mit dabei, aber wie ich gehört habe, werden ihm diese ewigen Zeiten allmählich zu lang. Und wie steht's mit dem Muskelprotz?«

»Seymour Steel Cheeks?« Villon lachte. »Der ist wie ein Schoßhündchen.«

»Ich habe sein Foto gesehen. So ein Schoßhündchen würde ich mir wohl auch gefallen lassen.«

»Und, Hazel, hast du eine Erklärung für die Vampirmorde?«

»Das ist so deutlich, daß selbst ein Blinder es sieht. Alle blutbefleckten Spuren führen zu Mae West.«

Villon seufzte. »Die Mehrheit hat wohl immer recht.«

Hazel fand, daß er müde aussah. Sie waren jetzt, von ein paar kleineren Streitigkeiten und nachfolgenden kurzen Phasen der Funkstille abgesehen, seit fast einem Jahrzehnt zusammen. Dabei war ihre Beziehung alles andere als leidenschaftlich. Eigentlich waren sie wie ein kinderloses Paar, bei dem beide Partner ihrer eigenen Beschäftigung nachgingen und man sich nur bei Gelegenheit unter einer Decke traf, um die gemeinsame Lizenz nicht zu verlieren. Beide hatten einander gestanden, Angst vor dem Gedanken zu haben, jemals mit einer anderen Person leben zu müssen, so daß man mit Freude einwilligte, den Status absolut quo zu halten.

»Hältst du es für möglich«, fragte Hazel, »daß unser Mr. Timony hinter diesen Morden stecken könnte?«

»Der ist zu unförmig.«

»Was soll *das* denn nun wieder heißen?«

Villon kannte diesen gereizten Ton in Hazels Stimme. »Er ist zu behäbig, um die Morde begangen zu haben. Unser Mörder ist flink auf den Beinen. Er ist sogar verdammt schnell. Er schleicht sich an sein Opfer heran, schlitzt ihm die Kehle auf und hat ihnen Sekunden später auch schon ein Messer ins Herz gestoßen. Diese Art von Choreographie deutet auf exzellente Beinarbeit hin.«

»Du verdächtigst also Fred Astaire?«

Villon lächelte. »Du könntest ziemlich nahe dran liegen, weißt du. Ein wendiger Typ. Athletisch. Jung. Zwischen zwanzig und vierzig.«

»Und was ist mit diesem Neon Light, in Gottes Namen? Kein Vampirbiß. Kein Messerstich ins Herz.« Sie ließ sich auf ihren Stuhl fallen. »Detectives sind wahrlich nicht zu beneiden.«

»Zweifellos. Neons einzige Verbindung zu den drei anderen besteht darin, daß er wie sie Mae West imitierte. Jim kramt gerade nach seiner Akte. Neons Manager war Milton Connery, und der betreibt seine Geschäfte vom Tailspin aus.«

»O prima. Ein Grund mehr, gleich an zwei Abenden hintereinander hinzugehen. Vielleicht kann ich ihn mir an Land ziehen.«

»Ich hätte nichts dagegen.«

»Willst du mich loswerden?«

»Ich will ihn loswerden. Er hat eine schmutzige Weste, und wie Mae mir gerade am Telefon mitgeteilt hat, waren er und Agnes die Hexe vor einigen Jahren miteinander liiert.«

»O, das freut mich aber sehr, daß auch Hexen Sex haben.

Ich habe mir schon richtig Sorgen gemacht. Ich meine, es wäre doch zu traurig, immer nur auf einem Besenstiel durch die Lüfte zu reiten, gerade bei Unwetter, und dann bei der Heimkehr nur eine angenehm warme schwarze Katze und einen brodelnden Kessel vorzufinden, in dem allerlei übelriechende Ingredienzen vor sich hin köcheln.«

»Agnes Darwin ist eine ziemlich gutaussehende Frau. Sie sollte allerdings ihren Friseur erschießen.«

»Ist sie wendig? Athletisch? Jung? Zwischen zwanzig und vierzig?«

»Sie raucht zuviel.«

»Dann geht ihr vermutlich zu schnell die Puste aus. Warum sollte sie außerdem Mae-West-Imitatoren um die Ecke bringen wollen?«

»Frag mich. Ich weiß ja nicht einmal, warum der Mörder sie umgebracht hat. Ich weiß nur, drei sind schon eine ganze Menge, und ich sähe ungern noch weitere Opfer.«

»Du sagst, drei sind eine Menge. Was ist mit Neon Light?«

»Ich habe den Verdacht, daß er von jemand anderem ermordet wurde. Man hat seine Leiche im Griffith Park gefunden, aber da stößt man ja ohnehin auf die sonderbarsten Dinge.«

»Ganz besonders auf Schwuchteln.«

»Nein, Neon Light wurde anderswo umgebracht und dann zu sicherer Stunde, mitten in der Nacht im Park deponiert. Die einzig wirkliche Verbindung mit den anderen war sein Beruf. Ich habe das fast schon sichere Gefühl, daß es noch weitere Verbindungen geben könnte, nur wird es einen Haufen Arbeit kosten, denen auf die Spur zu kommen.«

»Glaubst du, Milton Connery könnte eine Spur sein?«

»Alle Opfer sind irgendwann einmal als Headliner im Tailspin aufgetreten. Weißt du, Tunten und Transvestiten können nur als Top-Acts regelmäßige Auftritte bekommen, und einen richtigen Top-Act hat es schon seit Jahren nicht mehr gegeben. Statt dessen tingeln sie über Land und treten in kleineren Etablissements auf. Meistens in Schwulenbars und Clubs, und gelegentlich auch in schmierigen Spelunken, wo noch eine Art Vaudeville auf die Bühne gebracht wird. Einige von ihnen haben Glück und bekommen Auftritte in Europa. Die kommen in Deutschland und in Paris groß raus. Deutschland ist bereits seit Jahren eine Oase für Transvestiten. Genau wie Nordafrika.« Hazel war ganz Ohr. »Tunesien, Tanger, Ägypten. Ein riesiger Markt für sie. Und wir dürfen nicht die größte Anlaufstelle für Transvestiten in Fernost vergessen. Das Kabuki-Theater in Japan und die Chinesische Oper. Da treten nur Transvestiten auf.«

Hazel richtete sich in ihrem Stuhl auf. »Herbert Villon, kannst du mir erklären, wieso du so viel darüber weißt?«

»Was zum Teufel willst du damit sagen? Ich habe eine Reihe von Büchern dazu gelesen. Forschungsarbeit. Wenn ich jemandem auf der Spur bin, der Transvestiten ermordet, dann muß ich so viel wie möglich darüber in Erfahrung bringen.«

»Weißt du, daß ein Gerücht kursiert, Mae West sei in Wirklichkeit ein Mann?«

»Hazel, laß dir von mir gesagt sein, sie ist eine Frau, mit Haut und Haaren und unübersehbar.« Er blickte aus dem Fenster in eine Seitenstraße voller Pappkartons und Mülleimer. In einem stöberte eine gestreifte Katze nach Eßbarem.

»Ich komme immer wieder auf Milton Connery zurück.«

»Bist du ihm je begegnet?«

»Unsere Wege haben sich gekreuzt, aber nie unsere Schwerter.« Er drehte sich in seinem Stuhl um und blickte Hazel an. »Versuch ihn dir an Land zu ziehen.«

»Wenn sich die Gelegenheit bietet, hänge ich mich dran. Allerdings bin ich keine akkredierte Femme fatale mit gültigem Ausweis.« Sie warf ihm ein einnehmendes Lächeln zu. »Andererseits gibt es einige, die nachweislich meinem Charme erlegen sind, wenn auch nur vorübergehend. Aber sag, wir müssen doch morgen nicht im Kostüm erscheinen, oder?«

»Ich glaube nicht. Und wenn ich gefragt werde, als was ich mich verkleidet habe, sage ich, als Detective.«

»Wann geht's morgen abend los?«

»Um neun. Ich bin eine Viertelstunde vorher bei dir.«

»Also, was soll ich Verführerisches anziehen?«

»Trage dein bezauberndes Lächeln. Mit dem du gewöhnlich den Hauswirt bezirzst, wenn du mit der Miete spät dran bist.«

Sie warf ihm einen kurzen Blick zu und sagte: »Vielleicht stecke ich mir ein Stück Schokolade in den Bauchnabel und gehe als Werbeplätzchen.«

In dem Moment klopfte es an der Tür und Jim Mallory trat ein. »Neon Lights Akte ist irgendwo im Keller verschwunden.«

»Was hat sie da unten verloren?« fragte Herb verärgert.

»Der Kollege sagte, hier oben wäre langsam kein Platz mehr, so daß die Akten sämtlicher als unlösbar geltender Fälle nach unten geschafft worden seien.«

Herb knallte die Faust auf den Tisch, und Hazel jaulte auf. »Wer zum Teufel ist dieser Schreibtischhengst, daß er sich anmaßt, einen Fall für unlösbar zu erklären? Nur weil wir in den vergangenen sechs Monaten nicht groß weitergekommen sind, heißt das noch lange nicht, daß es keinen Durchbruch geben könnte.« Er dachte einen Moment nach. »Glaubst du, jemand könnte veranlaßt haben, die Akte auf Eis zu legen?«

»Daran habe ich auch schon gedacht. Wie dem auch sei, er fahndet nach ihr und meint, sie in ein paar Tagen aufgetrieben zu haben.«

»Warum so lange?«

»Herb, wie lange bist du nicht mehr im Keller gewesen?«

»Zuletzt, als die Toiletten noch unten waren.«

»Es hat sich einiges getan. Du würdest es nicht mehr wiedererkennen. Und zwar deswegen, weil sich vom Boden bis zur Decke die Kisten stapeln, natürlich alphabetisch geordnet.«

»Tolle Idee«, sagte Villon mürrisch. Er erzählte Mallory von Maes Einladung zur Halloween-Party im Tailspin. Mallorys Gesicht reagierte wie die aufgehende Sonne im Osten.

»Müssen wir uns kostümieren? Dazu kommt die Einladung aber verdammt spät.«

»Ich glaube, von uns älteren Herrschaften wird das nicht mehr erwartet.«

Hazels Augen schleuderten Blitze. »Ich gehöre noch lange, lange nicht zu den ›älteren Herrschaften‹.«

»Nun, Hazel«, sagte Villon und zwinkerte Mallory zu, »hast du mir nicht einmal erzählt, wie du damals mit den Suffragetten marschiert bist?« Er duckte sich eiligst, als ein Metallfederhalter über seinen Kopf hinwegsegelte und hinter ihm gegen die Wand knallte.

Mit Seymour Steel Cheeks am Steuer fuhr Maes Limousine vor Jake Hasseltines Fitneßstudio am Santa Monica Boulevard in West Hollywood vor. Es war ein dreigeschossiges Ziegelgebäude, an das auf der einen Seite ein mit Unkraut überwuchertes und mit Abfällen übersätes Baugrundstück und auf der anderen Seite ein schmierig aussehender Imbiß, der in der Nachbarschaft als Ptomaine Pit bekannt war, angrenzten. Seymour flitzte um den Wagen herum auf Maes Seite und öffnete ihr die Fondtür. Sie streckte ihre Hand vor, und er half ihr auszusteigen. Timony stieg auf der anderen Seite aus. Er überblickte die abgerissene Umgebung und dachte, wenn ich mich mit Immobilien auskennen würde, könnte ich diese Grundstücke aufkaufen, erschließen lassen und bebauen und dabei einen ganz hübschen Gewinn einstreichen. Aber er verstand sich leider nicht auf Immobilien und wollte es auch nicht lernen. Er wußte, er würde bald an die Ostküste zurückkehren – zurück in die Zivilisation, wie er New York gewöhnlich bezeichnete –, und er fing an, sich darauf zu freuen. Sich zu freuen, ungeachtet der dreitausend Meilen, die ihn dann von Mae trennen würden. Er mußte sich nicht erst ins Gedächtnis zurückrufen, daß er im Augenblick noch mehr als dreitausend Meilen von Mae getrennt war. Er hörte, wie sie mit ihm redete.

»Du zeigst uns den Weg, Jim. Und um ganz sicher zu gehen, gesetzt den Fall, daß Jake nicht mehr der Jake ist, den ich damals in Chicago kennengelernt habe, zeigst du mir, wer es ist.« Dann fügte sie noch hinzu: »Aber mach's unauffällig. Ich möchte ihn nicht in seinen Gefühlen verletzen.«

Seymour ging zum Eingang voraus und hielt ihnen die ungewöhnlich große Stahltür auf. »Ist das ein Fitneßstudio oder eine Festungsanlage?« sagte Mae. »Seit ich meine Zeit auf Welfare Island abgesessen habe, ist mir keine so riesige Tür mehr unter die Augen gekommen.« Am Eingang befand sich eine sehr hohe, gemauerte Stufe. Mae erkannte, daß sie sie mit ihren Plateausohlen unmöglich erklimmen konnte und bat Timony, ihr hinaufzuhelfen. Während er seine Hand unter ihren Ellbogen schob, wurde ihm bewußt, daß es ihr erster Körperkontakt seit über einem Jahr war. Einmal drin, stöhnte Mae auf. Eine lange Treppenflucht führte zum Studio hinauf. »Zum Teufel noch mal, hat er noch nie was von Aufzügen gehört? Warum hast du mir nicht gesagt, daß wir Bergsteigen gehen?« sagte sie zu Timony.

»Ich glaube, ich hätte die Jungs auch zu dir nach Hause bestellen können, aber du hast es ja nicht so gern, wenn Leute deine Adresse kennen.«

»Leute schon, Männer nein.« Sie hielt sich am Geländer fest und zog sich hinauf. »Seymour, du hältst dich hinter mir, falls ich den Halt verlieren und abstürzen sollte. Oben allerdings hältst du dich im Hintergrund, wenn ich die Jungs interviewe und dabei den Halt zu verlieren und zu fallen drohe.«

Während sie langsam die Treppe hinaufstieg, hörte sie Geräusche aus ihrer Kindheit, wenn ihre Mutter sie und ihre Geschwister ins Sportstudio mitgenommen hatte, wo ihr Vater, Battlin' Jack, trainierte. Eine Welle der Nostalgie überkam sie und, damit einhergehend, ein Anflug von Traurigkeit. Sie konnte den Aufprall behandschuhter Fäuste auf Sandsäcke hören. Sie hörte das flinke Trippeln eines seilspringenden Athleten. Als sie das vertraute Geräusch zweier Kämpfer beim Sparring vernahm, dachte sie für einen Moment, wenn sie jetzt nach rechts sähe, würde ihre Mutter dastehen und sie warnen, daß es vielleicht Blut zu sehen gäbe und sie sich nicht übergeben sollte. Mae mußte sich nie übergeben. Der Anblick von Blut erregte sie, aber Blut gab es nur allzu selten. Manchmal geriet ein Sparringspartner zu sehr in Fahrt und schlug seinem Gegner so fest aufs Maul, daß ein paar Zähne wackelten, aber das passierte nicht sehr häufig. Sie hatte die oberste Stufe der Treppe erreicht und hielt inne, um sich zurechtzumachen. Seymour und Timony kannten die Prozedur und warteten, während sie ihr Aussehen in einem flurlangen Spiegel überprüfte, der praktischerweise links von ihr in die Wand eingelassen war. Sie wußte, zukünftige Preisboxer gefielen sich darin, vor einem Spiegel in Pose zu gehen, mit wie zum Kampf geballten Fäusten, verzerrten Lippen und hochgerecktem Kopf, so als warteten sie auf den Gong einer imaginären Glocke, bei dem sie auf ihren Gegner losgehen würden. Sie waren das moderne Gegenstück zu den antiken Gladiatoren, bereit, in die Arena zu treten und sich dem Kampf zu stellen. *Die Todgeweihten grüßen dich.* Heil, Caesar.

Für Mae West war es immer ein Genuß, sich im Spiegel zu betrachten. Sie war keine atemberaubende Schönheit, aber sie setzte eigene Maßstäbe. Sie hatte sich selbst entworfen und besaß das Patent, und sie würde es niemals weiterverkaufen. Ihr Florentiner stand ihr gut. Ihr Kleid hatte ein schlichtes Blumenmuster. Darunter trug sie einen Gürtel, der speziell für sie angefertigt war und ihr eine Figur verlieh, wie sie die Natur nie hätte fertigbringen können. Sie kämpfte einen hartnäckigen Kampf gegen hervorspringende Wülste, weshalb sie Drehbücher bevorzugte, für die man die Mode der jeweiligen Zeit statt moderner Kleidung tragen mußte. *Nach Westen, junger Mann* spielte in der Gegenwart, und der Kostümdesigner Travis Branton hatte beinahe einen Nervenzusammenbruch erlitten, um sämtliche Wünsche Mae Wests zufriedenzustellen. Um ihren Hals trug sie eine einfache Perlenkette, und auf acht ihrer Finger steckte ein blendendes Sortiment glitzernder Diamanten. Ihre Handgelenke waren mit sechs Armbändern aus erlesenen Juwelen dekoriert, an jedem Gelenk drei. Es grenzte an ein Wunder, daß sie in der Öffentlichkeit nie überfallen oder daß ihr nie von Ganoven aufgelauert worden war. Sie war wahrhaftig ein Liebling der Götter.

»Dann mal los, Jungs. Jim, du zuerst. Seymour, du folgst ihm und hältst dich ein paar Schritte vor mir. Wir wollen uns schließlich nicht auf die Füße treten.«

Nachdem Mae eingetreten war, ebbte der Lärm langsam ab. Es war gerade so, als ob jeder einzelne Mann im Studio in einer Massenhypnose von einem Zaubermeister in Bann geschlagen würde. Dabei war das Lächeln auf Maes Gesicht tatsächlich bezaubernd. Genau in dem Moment hörte sie ein aufbrausendes Donnern. Es war Applaus. Boxer hatten ihre Handschuhe ausgezogen, um gemeinsam mit ihren Trainern und Frischmachern ihrer Traumfrau Tribut zu zollen. Mae rang mit den Tränen, so sehr war sie von der Situation überrascht. Wie eine perfekte Imitation der englischen Königin, die auf dem Balkon ihres Palastes steht und die Huldigungen ihrer Untertanen von der Straße entgegennimmt, hob Mae ihre rechte Hand.

Und da sah sie ihn. Jake Hasseltine. Er stand in der Mitte des Rings, wo er zwei Nachwuchskämpfer beim Sparring beobachtet hatte, die so aussahen, als wären sie gerade erst den Kinderschuhen entwachsen. Hasseltine trug ein T-Shirt, auf dem in fetten Buchstaben DER CHAMPION prangte. Er trug schwarze Boxershorts und eine schwarze Augenklappe über dem linken Auge. Mae ließ ihre Hand sinken und sah zu, wie er aus dem Ring stieg, ein wundervolles Lächeln im Gesicht, das eine Reihe kräftiger, aber krummer Zähne enthüllte, und seine Hände ausstreckte, als erwartete er, daß sie auf ihn zulaufen werde. Da konnte er lange warten. Mae lief auf niemanden zu. Vielmehr rannten sie zu ihr, liefen zu ihr, krochen zu ihr, besonders dann, wenn sie zuviel getrunken hatten. Ihr professioneller Blick musterte ihn genau. Seine Arme waren immer noch muskulös, sein Bauch immer noch flach – ein ganzes Stück flacher jedenfalls, als ihr eigener –, die Beine waren stämmig wie eh und je, und die Nase, die zu oft gebrochen war, als daß man noch mitzählen konnte, war beeindruckend. Glücklicherweise wiesen die Ohren noch keine Anzeichen von Blumenkohl auf.

»Ich muß dich umarmen, Baby, ich muß es einfach.«

»Dann beeilst du dich besser, mein Goldstück, oder meine Pranke rüttelt ordentlich an deinen Juwelen.«

Timony beobachtete mit starrem Blick, wie sie sich in den Arm nahmen. Seymour Steel Cheeks war entgeistert. Diesen alten Kerl hatte sie früher einmal attraktiv und sexy gefunden? Hasseltine war jetzt Anfang vierzig und besser in Form als die meisten halb so alten Männer. Schweren Herzens mußte Seymour sich eingestehen, daß Hasseltine vor fünfzehn oder sechzehn Jahren wie ein bronzener Adonis ausgesehen haben mußte.

Hasseltines Stimme verriet seine Lebensgeschichte. Er war in der Lower East Side in Manhattan geboren worden, wo er zuerst den Gebrauch seiner Fäuste erlernte, um zu überleben, und wo er zusammen mit seinen Eltern und seinen Brüdern mit einem Handkarren auf der Delancey Street ein gutsortiertes Angebot an frischem und manchmal auch weniger frischem Fisch zum Verkauf feilbot. Er war eine geborene Kämpfernatur, und sein Aufstieg an die Spitze des Boxsports war genauso kometenhaft schnell verlaufen wie sein Niedergang.

»Mae, ich habe alle deine Filme gesehen.«

»Ach, ja? So viele waren es ja nicht.«

»Schon okay. Ich habe mir jeden zehnmal angeschaut.«

»Zehnmal? Hmmm. Um immun zu werden?«

»Du machst noch immer deine Witze.« Er nahm ihren Arm. »Ich habe Kaffee und Doughnuts herrichten lassen. Ich dachte, wir plaudern ein wenig, bevor ich die Jungs antreten lasse.«

»Du weißt sehr wohl, wie du mir Appetit machst. Wo sind die Jungs?«

»Die sind oben und üben, wie starke Männer auszusehen.«

»Ich steige keine Treppen mehr!«

»Keine Sorge, Babe. Die kommen hier vorbeimarschiert, sobald ich sie rufen lasse.«

Jake führte sie in sein Büro. Auf einem Schreibtisch stand eine Kaffeekanne auf einer Kochplatte und ein Teller mit kleinen Doughnuts. Stolz und auch ein wenig schüchtern verkündete er: »Ich habe sogar Papierservietten, Zucker und Milch.«

»Ich hoffe, du hast an die Löffel gedacht.«

Jake lachte brüllend auf. »Ist sie nicht komisch? Macht immer noch ihre Witzchen, ganz meine Mae. Setz dich hier hinter meinen Schreibtisch, Mae. Ich habe ein neues Kissen gekauft, extra für dich.«

»Also, das nenne ich aufmerksam.« Sie nahm Platz und seufzte übertrieben auf. »Uhhh, das ist vielleicht angenehm und bequem. Genau wie du.«

»Ahhh, so weit kannst du dich wohl kaum zurückerinnern«, sagte er grinsend, während er für alle vier Kaffee einschenkte.

»Ach, nein? Nun, Jake, ich weiß noch genau, wo dein Leberfleck ist.«

»Ah, nicht doch, Babe, du bringst mich in Verlegenheit!«

»Haltet euch nur an die Erfrischungen, Jungs«, sagte sie zu Timony und Seymour, »und sagt mir, ob alles o.k. ist. Für mich bitte ohne Milch und Zucker. Ich nehme ihn schwarz.«

»Das habe ich nicht vergessen, Babe.« Er nahm neben ihr auf einem Holzstuhl Platz. »Sag mal, was ist eigentlich mit deinen Imitatoren los, von denen ständig welche ermordet werden?«

»Nun, was soll sein, Jake. Sie werden ermordet. Sieht so aus, als treibe sich dort draußen der hiesige Jack the Ripper herum und macht sich für seinen großen Auftritt warm, nämlich mich zu ermorden.«

»Unmöglich!« rief Jake.

»Sehr wohl möglich«, sagte Mae. Ihr kam ein verruchter Gedanke, und sie genoß es, ihn auszusprechen: »Es könnte nicht zufällig ein Jake the Ripper sein, oder?«

»Wie?« Er grinste breit. »Was bist du für eine Ulknudel! Ganz die alte Mae! Hat immer einen Witz parat!« Er tunkte einen Doughnut in seinen Kaffee und biß ein Stück ab. Kauend redete er weiter und erinnerte dabei an einen Zementmixer in Aktion. »Und die Bullen haben gar keine Spur?«

»Keine Spur, nichts. Außer daß da draußen ein Vampir sein Unwesen treiben könnte, den es nach mir gelüstet.« Sie erzählte ihm die Geschichte mit den Einstichen am Hals.

Ehrfürchtig schwenkte Jake den Kopf hin und her. »Genau wie im Film. Hey! Vielleicht ist das ganz ja nur ein Publicity-Gag.«

»Wenn es das ist, dann stinkt er zum Himmel.« Sie knabberte zaghaft an ihrem Doughnut. Überraschenderweise schmeckte er ausgezeichnet, außen knusprig und innen weich. »Hör mal, deine Doughnuts sind wirklich gut. Wo hast du die her?«

»Siehst du den langen Kerl dort beim Seilspringen«, sagte Jake stolz, »der so aussieht wie ein Kombi? Der macht sie. Ist ein prima Bäcker. Er hofft, durch sein Boxen genügend Geld reinzukriegen, um eine Doughnut-Kette aufzuziehen.«

»Ummmm, ich könnte mir vorstellen, ihm höchstpersönlich unter die Arme zu greifen.«

»Hör zu, Mae«, sagte Jake, mit einem Mal ernst werdend, »ich weiß, du bist hier, um dir ein paar Bodyguards auszusuchen, aber wenn ich irgend etwas für dich tun kann ... Ich habe ein Schießeisen, und meine Fäuste sind immer noch wie zwei Granitplatten. Ich könnte dich ausgezeichnet beschützen.«

»Das ist lieb von dir, Jake, wirklich lieb. Aber mir würde im Traum nicht einfallen, dich aus deinem Fitneßstudio zu entführen. Außerdem habe ich bereits andere Beschützer gefunden. Ich habe einen Priester, der für mich betet, und heute erst hat mir ein Rabbi eine Mesusa geschenkt.«

»Was ist das?«

Mae erklärte es ihm und sagte abschließend: »Wie wär's, wenn du mich mal abends besuchen kommst und meine Mesusa küßt?«

SECHS

Eine Viertelstunde später standen zehn muskulöse junge Männer Spalier, um von Mae West inspiziert zu werden. »Vielleicht schickst du einen oder zwei von ihnen lieber wieder zurück«, flüsterte Mae Jake zu, »ich habe eine ziemlich unruhige Nacht hinter mir.«

Jake blickte verwirrt und lachte dann schallend los: »Immer die Ulknudel! Ha-ha-ha! Urkomisch! Bei dieser Frau müßt ihr gut aufpassen, Freunde«, sagte er zu der Männerriege, »sie ist immer zu Scherzen aufgelegt.«

»Nicht immer, Jungs. Hin und wieder werde ich auch schon mal ernst, und dann heißt es: Jeder Mann für sich selbst und alle Männer für mich.« Sie schlenkerte auf den ersten Jüngling in der Reihe zu. »Junger Mann, dir kann man bis in den Rachen sehen.« Er klappte eilig seinen Mund zu. »Wie heißt du?« Er nuschelte etwas. Sie lächelte. »Hat die Katze dir die Zunge gestohlen, oder freust du dich bloß, mich zu sehen?«

Er schluckte heftig und sagte mit leicht erhobener Stimme: »Salvatore.«

»Salvatore, eh. Wie in San Salvatore?«

»Nein, Miss West. Salvatore Puccini.«

»Puccini, eh. Das hat einen hübschen melodischen Klang. Weißt du, daß es einmal einen Puccini gegeben hat, der ein paar wirklich nette Opern geschrieben hat?«

»Ja, Miss West. Mein Paps hat zu Hause ein paar auf Schallplatte. Die spielt er den ganzen Tag.«

»Ohhh? Nun, da haben dein Paps und ich ja etwas gemeinsam. Ich liebe große Oper. Je größer, desto besser. Ich habe vor, eines Tages selbst große Oper zu singen, und ich kann dir versprechen, mit mir wird es wirklich große Oper. Mein erster Auftritt wird übrigens *Madame Butterfly* sein.

Natürlich müssen sie ein paar Dinge nach meinen Wünschen ändern. Du weißt, im letzten Akt begeht sie Harry Carey. Weißt du, was das ist?«

»Yeah, ein Filmschauspieler.«

Mae war verblüfft, aber nur einen kurzen Moment. »Es bedeutet, Selbstmord zu begehen, indem man sich ein Messer in den Bauch stößt und es so lange herumdreht, bis einem schlecht wird und man stirbt. Wie alt bist du, Salvatore?«

»Dreiundzwanzig.«

»Ach ja? So junge Kerle gibt's gar nicht mehr. Glaubst du, du könntest mich gut beschützen, Salvatore?«

»Miss West«, sagte er mit tiefster Aufrichtigkeit, »ich gäbe mein Leben für Sie.«

Sie drehte sich zu Timony, der zusammen mit Jake und Seymour neben ihr stand: »Habt ihr das gehört, Jungs, was haltet ihr von so viel Großmut?« Sie wandte sich wieder Salvatore zu: »So weit brauchst du nicht zu gehen, Salvatore.« Sie musterte ihn noch einmal vom Scheitel bis zur Sohle. »Du mußt vielleicht ein gutes Stück gehen, aber so weit nun doch nicht, wenn du verstehst, was ich sagen will. Jim? Du machst dir Notizen?«

»Mir entgeht kein einziges Wort, Mae.«

»Den Eindruck habe ich auch. Nun, wenn du alles im Kopf hast, wovon ich ausgehe, da ich weder Papier noch Bleistift bei dir sehe, dann mach einen Haken hinter Salvatore Puccini.«

Sie plauderte mit drei weiteren Männern und sah sich dann einem schwarzen Hünen gegenüber, der auf sie herabblickte, die Arme verschränkt und mit einem Lachen im Gesicht, das ganz Beverly Hills hätte erstrahlen lassen. »Aber hallo! Was haben wir denn hier? Das sieht aber wirklich nach mächtigen Muskeln aus. Wie heißt du, Big Boy?«

»Selma.« Er grinste weiter vor sich hin.

»Selma! Das ist ein Mädchenname. Willst du mich hochnehmen?«

»Nein, Ma'am. Ich heiße Selma Hamilton Burr. Ich bin in Selma, Alabama, geboren, und meine Mama hatte sich geschworen, eines Tages ein Mädchen zur Welt zu bringen und es Selma zu nennen. Nun, ich bin ihr neunter Sohn, und Mama war einfach zu hundemüde, um es noch weiter zu versuchen, also hat sie mir den Namen Selma gegeben, und dadurch kam es, daß ich meine Fäuste gebrauchen lernte.« Er lachte. »Können Sie sich vorstellen, wie oft ich mich prügeln mußte, wenn mich ein Junge nach meinem Namen fragte und ich es ihm sagte? Na ja, heute sagen alle nur kurz Sel zu mir.«

»Oh, ich würde dich ganz bestimmt nie für kurz halten, Sel. Du bist wahrlich ein Baum von einem Kerl. Wie alt bist du?«

»Wie alt schätzen Sie?«

»Nun zier dich nicht so. Du weißt, bei Farbigen läßt sich das Alter nur schwer schätzen, es sei denn, sie sind ergraut und von den Jahren gebeugt. Bei mir zu Hause sind zwei farbige Mädchen, die für mich arbeiten ...«

»O yeah?« Seine Augen glänzten erwartungsvoll.

»Und ich habe immer noch nicht herausbekommen, wie alt sie sind. Um genau zu sein, ihr Alter schwankt von Tag zu Tag zwischen zwanzig und fünfunddreißig. Du bist also Selma Hamilton Burr. Und wofür steht das Hamilton, war das einer deiner Großväter?«

»O nein, Ma'am. Haben Sie noch nie von Alexander Hamilton gehört?«

»Aber sicher doch. Ich habe sein Bild auf einem ganzen Stapel Banknoten.«

»Dann wissen sie auch, daß Alexander Hamilton sich vor ewigen Zeiten mit Aaron Burr duelliert hat, und mein Daddy behauptet nun, daß wir von diesem Aaron Burr abstammen, und deshalb lautet mein Name eben Selma Hamilton Burr.«

»War Aaron Burr nicht ein Weißer?«

»Ja, Ma'am. Aber mein Daddy meint, er hätte es ziemlich wüst getrieben.«

»Sel, glaubst du, daß du mich gut beschützen könntest?«

»Ma'am, glauben Sie, jemand könnte Ihnen auch nur ein

Haar krümmen, solange ich Ihnen rundum Personenschutz biete?«

Sie lachte. »Yeah, du könntest mir rundum Personenschutz bieten und brauchtest mich nicht einmal zu berühren. Ich könnte noch nach deinen acht Brüdern fragen, aber ich habe auch so schon genug Appetit bekommen. Jim! Einen Haken hinter Selma Hamilton Burr.«

Sie schritt weiter, ein General bei der Inspektion seiner Truppe. Wie aufmerksam diese jungen Männer waren, wie göttlich jung. Da war doch tatsächlich einer mit einer Warze auf der Nasenspitze, aber das mußte nicht unbedingt gegen ihn sprechen. Es war eben sein Beißzahn. Mae mußte an Vampire denken, und was dieses Thema betraf, hatte sie bereits genügend Stoff zum Nachdenken. Sie hatte den letzten Mann in der Reihe erreicht. Er hatte leuchtend rote Haare, und sein Gesicht war mit Sommersprossen übersät, aber seine körperliche Statur war, wie Mae sagen würde, »ein Meisterwerk«. Die Sorglosigkeit, mit der Mae mit ihm plauderte, war nicht zu überhören. »Weißt du, daß dein Schopf in Flammen steht?«

Er stand da, die Hände auf den Rücken gelegt. Seine Lippen formten sich zu einer Art Lächeln. »Yeah«, sagte er mit einer Stimme, die auf Bildung und Erziehung hinzudeuten schien, »möchten Sie vielleicht das Feuer löschen?«

»Sicher doch«, sagte Mae, »wenn du den Schlauch zur Verfügung stellst.« Ihre Blicke wanderten vom Haaransatz zum Schritt und wieder hinauf. »Schon lange im Training?«

»Das Boxen interessiert mich nicht.«

»Ach ja? Und was machst du dann hier?«

»Ich halte mich fit. Bleibe in Form.«

»Das sieht man. Und was machst du sonst?«

»Ich trete als Transvestit auf.«

»Hör mal, Knabe, du willst mich wohl auf den Arm nehmen?«

»Ich nehme selten jemanden auf den Arm. Ich bin Transvestit. Im Moment trete ich im Limp Wrist auf. Kennen Sie es?«

»Ich kenne mehr als genug Dinge, von denen ich lieber nie gehört hätte. Taugst du was?«

»Dann wissen Sie also, daß sich das Limp Wrist im Valley befindet«, sagte er, wobei er Maes Stimme erstaunlich genau imitierte. »Warum kommen Sie nicht mal vorbei und besuchen mich?«

Mae lachte. »Das war verdammt gut. Was meint ihr, Männer?«

»Das war perfekt«, sagte Timony. »Das beste, was ich je gehört habe.«

»Wenn er das sagt«, wandte Mae sich an den Rotschopf, »ist es ein wirkliches Kompliment. Da du aber im Limp Wrist auftrittst, wirst du wohl kaum für mich arbeiten wollen.«

»Miss West, ich habe vom Herumstolzieren in Frauenklamotten die Nase gestrichen voll, zumal ich durch mein Auftreten falsche Hoffnungen wecke, und ich würde alles tun, um etwas Neues zu beginnen, bei dem ich mich nicht zum Affen machen muß.«

»Okay, Karottenschopf, wie heißt du?«

»Dudley Van Helsing.«

»Wo kommst du her, Dudley?«

»Ich bin in London geboren. Meine Familie stammt ursprünglich aus Transsylvanien.«

»Transsylvanien?« fuhr Timony dazwischen. »Aber das ist doch die Heimat von Graf Dracula, dem Vampir?«

»Nun, Sir, Graf Dracula ist nur die Hauptfigur in Bram Stokers Roman *Dracula*. Der echte transsylvanische Vampir, nach dem Stoker seine Figur schuf, hieß Vlad der Pfähler.«

»Vlad der Pfähler«, warf Mae ein. »Das klingt ja wirklich interessant, besonders das mit dem Pfählen.«

»Eigentlich«, sagte Dudley, »war Vlad gar kein Vampir, obwohl er schon eine hübsche Anzahl Männer, Frauen und Kinder umgebracht hat und, wie man ihm nachsagt, auch ihr Blut getrunken hat. Vlad wurde schließlich selbst umgebracht, und er blieb mausetot.«

»Wie überaus weise«, sagte Mae. »Ich wünschte, der mir da an den Hals will, würde sich ihm anschließen.«

Timony meldete sich noch einmal. »Ihr Nachname – Van Helsing. Das ist doch der Name des Professors in Dracula, der dem Vampir den Holzpfahl ins Herz stößt.«

Dudley lächelte. »Sir, ich komme aus einer Schauspielerfamilie. Bram Stoker war Theatermanager. Er war ein guter Freund meines Großvaters, Aubrey Van Helsing. Er benutzte Van Helsing in seinem Buch, um meinem Großvater eine Freude zu machen, und das ist ihm gewiß auch gelungen.«

»Nun, Jim«, sagte Mae, »ich bin überrascht, wieviel du über dieses Buch weißt.«

»Ich bin in letzter Zeit viel zum Lesen gekommen.« Mae verstand die Anspielung. »Und da wir es nun einmal mit einem möglichen Vampir zu tun haben, habe ich beschlossen, mich ein wenig darüber zu informieren.«

»Also, bei Gelegenheit mußt du mir unbedingt mehr davon erzählen. Und du, Dudley, hättest du Interesse daran, meinen Körper zu beschützen?«

»Sehr großes Interesse«, sagte er wenig taktvoll.

»Du bist hierhergekommen, um Schauspieler zu werden, oder?«

»Sie haben mich bei MGM vorsprechen lassen.«

»Und ist nichts draus geworden?«

»Es hätte etwas draus werden können, aber ich ziehe es vor, allein in meinem Bett zu schlafen.«

»Clever. Überaus clever. Hast du in dieser Stadt erst einmal einen bestimmten Ruf weg, ist es mit dir für immer vorbei. Außerdem bekommst du kaum noch Schlaf. Wie alt bist du?«

»Fünfundzwanzig.«

»Ich brauche Bodyguards, die sofort für ihre Aufgabe bereitstehen. Was willst du denen im Limp Wrist erzählen?«

»Ich rufe an und sage, ich hätte was besseres gefunden. Fahre rüber und kassiere die noch ausstehende Gage, packe meine Garderobe und melde mich zum Dienst, wo immer Sie mich brauchen.«

»Und ob ich dich brauche. Jim! Einen Haken hinter Dudley Van Helsing. Okay, wir hätten also Puccini, Selma und Van Helsing. Euch allen, Gentlemen, möchte ich für eure Geduld und Kooperationsbereitschaft danken. Ich habe noch nie so viele prächtige Mannsbilder unter einem Dach versammelt gesehen. Wenn ich mal nachts keinen Schlaf finden sollte, werde ich anstatt Schäfchen euch Gentleman zählen, wie ihr über mein Bett hüpft. Und wer weiß, vielleicht begegnen wir uns wieder einmal.« Sie schlenderte zu Timony herüber. »Du kümmerst dich um die Bezahlung. Mach ihnen einen fairen Tarif. Der Job wird gefährlich und anstrengend. Wenn alles vorbei ist und keiner gestorben ist, werde ich vielleicht eine Yacht chartern und sie zu einer Rehabilitationskreuzfahrt nach Hawaii einladen. Seymour, mußt du so trübselig dreinblicken?«

»Sie haben diese strotzenden Muskelpakete überhaupt nicht nötig.«

»Das meinst du.«

»Sie brauchen nur mich zu ihrem Schutz!«

»Was ist los, Seymour, kennst du nicht den Spruch ›Abwechslung ist das Salz in der Suppe‹?« Sie bewegte sich hüftenschwingend langsam von ihm weg. »Nun, ich bin immer für Abwechslung zu haben, und meist kann es mir gar nicht salzig genug sein. Also, Jake, du bezaubernde Bestie, du bist doch ein großartiger Talentscout. Bist du mit meiner Wahl zufrieden?«

»Ich hätte es nicht besser machen können, Mae. Aber sag, Mae, ich meine, könnten wir nicht vielleicht so wie früher ... weißt du ... irgendwann noch einmal zusammenkommen?«

»Aber sicher doch, du verschüchterter Rohling. Hab ich dich nicht bereits eingeladen, vorbeizukommen und meine Mesusa zu küssen? Ich lade besser nicht zu viele ein, das könnte unhygienisch werden. He, Jim! Ist in der Etage unter mir neben der Wohnung der Mädchen nicht noch ein Apartment frei?«

»Das ist ein Ein-Zimmer-Apartment.«

»Das ist genau richtig. Richte es für die Jungs her.« Dann

wandte sie sich an ihre drei neuen Angestellten: »Jungs, ihr werdet in einem Apartment direkt unter mir schlafen. Solltet ihr mich also schreien hören, braucht ihr nur die Treppe hinaufzueilen, die Tür aufzubrechen und meine Laune wiederherzustellen. Ich bin sicher, euch wird diese Vereinbarung zusagen. Meine Köchin Goneril wird bestens für euch sorgen. Ihre Schwester Desdemona ist meine ganz private Kammerzofe. Es sind prima Mädchen. Ich weiß, sie werden euch gefallen.« Sie zwinkerte Selma zu, der sie mit seinem blitzenden Lachen an einen Leuchtturm erinnerte. Dann sagte sie zu Timony: »Ich sollte Herb Villon Bescheid geben, daß ich diese Jungs angeheuert habe.«

»Es wäre vielleicht ratsam, wenn er sie überprüft«, schlug Timony vor.

»Meine Intuition macht jede weitere Überprüfung überflüssig. Diese Jungs sind genau das, was ich brauche. Da fällt mir noch etwas ein.« Sie hielt inne und Timony wartete, während Seymour Steel Cheeks die drei Neuzugänge in Maes Haushalt mit unverhohlener Feindseligkeit anstarrte.

»Ich denke, es könnte nützlich sein, wenn Dudley Van Helsing morgen abends sein Mae-West-Kostüm trägt.«

»Kein schlechter Gedanke.«

»Gib acht, Jim. Wir sind uns in einem Punkt einig. Das könnte ansteckend sein.«

Zum ersten Mal seit langer Zeit lächelte er. Auch sie lächelte und tätschelte seine Wange. »Sag Van Helsing, wo er uns findet, wenn er aus dem Valley zurückkommt. Und die anderen beiden sollen uns in ihrem Wagen hinterherfahren. Gib Jake meine Privatnummer. Erfinde für Seymour irgendeinen Auftrag. Er schmollt wie ein kleiner Junge, und in dem Zustand mag ich ihn kaum ansehen.«

Auf dem Weg zur Tür machte sie eine Pause, um Autogramme zu verteilen, was sie auf elegante Art und mit flachsigen Sprüchen zwischendurch absolvierte, so daß jeder Sportler denken mußte, sie zukünftig zu seinen besten Freunden zählen zu dürfen. In der Tür blieb sie noch einmal stehen und wandte sich ihren Verehrern zu: »Ich werde von jetzt an jeden Freitagabend auf den Plakaten vor der Arena Ausschau nach euch halten. Ich bin regelmäßig dort, und ob ihr nun gewinnt oder verliert, ich werde nachher bei euch in der Umkleidekabine vorbeischauen. Und sorgt euch nicht darum, anständig auszusehen. Ihr habt nichts, was ich nicht schon woanders gesehen hätte.« Während ein lautes Gelächter ausbrach, drehte sie sich um und wackelte die Stufen hinunter, die Hände fest ans Geländer geklammert, als ginge es um Leben und Tod.

SIEBEN

Der Tailspin Club lag am Sunset Boulevard, nur wenige Blocks unterhalb vom Hollywood Boulevard und gegenüber vom Palladium Ballroom, wo die großen Swing Bands auftraten. Etwas weiter nördlich lag Earl Carrolls Theater, wo Carrolls halbseidene Revue der Eitelkeiten Abend für Abend vor ausverkauftem Haus über die Bühne ging. Agnes Darwin parkte ihren Sportwagen vor dem Tailspin und trat durch den Bühneneingang auf der Suche nach Milton Connery. Sie wurde von ihm erwartet.

Es gibt nichts Deprimierenderes als einen Nachtclub, der von einer einsamen Arbeitsleuchte erhellt wird. Zwei Barkeeper waren hinter dem Tresen eifrig damit beschäftigt, sich auf den anstehenden Hauptverkehr vorzubereiten. An einem Piano hockte ein junger Mann und klimperte ein paar Akkorde. Kellner sahen nach den Tischen, und zwei Handwerker wachsten gewissenhaft den Tanzboden. Mehrere Arbeiter hingen auf Stehleitern und dekorierten die Wände mit Kobolden, Skeletten, Hexen und schwarzen Katzen, wobei sie von den ungeduldigen Blicken eines der Manager des Clubs überwacht wurden. In diesem Fall war es Simon LeGrand, ein gertenschlanker junger Mann mit blonden Wallelocken bis auf die Schultern, was einen glaubhaften Vorwand dafür abgab, daß er ständig seinen Kopf hin und her warf. Er brüllte seine Befehle nicht, er schnurrte sie. Hin und wieder stampfte er mit dem Fuß auf den Boden oder blickte schweigend nach oben, so als suche er den Beistand Gottes, der sich bereits bei seiner Geburt von ihm abgewandt haben mußte. Die Pappdekoration war mit viel Liebe vorbereitet, und Simon nahm es mit ihrer Anbringung sehr genau. In der einen Hand hielt er ein Schaubild der Wände, das er bereits vor Wochen entworfen hatte. Jede Dekoration mußte genau dort angebracht werden, wo er sie haben wollte, oder er drohte auszuspucken.

Agnes stieg den kurzen Treppenaufgang hinauf, der zur kleinen Bühne und zum hinteren Bühnenbereich führte, wo sich die Garderoben und die Büroräume befanden. Sie nickte einem Bühnenarbeiter zu, der gerade einem Kollegen dabei behilflich war, einen paillettenbesetzten Hintergrundvorhang bis in die Soffitten hinaufzuziehen. Sie schritt geradewegs auf eine Tür mit der Aufschrift PRIVAT zu und trat ohne zu klopfen ein. Milton Connery saß hinter seinem Schreibtisch über den Abrechnungen. »Nur herein, Aggie«, sagte er ohne aufzublicken. »Fühl dich ganz wie zu Hause. Wo hast du deinen Besenstiel abgestellt?«

»Besenstiel-Witze hängen mir allmählich zum Hals raus.« Sie nahm auf einem Stuhl gegenüber Connery Platz und zündete sich eine Zigarette an. Er blieb weiter in seine Abrechnungen vertieft. Dieses aalglatte Miststück, dachte Agnes. Pechschwarzes Haar, olivfarbene Haut, hervortretendes Kinn, ein feiner, wie mit dem Bleistift gezogener Schnurrbart, Anzug und Krawatte von der Bond Street. So stellt man sich die Unbefleckte Empfängnis vor.

»Wie geht's Mae?« Endlich blickte er auf. Hübscher Bastard, dem man seine fünfzig Jahre tatsächlich nicht ansah.

»Mae läßt sich durch nichts aus der Ruhe bringen, auch nicht durch eine Todesdrohung.«

Der Drehstuhl winselte um Gnade, als Connery seine kräftige Statur zurücklehnte und beide Hände hinter den Kopf legte. »Schade um Nedda Connolly, sie war eine gute Nummer.«

»Schade auch um Larry Hopkins und Danny Turallo. Prima Jungs. Und natürlich auch um Neon Light.«

Connery beugte sich vor, die Hände jetzt flach vor sich auf die Tischplatte gelegt. »Wie ist er da hineingerutscht?«

»Was interessiert dich das?« Sie hatte sich selbst mit einer Rauchwolke eingenebelt und fuchtelte nun wie ein wildgewordenes Signal in der Luft herum, um den Qualm zu vertreiben.

»Neon ist Schnee von gestern.«

»Oder auch nicht. Er ist durch Mae West in die Sache hineingerutscht, und zwar hat Mae deinen alten Racheengel Herb Villon auf ihn angesetzt.«

»Ich wußte gar nicht, daß die beiden sich kennen.«

»Seit heute sind sie die engsten Busenfreunde. Villon und ein Typ namens Jim Mallory beschäftigen sich mit den Imitatoren-Morden.«

»Ist das nicht großartig?«

»Ich war heute morgen dabei, als sie bei Mae in der Hoffnung aufmarschierten, von ihr irgendwelche Hinweise zu erhalten.«

»Ah, von ihr können sie nicht viel erfahren.«

»Sie waren wie gebannt, als sie von Neon Light erzählte. Sie sagte ihnen, du wärst sein Manager gewesen.«

»Das ist kein Geheimnis.«

»Für Villon war es das. Villon und Mallory haben sich den Mord an Neon jetzt noch einmal neu vorgeknöpft.«

»Was soll das? Villon hatte mit dem Fall nie etwas zu tun. Der gehörte doch so einem Dumpfbolzen, die Idealbesetzung in einem Edgar-Kennedy-Film wäre.«

»Villon ist alles andere als ein Dumpfbolzen, wie du es so hübsch ausgedrückt hast. Herbert Villon scheint mir vielmehr ein verdammt cleverer Bursche zu sein. Nach dem, was ich heute morgen mitbekommen habe, bin ich von ihm überaus beeindruckt.«

»Und was hast du bitte schön mitbekommen?« Er zündete sich einen Zigarillo an, die Augen zusammengekniffen, um sie vor dem Qualm zu schützen.

»Villon glaubt nicht daran, daß Neon Light im Griffith Park ermordet wurde. Er vermutet, er wurde woanders umgebracht und später im Park deponiert.«

»Ein logischer Verdacht.«

»Villon glaubt weiterhin, Neon wurde deshalb ermordet, damit er nicht mit ein paar ganz speziellen Informationen herausrücken konnte.«

»Was für spezielle Informationen?«

»Orgien. Versteckte Kameras. Bekannte Namen. Erpressung.«

Mit einem nur mühsam unterdrückten Gähnen sagte Connery: »Oh, das altbekannte triste Szenario.«

»Ich glaube, Villon vermutet eine aktualisierte Neuauflage. Ein säuberlich überarbeitetes Skript, mit dem das Ganze zur großen Nummer wird. Beunruhigt dich das?«

»Ich hasse Aufregung. Man bekommt dadurch Falten um die Augen. Erinnerst du dich an meine Augen? Du fandest sie einmal sehr schön, bevor du dazu übergingst, auf sie zu spucken.«

Agnes bedachte ihn mit einem falschen Lächeln. »Wie schön zu wissen, daß du mit einer unfehlbaren Erinnerung gesegnet bist. Wie bist du darauf gekommen, Maes Schwester für den Club zu engagieren?«

»Wie bitte? Bist du auf den Kopf gefallen oder was? Erstens mal, *weil* es sich um die Schwester von Mae West handelt, und obendrein sieht sie ihr auch noch verdammt ähnlich. Zweitens wird sie ihre Mae-West-Nummer geben, und das ist bei all den Imitatoren-Morden ein saftiger Knüller. Drittens verschafft sie uns eine Publicity, die ihr Gewicht in Gold aufwiegt, und die Premiere am Freitagabend ist bis auf den letzten Platz ausverkauft. Und für den Alptraum morgen abend gibt's auch kaum noch Karten.«

»O Gott! Mae möchte einen Tisch reservieren. Einen großen. Das hätte ich beinahe vergessen.«

»Oi vay, oi vay, oi vay, wie meine Mutter zu sagen pflegte, wenn sie nüchtern war. Wie groß soll er denn sein?«

»Wie lang ist der größte Tisch?« Sie ratterte die Namen derer herunter, an die sie sich auf Maes Gästeliste erinnern konnte. »Jim Timony, Seymour, der indianische Gigolo, wenn es denn immer noch Gigolos geben sollte, Herb Villon und Freundin, Jim Mallory und vielleicht eine Freundin sowie ein ganzer Schwung Bodyguards, mit deren Auswahl sie gerade in Hasseltines Fitneßstudios beschäftigt ist.«

»Oh, das ist prima. Wie du weißt, steht meine Kundschaft auf Muskelknaben. Das gibt ein gehöriges Gezwitscher und

Gekreische und einen regen Austausch von Telefonnummern. Ich kümmere mich am besten gleich sofort um den Tisch.« Über die Gegensprechanlage gab er einem Gespenst Anweisung, sich um einen Tisch für Mae zu kümmern. »Und zwar einer, an dem alle im Saal sie sehen können. Wir wollen das beste aus ihr machen.« Er nahm einen Zug an seinem Zigarillo, dann öffnete er die unterste Schublade seines Schreibtischs und brachte Scotch zum Vorschein. »Könntest du einen Schluck gebrauchen?«

»Ich könnte etwas Geld gebrauchen.«

»Das versteht sich von selbst, Darling, weshalb wärst du sonst hier?« Er stellte ein Glas Scotch vor sie hin und goß sich dann selbst einen kräftigen Schluck ein. »Mae schleppt also morgen abend die Bullen mit an. Wie ich sie kenne, hat sie bereits ein Auge auf einen oder gar auf beide geworfen.«

»Sie scheint sie tatsächlich in ihr Herz geschlossen zu haben, aber anders als eine Mutter ihre Kinder. Mae West in der Rolle einer Mutter ist so unvorstellbar wie Franklin Pangborn in der Rolle des Vaters.« Pangborn war einer der wenigen Charakterdarsteller beim Film, der es mit seiner femininen Art zu Ruhm gebracht hatte. »Mae hat ihnen ihr gesamtes Wissen über Neon unterbreitet, und sie war es auch, die eine mögliche Verbindung zwischen den drei jüngsten Morden und dem Mord an Neon ins Auge faßte.«

»Seit wann spielt Mae West Detektivin?«

»Seit die Bullen in ihr Leben getreten sind.«

»Geht ihr nicht auf, daß es ein Spiel mit dem Feuer sein könnte?«

»Wenn dem so sein sollte, wird sie in Kürze Feuerwehrmänner vorsprechen lassen.« Sie beobachtete, wie er aus einer anderen Schublade eine Metallbox hervorzog, den Deckel aufklappte und mehrere Fünfzigdollarscheine abzählte. »Außerdem hat sie mich ins Kreuzverhör genommen.«

»Worüber?«

»Woher ich dich kenne. Und wieso ich morgen abend auf die Party gehe.«

»Dies ist ein freies Land. Du kannst gehen, wohin du willst, es sei denn, auf die Herrentoilette.« Er reichte Agnes das Geld, das sie schnell in ihrer Handtasche verschwinden ließ. »Hast du Mae erzählt, daß zwischen uns mal etwas war?«

»Kurzfristig etwas war«, betonte Agnes, während sie die Beine übereinanderschlug.

»Ah, also wirklich, Aggie, so schlimm war's nun auch wieder nicht.«

»Aber auch nicht sonderlich gut.«

»Du Hexe. Hat Villon irgendwelche Spuren?« Connery wechselte das Thema.

»Er hat jede Menge Verdachtsmomente. Ich kann Verdächtigungen und Spuren nie so recht auseinanderhalten, du etwa?«

»Jeder, der auch nur ein bißchen Grips im Kopf hat, kann sich ausrechnen, daß dieser Killer, dieser Vampir, sofern es ihn gibt, es auf die große Nummer abgesehen hat, auf Mae West höchstpersönlich, auf ihr Fleisch und Blut.«

»Auf einen hübschen Biß in ihr Fleisch und Blut.« Sie zündete sich eine neue Zigarette an, während Connery seinen Zigarillo im Ascher ausdrückte und sich dann einen weiteren Scotch einschenkte. Agnes hatte ihren noch nicht angerührt.

»Ist das nicht ein bißchen viel Scotch?« sagte sie.

»Stört dich das?«

»Nur insoweit, als ich dich noch nie am hellichten Tag trinken gesehen habe.« Sie lächelte. »Aber vielleicht bist du ja ein Vampir.«

»Ich finde das überhaupt nicht komisch, Agnes. Genauso wie ich es gar nicht komisch fand, als diese Edgar-Kennedy-Type mir nach dem Mord an Neon Light einen ganzen Tag lang Löcher in den Bauch gefragt hat.«

»Wieso hast du damals nie einen eigenen Verdacht darüber geäußert, wer Neon umgebracht haben könnte? Ich kann mich jedenfalls nicht daran erinnern?«

»Ganz einfach, weil ich zum Zeitpunkt seiner Ermordung die meiste Zeit mit mir selbst geredet habe. Der Junge machte das dicke Geld. Und ich bekam einen kräftigen Abschlag.«

»Milton, wußtest du damals bereits, daß es mit ihm bergab ging?«

»Yeah, wirklich tragisch.«

»Warum hast du mir nie was gesagt?«

»Er wollte nicht, daß auch andere davon wußten.«

»Er hat es Mae erzählt.«

»Tatsächlich?«

»Sie behauptet es jedenfalls.«

»Also gut, ich denke, er hat es ihr erzählt. Sie bedeutete ihm so ziemlich alles. Mutter, Vater, Tante, Onkel, Schwester, Bruder, der Heilige Geist. Welche Geheimnisse kennt sie noch von ihm?«

»Wenn es noch welche gab, hat sie nichts darüber gesagt. Milton . . .«

»Was?«

»Wer war Neon Light wirklich?«

»Ihn gab's gar nicht wirklich«, sagte Connery unbekümmert. »Er war wie Mae sein eigenes Geschöpf. Er war aus dem Nichts emporgestiegen, und das verdankte er vor allem Mae West. Sie brachte ihm alles bei, was sie über Tunten und Transvestiten wußte. Kennst du Ray Bourbon?«

»Maes Freund. Sie hat den Namen heute nachmittag kurz erwähnt.«

»Mae hat ihn von der Ostküste hierhergeholt, um zusammen mit Neon zu arbeiten. Bourbon ist einer der größten Transvestiten aller Zeiten. Er brachte Neon bei, wie man geht, wie man spricht, wie man singt. Neon hatte eine Stimme zum Davonlaufen, aber nachdem Bourbon mit ihm fertig war, sang er hell wie eine Lerche. Ich erinnere mich noch, wie Bourbon gute Transvestitennummern mit Striptease verglich. Gypsy Rose Lee, zum Beispiel, die größte Varieté-Stripperin, die es derzeit im Geschäft gibt. Hast du sie schon mal gesehen?«

»Einmal, unten in der Stadt.«

»Und, hast du neben Gesicht und Händen noch mehr Haut zu Gesicht bekommen?«

»Wenn ich recht überlege, nein.«

»Das ist es. Sie zeigt nämlich nichts. Sie strippt. Sie zieht einzelne Kleidungsstücke aus, aber während sie strippt, erzählt sie das Blaue vom Himmel herunter. Ihr Geplauder ist witzig und anzüglich, eine tolle Nummer. Der ganze Saal biegt sich vor Lachen, und mit einem Mal ist sie von der Bühne verschwunden, ehe die Hohlköpfe auch nur registriert haben, daß rein gar nichts zu sehen war, nicht mal kurz eine nackte Brust. Genau das hat Bourbon Neon beigebracht. Wie man nur so tut. Wie man den Eindruck erweckt, man singe, während man die ganze Zeit über nur zur Musik spricht. Doch versteh mich nicht falsch, Neon war ein wirkliches Imitations-Talent. Sein Auftritt als Mae West war deshalb so perfekt, weil das unverwechselbare Original ihn mit ihm einstudiert hatte. Aber seine Dietrich, seine Garbo und seine sämtlichen anderen Nummern waren nicht weniger verblüffend. In einem Punkt hatte Mae absolut recht. Sie sagte, aus Neon hätte mal ein großer Schauspieler werden können.«

»Statt dessen ist aus ihm eine Leiche mit eingeschlagenem Schädel geworden«, sagte Connery, während er mit einem seltsamen Ausdruck im Gesicht in sein Scotchglas starrte. Agnes hoffte, er würde nicht in Tränen ausbrechen. Sie konnte den Anblick von Tränen nicht ertragen, schon gar nicht bei einem Mann. Sie konnte sich nicht erinnern, je geweint zu haben. In ihrer Kindheit mochte es Augenblicke gegeben haben, an denen Tränen unvermeidlich gewesen waren, aber als Erwachsene nie. Neon Light. Ein zerquetschter Leichnam. Zwar war nur der Schädel zerquetscht, aber Agnes hatte das Bild eines zerquetschten Körpers vor Augen. Das Zerdrücktwerden als eine Metapher für Desillusion. Konnte es das nicht gewesen sein, überlegte sie. Konnte nicht eine furchtbare Enttäuschung zu den tödlichen Krankheiten hinzugekommen und Neons Abgang in ein hoffentlich besseres Leben beschleunigt haben? Neon Light. Was für ein scheußlicher Name.

»Du machst ein Gesicht, als gäb's hier irgendwo faule Eier«, hörte sie Connery sagen.

Hier riecht auch was faul, wollte sie antworten, doch dann sagte sie: »Ich dachte gerade, was für ein schrecklicher Name, Neon Light.«

Connery zuckte die Schultern. »Der paßte zu seiner Nummer. Grell wie eine Leuchstoffröhre. Du hast es ja selbst gesehen. War er denn nicht glänzend?«

»Wie hieß er wirklich?«

»Michael. Michael Williamson.«

»Was ist mit seiner Familie?«

»Er war Waise.«

»Mae hat was von einem Bruder erzählt.«

»Mickey hat nie von ihm gesprochen, nur ein einziges Mal, als sein Bruder ihn davon abbringen wollte, als Transvetit auf die Bühne zu gehen. Ach, Schluß damit! Ich will nichts mehr von Neon hören. Er ist tot. Vorbei. *Finito*. Schnee von gestern.«

»O nein, eben nicht. Villon schnüffelt in dem Fall herum, und Villon wird Dinge ans Licht zerren, die irgendwem gar nicht lieb sein werden.«

»Und wem, wenn ich fragen darf?«

»Dem, der Neon den Schädel eingeschlagen hat.« Sie nippte schließlich doch an ihrem Scotch. »Mmmm. Mild. Weich. Genau wie die Sprüche, mit denen du mich damals um den Finger gewickelt hast. Also sag schon, Milton, gibt's ein paar neue schmutzige Fotos, die ich mir anschauen kann?«

Der *Twentieth Century Limited*, der Zug der Stars, war noch vierundzwanzig Stunden von Los Angeles entfernt. Vor zwei Tagen hatte er Chicago verlassen, und unter den Mitreisenden kursierte das Gerücht, Mae West sei an Bord. Wenn es stimmen sollte, so nahm sie ihre Mahlzeiten in ihrem Privatabteil ein. Bisland war sie weder im Clubwagen noch im Speisewagen gesehen worden. Das Zugpersonal gab sich im Hinblick auf den mysteriösen Fahrgast ungewöhnlich verschlossen. Von ihm war nicht mehr als das bloße Zugeständnis zu erfahren, daß eine gewisse Miss West sich an Bord des Zuges befände. Und daß diese Miss West sich die Zeit damit vertreibe, ihre Fingernägel zu maniküren, ein Sortiment von Mae-West-Kostümen anzuprobieren, die sich in erstaunlich gutem Zustand befanden, sich selbst in ihrer rauchigen, sexy Stimme Lieder vorzusingen und die eine oder andere Stunde damit zu verbringen, in dem Stapel von Magazinen zu lesen, die sie mit an Bord gebracht hatte. Dazu gehörten True Romances, Liberty, Photoplay, Screenland, Picture Play sowie Strength and Health, wo sie beim Anblick der muskulösen Leiber ›Oohs‹ und ›Aahs‹ hören ließ.

Allerdings begannen die achtundvierzig Stunden selbstauferlegter Isolation sich langsam auf Beverlys Nervenkostüm niederzuschlagen. Ihre Frustration wurde noch dadurch verstärkt, daß ihre einzigen Kontakte zum männlichen Geschlecht aus einem gelegentlichen Geplänkel mit farbigen Zugschaffnern bestanden, denen sie großzügige Trinkgelder zusteckte, damit sie verschwiegen, daß es sich bei der Mitreisenden um die zweite West handelte. »Teufel noch eins«, sagte sie zu sich selbst, »wenn ich nicht bald unter Leute komme, werde ich noch verrückt.« Sie entschied sich für eine Hattie-Carnegie-Kreation mit waghalsigem Dekolleté. Ihre Finger bestückte sie mit Diamantringen aus Straß, von denen sie eine große Auswahl besaß. Kunstvoll steckte sie sich eine Reihe von Federn in ihr platinblondes Haar. Um die Schultern drapierte sie eine Federboa, nahm einen Fächer zur Hand, mit dem sie professionell umzugehen verstand, und trat dann vor ihr Abteil, wo sie von einem Schaffner in Empfang genommen wurde, der sie zum Speisewagen führte. Eine Wegstrecke, die durchaus nicht ohne Tücken war. Sie wurde angehalten, um Autogramme zu geben. Freundlich wie sie war, stellte sie sich für einige Aufnahmen in Pose. Zwischendurch würzte sie die Atmosphäre mit spitzen Bemerkungen und Kommentaren, wobei ihrer geblendeten Zuhörerschaft verborgen blieb, daß Beverlys

Spitzen anders als bei ihrer cleveren Schwester aus zweiter Hand stammten und nicht nur von Maes Repertoire, sondern auch aus alten Witzblättern abgekupfert waren, die sie von einem dem Alkohol verfallenen Komiker bekommen hatte.

Bei ihrem Auftauchen im Clubwagen mußte sie noch mehr Autogramme geben, und der Pianist im Waggon, der für einen Hungerlohn einmal die Woche mitfuhr, spielte pflichtbewußt »Frankie and Johnny«. Sie wandte sich mit einem stummen »Dankeschön« zum Pianisten, der es kaum abwarten konnte, nach Chicago zurückzukehren und seinen Freunden zu berichten, Mae West sehe aus wie ein verunglückter Matzeknödel. Beverly ließ sich in einen Lehnstuhl sinken und bestellte bei dem übereifrigen Kellner einen sehr trockenen Sherry. Ein schmales Tischchen trennte sie von einem Mitreisenden, einem Gentleman mittleren Alters, der im Begriff war, seine Meerschaumpfeife anzuzünden und Beverly fragte, ob der Geruch sie stören würde.

»Aber nein, ganz und gar nicht«, sagte Beverly, indem sie Mae Wests breiten Tonfall perfekt nachahmte, »solange Sie nicht mit den Zähnen auf dem Mundstück herumkauen. Ich kann knirschende Zähne nicht ausstehen. Besonders dann nicht, wenn das Knirschen von der Person stammt, die neben mir schläft.«

»Sie *sind* Miss West, oder?«

Gott sei Dank hatte er nicht nach *Mae* West gefragt. Mae hatte sie oft gewarnt, daß wenn sie sich je für den Star selbst ausgeben sollte, sie sie sofort hinter Gitter bringen würde. Beverly lächelte und gab breit zurück: »Aber ja, Big Boy, wie hast du mich denn in dieser Reiseverkleidung erkannt?«

»Miss West, Sie könnten sich gar nicht verkleiden.«

»Und ob ich das könnte«, sagte Beverly mit dreistem Selbstbewußtsein. »Ich könnte mein Gesicht schwarz anmalen und behaupten, ich sei Louise Beavers.« Louise Beavers war eine ausgezeichnete farbige Schauspielerin, die zwei Jahre zuvor durch die Verfilmung des Fannie-Hurst-Romans *Wie im richtigen Leben* berühmt geworden war.

Der Kellner brachte den trockenen Sherry. »Ich denke, der wird trocken genug für Sie sein.«

»Das hoffe ich sehr«, sagte Beverly, »ich kann feuchten Sherry nicht ausstehen.« Sie probierte einen Schluck. »Ausgezeichnet.« Der Kellner lächelte und ging. »Big Boy, ich befinde mich dir gegenüber im Nachteil. Du weißt, wer ich bin. Aber ich weiß nicht, wer du bist. Ich meine, du siehst zwar meinem Bekannten Victor McLaglen sehr ähnlich, aber ich weiß, du bist es nicht, denn der ist im Augenblick in Hollywood und dreht einen Film mit dem jungen Freddie Bartholomew. Was meinst du, Big Boy, willst du mir deinen Namen verraten?«

»Ich heiße Max Collins.«

»Max Collins. Verwandt mit Tom Collins?«

»Ich kenne keinen Tom Collins.«

»Tom Collins ist ein Drink.« Er starrte ungläubig. »Zerbrich dir nicht weiter den Kopf.«

»Reisen Sie allein, Miss West?«

»Stell dir vor, so ist es. Ich glaube, Albert Einstein hat einmal gesagt, ›Man reist schneller, wenn man allein reist‹ oder was ähnlich Gescheites.« Sie nahm einen weiteren vorsichtigen Schluck, wobei sie erfolgreich dem Drang widerstand, das Glas in einem Zug hinunterzuspülen. »Und du, reist du etwa auch allein?«

»Erfreulicherweise ja. Fahren Sie nach Los Angeles?«

»Das ist die Endstation, stimmt's?« Mein Gott, was hab ich mir da einen Volltrottel geangelt, dachte sie. Er sieht zwar smart aus und ist gut gebaut, aber anscheinend weiß er nicht, daß der *Twentieth Century* nur nach Los Angeles fährt.

»Darf ich Sie zu einem zweiten Glas Sherry einladen?« fragte er höflich.

»Nun, ich habe den hier zwar noch nicht getrunken, aber ich vermute, bis der zweite kommt, bin ich soweit.« Max gab dem Kellner ein Zeichen für eine neue Runde. Er selbst hatte einen Manhattan vor sich, von dem er Beverly zuvorkommend die Kirsche anbot.

»Vielen Dank, Max. Ich schwärme nicht so für Kirschen.«

»Miss West, darf ich es wagen? Würden Sie mir eine große Ehre erweisen? Ich meine, da wir beide allein reisen, darf ich Sie zum Dinner einladen?«

»Nun denn, Max, ich hatte vor, in der Zurückgezogenheit meines Abteils zu speisen, wie auch an den beiden vorigen Abenden. Das ist zwar wenig unterhaltsam, aber weißt du, ich mag es nicht, wenn mich die Leute beim Essen anstarren. Ich vermute, du hast nicht bei dir im Abteil diniert.«

»Ich habe kein eigenes Abteil. Ich habe die untere Pritsche im Liegewagen.«

»Dafür kommst du bestimmt aus der oberen Gesellschaft. Was starrst du mich so an? Stimmt etwas nicht?«

»Offen gesagt, ich denke, Sie sind entweder sehr mutig oder sehr unvorsichtig.«

»Wieso das?«

»Sehen Sie denn nicht die Gefahr, ganz ohne Begleitung zu reisen, während da draußen irgendein Killer Ihre Imitatoren umbringt?«

»Ach was, Big Boy, der treibt sich in Los Angeles herum. Nicht hier im Zug.«

»Wie können Sie das wissen?«

»Nun, weil es selbst für mich nicht ganz leicht war, eine Fahrkarte zu bekommen. Die Paramount mußte jemanden rausschmeißen, damit für mich ein Abteil frei wurde. Wie sollte da der Killer noch mitgekommen sein?« Sie lachte. »Außer der Paramount weiß niemand, daß ich an Bord dieses Zuges bin. Hey, einen Augenblick, Big Boy. Du willst doch wohl nicht sagen, daß du der Killer sein könntest?«

»Ich? Ein Killer?« Er lachte, während der Kellner die neuen Drinks servierte. Max steckte ihm einen Dollar Trinkgeld zu. Ein Dollar war in jenen Tagen der Depression eine unnatürliche Großzügigkeit. Der Kellner bedankte sich mit dem Übereifer eines Kindes, das adoptiert werden wollte. Während der Mann sich buckelnd entfernte, klappte Beverly den Fächer auf und wedelte damit unter ihrem Kinn hin und her.

»Was für ein hübscher Fächer«, bemerkte Max, »kommt der aus Spanien?«

»Das ist ein Erbstück. Er wurde über zig Degenerationen weitergereicht. Er stammt aus Italien.«

»Es ist ganz schön warm hier drinnen, meinen Sie nicht auch?«

»Ich habe einen Ventilator bei mir im Zimmer, elektrisch natürlich. Ich glaube, ich würde gern mit dir dinieren, Max, wenn es dir nichts ausmacht, die Einsamkeit mit mir zu teilen.«

»Es wäre mir ein Vergnügen, mit Ihnen zu teilen, wie Sie es so stilvoll formuliert haben, ganz egal was.«

»Dann wollen wir los, sobald wir mit den Drinks fertig sind. Übrigens, Max, was bist du von Beruf?«

»Ich bin gelernter Masseur.«

Beverlys Augen weiteten sich vor Entzücken. »Nun, dann wollen wir hoffen, daß du dich bei mir auch ganz bestimmt nicht vergreifst.«

ACHT

»Ich mochte Jake nicht danach fragen, war es mit der schwarzen Augenklappe über dem rechten Auge auf sich hatte«, überlegte Mae laut in der Limousine auf der Rückfahrt von Hasseltines Fitneßstudio. »Ich wollte nicht irgendwelche Gefühle verletzen, falls die Klappe eine böse Verletzung verdeckte. Weißt du was darüber, Jim?«

»Er wurde am grauen Star operiert.«

»Oh, dann kann er also bald wieder so gut sehen wie früher. Weißt du, man läßt sich das beste entgehen, wenn man mich nur mit einem Auge betrachten kann. Also, was sagst du zu meinen Bodyguards?«

»Rein physisch gesehen sind es Vorzeigeexemplare junger amerikanischer Männlichkeit.«

»Red nicht wie ein Politiker vor der Wiederwahl. Du hast dir hier einen sehr geschwollenen Stil angewöhnt, Jim. Was ist aus der Frohnatur von früher geworden? Das herzhafte Lachen, der Schlag auf den Rücken, die blöden Witze, die zwei Blondinen im Arm, wenn du in den Texas Guinans Club gingst? Hier draußen, Jim, kommst du mir wie ein kastrierter Kater vor. Immer noch mit vielen guten Absichten, aber ohne die Chance, was draus zu machen.«

»Du selbst hast den Kater lahmgelegt, Mae. Ich werde älter. Du bleibst ewig jung.«

»Und zwar weil ich jung denke. Ich geh mit der Zeit. Genau deshalb muß ich mich ständig mit den Hohlschädeln bei der Paramount streiten. Die gehen jedesmal über zehn Runden, bevor ich sie k.o. habe. Ich bin keine Bürgerin zweiter Klasse, wie der Rest der Damen, die sie unter Vertrag haben, abgesehen von Miriam Hopkins vielleicht, die viel herumschreit. Mir genügt es nicht, daß ich wählen gehen darf, ich will denen auch zeigen, daß ich zuschlagen kann. Später einmal wird die Welt auf mich zurückblicken, besonders die Frauen, und sie werden mir dankbar sein, daß ich als eine der ersten für die Befreiung der Frau gekämpft habe. Mir und meiner guten Freundin Eleanor Roosevelt. Ich frage mich, ob sie je meinem Ratschlag folgen wird, sich die Zähne machen zu lassen. Aber ich schweife ab, und wie du weißt, mag ich es nicht, vom geraden und direkten Weg abzukommen.« Sie lächelte hintersinnig, während sie die Fingernägel ihrer rechten Hand untersuchte. »Obwohl ich es hier und da einzurichten weiß, mal hierhin zu schweifen ... und dorthin ... und dorthin ... Seymour!« rief sie laut. »Fahr nicht so rabiat. Du weißt, ich bin eine schreckhafte Passagierin.«

»Aber ich fahr doch nur sechzig, um Himmels willen.«

»Nun, auf diesem Totenacker hier fällt das unter rücksichtsloses Fahren.« Sie wandte ihre Aufmerksamkeit wieder Timony zu. »Jim, wir können nicht weiter um den Busch herumklopfen. Die Blätter fallen schon ab, und die Zweige sehen krank und dürr aus.«

»Spar dir die Worte, Mae.«

»Werd ich tun, wenn es sich irgendwie bezahlt macht.«

»Du machst dich immer bezahlt, Mae. Du bist das achte Weltwunder.«

»Ach, ja? Welche sieben kommen noch vor mir?«

Er nahm ihre Hand und streichelte sie sanft. Sie stieß ihn nicht weg, wie sie es in letzter Zeit stets getan hatte, wenn er sich ihr zu nähern versucht hatte. Der sanfte Ton seiner Stimme und der bittersüße Ausdruck auf seinem Gesicht sagten ihr, daß er um das Ende ihrer Geschäftsbeziehung wußte, daß es für sie keinen gemeinsamen Weg mehr geben würde. »Du brauchst mich nicht länger, Mae. Und ich fühle mich hier draußen nicht wohl. Die Orangen und die Zitronen gehen mir auf die Nerven. Der Film ist nichts für mich. Ich brauche ein Nickelodeon in einem Saloon mit Sägemehl auf dem Boden und ein paar Pooltische und Einarmige Banditen im Hinterzimmer. Ich brauche eine Pokerpartie, bei der ich mit ein paar Jungs oder noch besserem rauskommen kann, und einen Schluck Bourbon und ein Bier zum Nachspülen auf dem Tisch. Vor allem aber brauche ich eine sanfte weibliche Schulter, an die ich meinen Kopf lehnen kann, und die gibt es in meiner Nähe nicht mehr. Ich weiß, du verstehst das und fühlst ebenso, und von jetzt ab brauchst du nicht mehr mit zusammengebissenen Zähnen mit mir zu reden.«

»Es tut mir leid, Jim. Du weißt, daß ich einige wenige Tugenden besitze, aber Geduld gehört leider nicht dazu. Für wann hast du deine Abreise geplant?«

»Ich dachte, ich bleibe in der Nähe, bis der Killer gefaßt ist. Wenn ich jetzt ginge, sähe es so aus, als ob ich dich im Augenblick der Gefahr sitzenlassen wollte oder gar selbst der Schuldige bin, der sich heimlich aus dem Staub macht.«

Mae gluckste leise. »Ich bin sicher, du hast schon oft daran gedacht, mir zu zeigen, daß auch ich nicht unsterblich bin.«

»Oh, ja doch, Miss West. Viele, viele Male.«

»Wenn du soweit bist, werden wir alles besprechen. Bitte, sag jetzt nichts. Über viele Jahre warst du genauso Mae West wie ich, abgesehen von meinen besseren Kurven. Ich weiß, du hast einiges auf der hohen Kante liegen, aber mein Schlaf wäre ruhiger mit der Gewißheit, daß es noch etwas mehr ist, wie etwa eine hübsche Pension, die dir ein angenehmes jährliches Einkommen sichern würde.«

Seymours Ohren brannten. Eine hübsche Pension. Ein angenehmes jährliches Einkommen. Ich auch, lieber Gott, ich auch.

»Um auf die Muskelknaben zurückzukommen. Ich denke, sie sollten mit Schießeisen ausgerüstet werden. Sieh dich mal nach einem Händler um, Jim, und laß uns den Jungs ein paar handliche Ballermänner besorgen. Vielleicht können wir Villon und Mallory dazu bringen, sie morgen früh für ein paar Stunden aufs Revier zu holen und ihnen den einen oder anderen Tip zu geben. Und noch etwas. Mein Apartmentgebäude. Wir haben keinen Türsteher. Wie überhaupt zwei Dinge in dieser Stadt sehr selten sind, ehrliche Herzen und Türsteher. Ich möchte, daß du einen Türsteher engagierst. Ich denke, ein Bulle, der sich aufs Altenteil zurückgezogen hat, wäre das Vernünftigste. Aber nicht zu sehr

Altenteil. Villon kann uns da bestimmt weiterhelfen. Ach was, treib am besten gleich drei Männer auf, dann wird in drei Schichten gearbeitet und die Eingangstür ist rund um die Uhr bewacht. Und ich möchte keine Zeitverträge, ich möchte, daß sich die Kerle in dauerhafter Anstellung und finanziell abgesichert wissen, weil hier mein freigebiger Ruf auf dem Spiel steht.«

»Was ist mit mir?« fragte Seymour ängstlich, »was soll ich tun?«

»Was du jetzt auch tust, Seymour, du machst deine Sache gut, und ich meine damit nicht das Steuern dieser Kiste. Da wären wir also. Ich bin hungrig.«

Nachdem Mae die Mesusa geküßt hatte und eingetreten war (wobei sie Timony und Seymour streng angewiesen hatte, es ihr gleichzutun), lief sie hüftenschwingend in die Küche, wo Goneril ein Hühnchen für den Ofen präparierte, während Desdemona auf einem Hocker an der Küchentheke saß und Erbsen pulte. »Ladies, ich habe Hunger.«

»Dieses Tierchen wird mindestens zwei Stunden brauchen, bis es richtig durch ist«, warnte Goneril sie.

»Yeah, diese jungen Dinger kriegen es nie schneller gebakken. Desdemona ...«

»Ja, Ma'am?«

»Schäl mir eine Kumquat.« Sie legte den Florentiner ab, streifte ihre Schuhe ab und setzte sich auf einen Stuhl. »Also, Ladies, ich will euch auf einige hier umgehend einzuführende Änderungen vorbereiten.«

Die Schwestern sahen einander an, und Goneril fragte ängstlich: »Sind Sie mit uns nicht mehr zufrieden?«

Mae war perplex. »Aber sicher doch. Wie kommt ihr darauf, daß ich unzufrieden sein könnte? Nun, wenn ich eine Lesbe wäre, müßtet ihr wohl um euer Leben fürchten. Zum Glück hat Gott es anders mit mir gewollt. Was ist los mit euch zwei Dummchen? Habt ihr vergessen, daß da draußen ein Verrückter herumläuft, der mich vermutlich bei lebendigem Leib einmachen will und dazu nicht einmal erst in *Fanny Farmers Kochbuch* nachschlagen muß? Ich habe Personenschutz angeheuert. Drei kräftige Kerle, alle über einsachtzig und mit Muskeln so groß wie Reklameschilder, die Mae West ankündigen. Der eine ist ein bildhübscher schwarzhäutiger Wilder – «

»Hallelujah!« rief Desdemona.

»Amen!« sekundierte Goneril.

»Also wirklich, ihr durchtriebenen Kreaturen«, sagte Mae, während sie zusah, wie Desdemona mit zittrigen Händen die Kumquat schälte. »Er soll mich beschützen, nicht sich selbst. Aber so, wie er gebaut ist, ist genug für alle da. Seine Knie sehen aus, als könne er damit Wassermelonen halbieren, ohne daß auch nur ein Tropfen danebengeht. Aber wir wollen wieder ernst werden. Neben euch ist ein freistehendes Apartment. Desdemona, hast du die Frucht nicht langsam genug gefoltert? Goneril, ich möchte, daß du dich um einen Möbelverleih kümmerst. Wir brauchen drei Einzelbetten, ein paar Schränke und Kommoden, in die sie ihre Sachen verstauen können, einen Kühlschrank, einen Tisch und Stühle, ein Radio, ein Sofa, ein paar Lehnstühle, eine Reihe Lampen, weniger zum Lesen als für genügend Helligkeit, auch wenn der eine von ihnen, ein hochgewachsener Rotschopf mit unzähligen Sommersprossen, gerade wie eine Leseratte aussieht, und einen Schwung Handtücher und Bettzeug. Und sieh auch zu, daß sie ausreichend Seife und dergleichen bekommen. Goneril, ich habe ihnen versprochen, daß du sie bekochst, und dir verspreche ich für die Mehrarbeit einen hübschen Bonus.«

»Aber das brauchen Sie nicht, Miss West. Wenn sie zu Ihrem Schutz hier sind, bin ich mehr als stolz, für sie dazusein.« Goneril brüllte vor Lachen. »Und ich verspreche Ihnen, ich werde mein Bestes tun.«

»Das wirst du bestimmt. Da gehe ich jede Wette ein. Und was dein Hauptanliegen betrifft, Selma Hamilton Burr – «

»Selma?!« riefen beide aus einem Mund. Mae klärte sie über die Herkunft des Vornamens auf.

»Stellt das nicht alles in den Schatten«, sagte Desdemona, während sie die geschälte Kumquat auf einen Teller legte und sie Mae zusammen mit einem Früchtemesser reichte. Mae ignorierte das Messer und biß herzhaft in die köstliche Frucht.

Kauend kam sie auf ihr derzeit liebstes Thema zurück. Sie nannte die Namen der anderen zwei und erklärte dann, Timony werde drei Türsteher als Wachdienst rund um die Uhr einstellen.

»Das ist bis jetzt die beste Idee«, sagte Goneril. »Abends auf dem Nachhauseweg habe ich es immer sehr eilig, aus Angst, irgendein Unhold könne plötzlich hinter einer Hecke hervorspringen, mich angreifen und sich über mich hermachen.«

»Nun, bis jetzt ist noch nichts passiert«, sagte Mae.

»Leider nein«, sagte Goneril und kreischte hysterisch.

»Mädchen«, sagte Mae, nachdem das Lachen endlich abgeklungen war, »ihr seid mein ein und alles. Was würde ich ohne euch nur machen? Desdemona, hat jemand angerufen?«

»Miss Darwin, die Hexe. Ich soll Ihnen ausrichten, daß Sie für morgen abend einen großen Tisch haben.«

»Ich hoffe, er ist groß genug. Ich werde mich gleich heute abend um die Sitzordnung und die Tischkarten kümmern. Ich will es hundertprozentig korrekt machen, wie Herle, die Gräfin de Frasso, es mir beigebracht hat. Jesses ...« Sie schlug sich mit der Hand an die Stirn. »Fast hätte ich vergessen, daß meine Schwester morgen kommt. Desdemona, hast du das Gästezimmer hergerichtet?«

»O ja, Ma'am, jede Menge Badesalz im Badezimmer, jede Menge Toilettenseife, mehrere schwere Vorhänge im Schlafzimmer, damit morgens die Sonne nicht reinscheint und sie lange schlafen kann, und ich hoffe, Sie haben nichts dagegen, aber ich habe ein paar von Ihren schweinischen Drucken aufgehängt.«

»Wenn du damit meine Tintoretto-Drucke meinst, die sind nicht schweinisch, sondern künstlerisch.«

»Gut, daß unsere Mammi das nicht sieht, sonst würde sie uns den Mund mit Seifenlauge auswaschen.«

»Nun übertreib nicht, Desdemona«, schnaubte Goneril verächtlich. »Mammi hätte ganz und gar nichts dagegen, wo sie doch früher sämtliche Onkels ins Haus geschleppt und sie über Nacht dabehalten hat.« Erneut brachen sie in quietschendes Gelächter aus.

»Onkel, wie?« sagte Mae, während sie mit ihnen lachte und sich leicht und beschwingt fühlte, ungeachtet der draußen lauernden Gefahr, die zwar nicht zu sehen, gleichwohl aber höchst real war.

»Okay, Mädchen, beruhigt euch wieder. Da ihr Beverly noch nicht kennengelernt habt, will ich euch ein paar Tips geben, wie mit ihr umzugehen ist. Zunächst einmal sieht sie genauso aus wie ich. Sie geht wie ich, sie redet wie ich, und sie gibt Geld aus wie ich, weil sie großzügig von mir unterstützt wird. Sie trinkt trockenen Sherry, also, Goneril, bestell eine Kiste und sieh zu, daß es kein billiger ist. Sie kleidet sich wie ich, weil sie meine ausrangierte Garderobe trägt. Nun kennt ihr mich lange genug, um zu wissen, daß ich nicht knickrig bin, aber Bev fühlt sich nun einmal gut in Sachen, die ich früher getragen habe. Es gibt nur ein wirkliches Problem, das irgendwann auftauchen könnte, und mit dem müßt ihr auf eure Art fertigwerden. Wenn es euch über den Kopf zu wachsen droht, gebt mir Bescheid, und ich werde mich persönlich darum kümmern.« Sie schluckte. »Hin und wieder unterliegt Beverly der Täuschung, *sie* sei Mae West. Früher ist ihr das häufig in der Öffentlichkeit passiert, bis ich davon Wind bekam und ihr drohte, ihr den Hals umzudrehen, falls ich ihn nur zu packen kriegte. Wenn sie glaubt, sie wäre ich, wird sie sehr laut und herrisch.«

»Aber, Miss West, Sie werden nie herrisch«, sagte Desdemona.

»Ich weiß, ich will euch ja nur vor Beverly warnen. Hey, einen Augenblick mal. Willst du damit etwa sagen, ich wäre laut?« rief sie, und einmal mehr schüttelten sich die drei Frauen vor Lachen. Mae blickte sie an, die Hände auf den Hüften, und sagte dann: »Okay, Girls, laßt gut sein. Also, Beverly gibt am Freitag abend im Tailspin ihre Premiere.«

»O ja?« sagte Goneril. »Was macht sie, singen?«

»Was soll sie wohl machen, wo sie so aussieht wie ich, so geht wie ich und so redet wie ich, auch wenn damit, wie mir ein paar unserer gemeinsamen Liebhaber versichert haben, die Ähnlichkeit aufhört. Sie tritt als Mae-West-Imitation auf.«

»Sind wir damit nicht ausreichend gesegnet?« fragte Goneril.

»Was das Original angeht, ist die Frage uneingeschränkt zu bejahen. Aber dieser Mörder ist offenbar besorgt, ihm könnte das Material ausgehen. Und da kommt Beverly gerade recht, um bei ihm womöglich Öl aufs Feuer zu gießen. Nun, wir sind zum Kampf gerüstet. Ich muß telefonieren. Goneril, hast du das Hähnchen immer noch nicht in der Röhre?«

»Sofort, Miss West. Schon unterwegs!«

Mae verließ die Küche und schlenkerte durchs Wohnzimmer, wo Timony und Seymour an einem Kartentisch saßen und in eine Casino-Partie vertieft waren. Sie trat in ihr prunkvolles Schlafgemach und entkleidete sich langsam, während sie ein Potpourri aus Shownummern vor sich hinsummte. Dann schlüpfte sie in ein durchsichtiges Negligé und setzte sich auf ihr weißes Schwanenbett, das die Form einer venezianischen Gondel hatte, aber gleichwohl breit genug für zwei war. Sie griff nach ihrem weißen Telefon und stieß einen Fluch aus. Villons Nummer befand sich in ihrer Handtasche, und die hatte sie zusammen mit ihrem Florentiner in der Küche vergessen. Wie gerufen klopfte es an der Tür. »Nur herein!« rief Mae laut, und Desdemona trat mit dem Florentiner und der Handtasche in der Hand ein. Sie legte den Hut auf den Tisch und gab Mae die Handtasche. »Honey, das muß Telepathie gewesen sein.« Mae entdeckte Villons Nummer und wählte.

Herb Villon war allein in seinem Büro und studierte seine gesammelten Notizen zu den Imitatormorden. Das Telefon klingelte. Er hob ab und sagte: »Villon.«

»Sei gegrüßt, du Traum meiner schlaflosen Nächte«, schnurrte Mae.

Villon lächelte. Sie beherrschte ihre Mae-West-Nummer bis ins letzte Detail. Er überlegte, ob sie auch mit einer Hand auf der Hüfte schlief. »Halten Sie sich wacker, Mae?«

»Was soll das heißen, ob ich mich wacker halte? Das klingt gerade so, als könnte ich ein paar Krücken gebrauchen.«

»So war das nicht gemeint«, sagte Villon eilig.

»Schon gut, schon gut. Ich wollte Sie auch bloß auf den Arm nehmen.« Sie überlegte, wie es wäre, ihn auf den Arm zu nehmen; er überlegte, wie es wäre, von ihr auf den Arm genommen zu werden. Ihm wurde merkwürdig warm. »Also, hören Sie, Herb, bevor wir weiter dummes Zeug reden, will ich Ihnen nur mitteilen, welche Sicherheitsmaßnahmen ich getroffen habe.« Sie nannte ihm die Namen der drei angeheuerten Bodyguards, und er notierte sie auf seinem Notizblock. »Zwei der Jungs sind uns gleich mit ihrem Wagen nach Hause gefolgt und hocken jetzt unten im Foyer, während ich darauf warte, daß eins meiner Mädchen die Möbel für das Apartment unter mir beschafft, in das sie einquartiert werden. Da fällt mir ein, die fühlen sich bestimmt schon von mir vernachlässigt. Bleiben Sie einen Augenblick dran.« Sie lief zur Tür, öffnete sie und schickte Seymour zu Salvatore Puccini und Selma Hamilton Burr. »Und, Seymour, bring draußen an der Tür bitte eine Notiz für Dudley Van Helsing an, daß er die obere Klingel drückt, wenn er hier eintrifft. Ich hoffe, du fühlst dich damit nicht überfordert.« Ohne auf eine Antwort zu warten, schloß sie die Tür und kehrte zum Bett und zum Telefon zurück.

»Sind Sie noch dran, Herb?«

»An meinem Stuhl festgekettet.«

Sie erzählte ihm von ihrem Plan, einen Ex-Polizisten als Türsteher einzustellen. »Hängt bei Ihnen in der Nähe einer rum?«

»Ich werde die Angelegenheit gleich an Jim Mallory weiterleiten. Es gibt bestimmt einige Pensionäre, die die Untätigkeit langweilt und die liebend gern ihren Frauen entfliehen und in die Welt draußen zurückkehren möchten.«

»Ich bin sicher, die fühlen sich um zwanzig Jahre jünger,

wenn Sie ihnen erzählen, sie würden für Mae West arbeiten. Jetzt aber zu morgen abend. Sie haben hoffentlich nicht vergessen, daß wir zur Party in den Tailspin Club gehen.«

»Aber nein doch.«

»Wen bringen Sie mit?«

»Eine Freundin. Ihr Name ist Hazel Dickson.«

»Hazel Dickson. Kommt mir bekannt vor.« Sie schnippte mit dem Finger. »Die Schriftstellerin.«

»Wenn Sie das so nennen möchten.«

»Sie hat versucht, ein Interview mit mir zu bekommen. Nun, mir soll's recht sein, solange sie morgen abend nur nicht versucht, mich auszuquetschen. Meine Schwester Beverly wird auch dabeisein. Sie kommt morgen mit dem *Twentieth Century Limited*. Für den Zug mag es ein Limit geben, aber für Beverly sicherlich nicht. Agnes die Hexe wird natürlich auch kommen, aber ich denke, sie wird sich ins Getümmel stürzen. Milton Connery ist selbstverständlich auch da, und ich werde mein möglichstes tun, mich ihm gegenüber wie eine Dame zu benehmen. Ich kann den Bastard nicht ausstehen. Es mag vielleicht etwas grob klingen, aber bei uns daheim in Brooklyn heißen solche Typen ›Schleimscheißer‹.«

»Wir benutzen denselben Ausdruck.« Sie konnte es nicht sehen, aber er lächelte. »Nur nicht in der Öffentlichkeit. Es gibt hier draußen mehr als genug Schauspieler, auf die dieses unappetitliche Wort zutrifft.«

»Was ist mit Jim Mallory? Wen bringt er mit?«

»Keinen, soweit ich weiß.«

»Nun denn, das kommt gerade recht. Er kann Beverly begleiten. Sie ist zwar ein wenig zu alt für ihn, aber immer noch für ein paar Lacher gut. Sie müssen ihn nur warnen, uns zwei nicht durcheinanderzubringen, weil sie sich durch ihr langjähriges Training kaum mehr von mir unterscheidet.« Sie schüttelte den Kopf, während sie an Beverly und die anstehenden gemeinsamen Wochen dachte. »Aber hören Sie, Herb, Jim Timony meint, ich sollte Sie darum bitten, meine Bodyguards zu überprüfen, ob einer oder sogar alle ein

Strafregister haben. Mir persönlich würde es nichts ausmachen, weil ich zu meinem Wort stehe. Einmal eingestellt, bleiben sie eingestellt, es sei denn, sie finden was besseres, dann lasse ich sie gehen, außer wenn wir gerade mitten in irgendwas drinstecken.« Sie lächelte. »Wenn Sie verstehen, was ich meine. Nun denn, Herb, hätten Sie was dagegen, wenn ich ein paar Takte ernst mit Ihnen rede?«

»Ganz und gar nicht. Was haben Sie denn auf dem Herzen?«

»Die Hexe. Agnes. Wir haben heute früh schon über sie gesprochen, aber ich habe seitdem noch einmal gründlich über sie nachgedacht. Wie ich Ihnen sagte, war sie früher mit Milton Connery zusammen, und ich habe den Verdacht, zwischen den beiden läuft immer noch was. Ich meine, nichts in Richtung Romanze, aber ich vermute, sie weiß, was dort hinter den Kulissen vor sich geht. Klingt das nach Verrat? Wir sind gute Freunde, aber trotzdem, wie meine Mutter zu sagen pflegte, wenn sie meinen Vater der Untreue verdächtigte, man kann nicht vor jedem Techtelmechtel die Augen verschließen, insbesondere dann nicht, wenn es mehr nach Techtel als nach Mechtel riecht. Sind Sie noch dran?«

»Sicher. Würde ich bei Ihnen mitten im Satz auflegen?«

»Vielleicht. Käme ganz auf den Satz an. Egal, sie hat's jedenfalls ziemlich dicke. Sie wissen, was ich meine. Sie besitzt diesen hübschen Bungalow in DeLongpre, nicht die vornehmste Adresse auf dieser Welt, aber genau besehen, gehört meine auch nicht dazu. Die Wohnung ist piekfein möbliert, und sie besitzt ein paar echte Antiquitäten. Sie wissen schon, altes, wurmstichiges Zeug. Nicht unbedingt mein Geschmack, aber andererseits sind meine Vorlieben auch ausgesprochen individuell. Sie gibt einen Haufen Geld für Kleider und Schuhe aus, ich weiß das, weil ich mal durch ihre Schränke geschnüffelt habe. Nun, ich weiß nicht, wieviel Geld man so als Hexe macht, aber ich habe den Eindruck, sie verbringt mehr Zeit bei mir als daß sie einer geregelten Arbeit nachgeht. Nicht einmal einer Teilzeitarbeit.

»Ich dachte, sie wird für private Parties angemietet. Und

ich vermute, sie ist morgen abend auch als Gasthexe geladen.«

»Yeah, das hat was für sich. Ich weiß, daß sie ihr Geld mit Wahrsagen und Kartenlegen verdient.«

»Tarotkarten.«

»Genau die. Sie hat auch einmal mir die Karten legen wollen, aber mir braucht man meine Zukunft nicht vorherzusagen, und an meine Vergangenheit will ich nicht erinnert werden. Schon gar nicht in diesem schwülen Klima hier, hm.« Sie mochte seine Art zu lachen. Es klang sanft wie der Motor eines Rolls-Royce. Sein Lachen hatte Klasse. Entspannt, ungekünstelt, verläßlich. »Und noch was, sie hat mich nie angepumpt, wie so viele andere Müßiggänger, deren Namen ich Ihnen auflisten könnte. Also, sie war noch mit Connery zusammen, als er Neon Lights Manager wurde. Trotzdem behauptete sie, so gut wie nichts über Neon zu wissen. Nicht seinen tatsächlichen Namen, nicht, wo er herkam, gar nichts.«

»Nun, offenbar haben Sie mehr aus ihm herausbekommen können als alle anderen. Vielleicht weiß Milton Connery aber auch Dinge, die er an niemanden weitergeben möchte.«

»Sie könnten ihn festnehmen und mit dem Gummischlauch bearbeiten.«

»Mae West, also bitte. Wollen Sie damit andeuten, die Polizei würde Verdächtige mit Gartenschläuchen weichprügeln?«

»Ich deute überhaupt nichts an, Honey, ich sag's Ihnen bloß. Ich hatte mein Leben lang mit Bullen zu tun. Ich weiß, was in den schalldichten Räumen im Keller vor sich geht. Ich habe selbst einige von innen gesehen.«

»Und wurden dort mit Gartenschläuchen verprügelt?«

»Mr. Detective, ich habe aus weitaus angenehmeren Gründen schalldichte Räume aufgesucht, hmm. Also, bevor ich nun schweren Herzens den Telefonhörer auflege: Gibt es irgendwelche Hinweise, irgendwelche frischen Spuren?«

»Jim hat sich hinter Neons Akte geklemmt. Man hat sie im Keller auf Eis gelegt.«

»Das klingt nicht gerade vielversprechend. Können Sie sie nicht wieder loseisen?«

»Wird bereits gemacht. Und wenn ich noch selbst da runter muß und sie eigenhändig suche.«

»Er ist doch noch gar nicht so lange tot. Sollte da nicht noch wer an dem Fall dransein?«

»Eigentlich schon.« Er schüttelte sich leise. »Ich werde mir den Detective vorknöpfen, der sich damit beschäftigt hat. Heute ist er mir nur nicht über den Weg gelaufen.«

Mae wurde wütend bei dem Gedanken, daß Neons Fall einfach beiseite geschoben wurde wie ein alter Schuh. »Also, Sie geigen ihm ordentlich die Meinung, aber keine Details. Ich meine, ich bin sicher, Neon hat mit den drei Vampirmorden zu tun.«

»Ganz bestimmt, zumal es so aussieht, als ob alle den gleichen Beruf ausübten, alle im Tailspin Club gearbeitet haben und alle Milton Connery kannten.«

»Ich will Ihnen eins sagen, Herb, der Kerl ist die perfekte Besetzung für einen Vampir.«

»Ach, Mae, wenn es so einfach wäre.«

»Will heißen?«

»Will heißen, Sie hängen Connery die Sache an, weil er für Sie so aussieht wie ein Vampir.«

»Ich hänge niemandem was an. Das ist Ihr Job, aber ich weiß auch, Sie und ich haben eins gemeinsam.«

»Und das wäre?«

»Wie die berittene Polizei in Kanada kriegen wir beide stets unseren Mann.«

Fünf Minuten später, nachdem sie ein weniger enthüllendes Hauskleid angelegt hatte, trat Mae ins Wohnzimmer und traf dort auf Desdemona, die Selma und Salvatore mit Käse und Crackern versorgte. »Nun, es freut mich zu sehen, daß ihr so prima miteinander auskommt. Ist Goneril in der Küche?«

»Nein, ich bin hier«, sagte Goneril, während sie ein Tablett vor sich her trug, auf dem sich ein Teller kleingehackter

Hühnerleber, einige Scheiben Mortadella sowie ein Korb mit geschnittenem Roggenbrot und Pumpernickel befanden.

Mae begutachtete das Tablett und sagte trocken: »Kein Kaviar?«

»Ist leider ausgegangen. Ich habe gerade beim Delikatessengeschäft angerufen und neuen bestellt.«

»Also, Honey, du bedienst dich selbst bei der gehackten Hühnerleber«, sagte Desdemona zu Selma Hamilton Burr. »Die ist mit frischem Hühnerfett und Zwiebelstücken.« Und zu Salvatore Puccini sagte sie: »Du siehst ein wenig blaß aus, Honey, am besten, du langst tüchtig zu.«

Mae registrierte, daß Timony und Seymour nicht mehr am Kartentisch saßen und die Spielkarten ordentlich gestapelt auf dem Tisch lagen. Mae fragte Desdemona, wohin die beiden gegangen waren.

»Oh, die sind los, ein paar Knarren einkaufen«, gab sie unbekümmert zur Antwort, als ob der Kauf von Handfeuerwaffen zu den alltäglichsten Dingen im Haushalt gehörte.

»Goneril, was ist mit den Möbeln für die Jungs?«

»Bitte, hören Sie –«

»Ich höre, und ich hoffe, es gibt ein erfreuliches Ende.«

»Also, zuerst hat man mir gesagt, die Lieferzeit betrage mindestens drei Tage –«

»Wie war die Nummer? Laß *mich* mal mit denen reden.« Mae freute sich auf jede direkte Konfrontation.

»Aber so warten Sie doch, Miss West, ich kenne Sie lange genug, um zu wissen, so schnell geben wir nicht auf. Dann haben sie mir gesagt, sie brauchten eine Kaution und eine Monatsmiete im voraus. Also habe ich gesagt, die bekommen Sie, wenn Sie heute noch ausliefern, und ich meine damit nicht erst heute abend um acht oder neun oder zwei Minuten nach Mitternacht. Sie sprechen hier mit einer Dame, die für den einzigartigen und unnachahmlichen und berühmten Filmstar Miss Mae West arbeitet.« Sie machte eine Pause. »Natürlich wollten sie mir nicht glauben.«

Mae hatte wieder die Hände auf den Hüften, was bedeutete, sie würde sich höchstpersönlich darum kümmern, daß die Möbel in spätestens einer Stunde ausgeliefert würden. »Ihre Nummer bitte.«

»Nur Geduld, Miss West. Ich sage, das habe ich nicht anders erwartet, und dann sage ich, bleiben Sie bitte dran, Mae West wird persönlich mit Ihnen reden.«

»Ich kann's nicht fassen«, sagte Mae in Richtung Decke.

Nachdem Goneril ihre Mae-West-Imitation zum besten gegeben hatte, war Mae platt und mußte dann lachen. »Und als ich fertig bin, sagen sie gleich, sie wollen signierte Fotos, und ich sage, ›Klar doch, Jungs, für euch würde ich sogar mit meinem eigenen Blut unterschreiben, aber ich bin diese Woche etwas anämisch, hm.‹«

»Goneril«, sagte Mae, »du und Desdemona überrascht mich doch immer wieder. Wann liefern sie den Krempel?«

»Der Laden liegt an der Fairfax. Das ist zehn Minuten von hier. Je nachdem, wie lange sie für das Einladen brauchen, müßten sie in etwa einer Stunde hier sein.«

Die Türglocke klingelte. Desdemona lief eilig zur Tür und schnappte nach Luft, als sie Dudley Van Helsings grellroten Schopf und sein sommersprossiges Gesicht erblickte.

»Komm nur rein, Dudley. Darf ich dir Desdemona und Goneril vorstellen. Deine Sachen kannst du solange hierlassen, bevor du dich unten einquartierst. Und bedien dich bei dem kleinen Imbiß.«

»Miss West«, sagte Dudley ernst, »ich halte es nicht für klug, die untere Tür unbewacht zu lassen.«

»Du hast recht, Dudley, und ich bin dabei, drei Türsteher in Achtstundenschichten einzustellen. Aber du mußt verstehen, bevor ein Mörder die Gegend unsicher machte, hatte niemand hier im Haus seine Tür abgeschlossen. Und unsere kann ich nicht zuschließen, weil ich keinen Schlüssel für die anderen Mieter habe. Also müssen wir so lange auf den Schutz unseres Herrgotts vertrauen, bis Herb Villon – so heißt der zuständige Detective – irgendwelche Polypen auftreibt, die wir vor die Tür stellen können. Ansonsten, Jungs, sollten die Möbel für euer Apartment noch im Laufe der nächsten Stunde eintreffen, und während wir darauf warten, erzähl ich euch schon mal, was euch morgen erwartet. Selma, schling dein Essen nicht so runter, das ist schlecht für die Verdauung.«

Desdemona ermahnte Selma mit dem erhobenen Finger. Er zeigte sein fabelhaftes Grinsen, und Desdemonas Herzschlag beschleunigte sich.

»Ich möchte, daß ihr Jungs heute nacht ausreichend Schlaf bekommt, denn ich habe morgen einen frühen Termin bei den Paramount Pictures. Ich stecke gerade in den Dreharbeiten zu meinem neuen Film, und heute war mein erster freier Tag, und ich denke, davon wird's so bald keinen mehr geben. Also werdet ihr morgen mit mir den ganzen Tag über im Studio sein.«

Ihre Gesichter strahlten voller Vorfreude, einen ganzen Tag in einem Hollywoodstudio verbringen zu dürfen. »Äh, Miss West«, fragte Puccini schüchtern, »glauben Sie, ich könnte Carole Lombard begegnen?«

»Schon möglich, wenn sie gerade auf dem Gelände ist. Sie ist ein guter Kumpel und sehr umgänglich. Aber ich will euch gleich warnen, Dreharbeiten sind sehr langweilig. Aber während ihr ein Auge auf mich habt, könnt ihr gleich im Training bleiben. Ihr wißt schon, gerade so wie Sparring oder Schattenboxen. Morgen abend dann, an Halloween, gehen wir zu einer Party in den Tailspin Club. Herb Villon wird auch dort sein, zusammen mit seiner Freundin und seinem Detective-Kollegen Jim Mallory. Und dann müßt ihr noch mit meiner Schwester Beverly Vorlieb nehmen. Sie trifft morgen hier ein, aber ich warne euch, sie ist mannstoll, und ihr drei seid genau die Sorte Smörgarbord, auf die sie ganz scharf ist. Was ist los mit dir, Dudley? Stimmt was nicht?«

»Mit einem mannstollen Weib werde ich wohl fertig. Aber das Tailspin an Halloween. Ich fürchte, wir drei könnten da selbst Personenschutz gebrauchen.«

Mae grinste. »Ich brauche keine Hexe, die mir weissagt, daß es morgen abend verdammt interessant werden wird!«

NEUN

Der Detective, der da in der Tür zu Herb Villons Büro stand, hieß Felix Dvorack. In Villons Augen unterschied sich sein Äußeres nur geringfügig von dem eines Bostoner Stieres. Er hatte einen Bierbauch und trug eine schmierige Weste unter seinem schmierigen Jackett. Er kaute auf einem Zigarrenstummel und hatte seine Daumen links und rechts unter den Bund seiner schmierigen Hose geklemmt. Sein Kinn war mit Stoppeln übersät. Villon achtete darauf, seinem Gesicht nicht zu nahe zu kommen, um durch die Knoblauchfahne aus seinem Mund nicht in die Gefahr eines Erstickungsanfalls zu kommen. Beide konnten sich auf den Tod nicht ausstehen. Dvorack redete von Villon als »der Große Zampano« und manchmal nannte er ihn auch gehässig »Mr. Schickimicki«, aus Neid auf seine Bekanntschaft mit einer Reihe von Hollywoodstars. Villon wurde von seinen Kollegen und Vorgesetzten geschätzt und geachtet. Dvorack wurde toleriert, obwohl Mallory ihn mit der Beulenpest verglich, deren baldige Auslöschung durch die Wissenschaft nur zu wünschen war.

Villon starrte Dvorack mit verborgenem Widerwillen an. »Willst du im Türrahmen stehenbleiben, oder kommst du rein?«

Dvorack tat keinen Mucks. »Der Pförtner meinte, du wolltest mich nach meiner Rückkehr unverzüglich sprechen. Nun, ich bin seit über einer Minute zurück. Stör ich dich?«

Eines Tages, dachte Villon, haue ich dir eins in die Fresse, daß dir dein Zigarrenstumpen direkt bis in den Darmtrakt rutscht. »Felix, mich stört nur dein plötzlicher Anfall von Paralyse. Kannst du nicht reinkommen und dich hinsetzen, oder soll ich mit dir auf den Flur gehen, zumal dort« – er konnte sich den Seitenhieb nicht verkneifen – »die Luft um einiges besser ist.«

Dvorack starrte Villon an, der sich wieder über seine Notizen beugte, da er wußte, Dvorack würde in Kürze vor ihm sitzen. Der Mann hatte einfach keinen Mumm. Von ihm ließ sich niemand einschüchtern. Er wußte, daß keiner ihn mochte. Er war einsam. Er war Junggeselle. Villon vermutete, er würde die sogenannten reifen und gesetzten Jahre nie erleben. Herb hörte, wie die Tür zufiel. Dvorack lief schwerfällig die wenigen Schritte bis zum Stuhl auf der anderen Seite des Schreibtischs. Er ließ seinen übergewichtigen Körper in den Stuhl sinken, als Villon aufblickte. Der Zigarrenstummel war obszön und unausweichlich. So unausweichlich wie Dvorack selbst. Der einzige Trost war, daß Dvoracks Pensionierung noch vor Jahresfrist anstand.

»Nun, Villon?« Dvorack sprach den Namen bewußt wie Villain aus.

»Neon Light.«

Dvorack konnte den Namen offensichtlich nicht mehr hören. Villon konnte es seinem Gesicht ansehen.

»Also, Felix?« Villon versuchte nicht, seine Ungeduld zu verbergen.«

»Also, was?«

»Warum hast du die Akte auf Eis gelegt?«

»Weil der Fall abgeschlossen war.«

»Du hast also den Killer geschnappt?«

»Laß die Witze. Du bist schließlich nicht Jack Benny.«

»Und du bist kein Detective.«

Dvorack beugte sich vor, die Fäuste geballt. »Willst du Ärger haben?«

»Nein, Felix, du wolltest Ärger, und du hast ihn auch bekommen. Ich habe mit dem Chef lange über den Fall Neon Light gesprochen und darüber, daß die Akte im Keller vergraben wurde, und er hat gesagt, ich solle die Geschichte mit dir persönlich austragen, weil wenn er es tut, und du kennst ja sein Naturell, dürftest du wieder auf Streife gehen. Das will er dir nicht antun, wo du so kurz vor deiner Pensionierung stehst.« Er zeigte mit dem Finger auf Dvorack, der genau wußte, wann Villon es ernst meinte, und einen Schweißausbruch unter den Achseln verspürte. »Wer hat dich angewiesen, die Akte verschwinden zu lassen?«

»Niemand. Das war allein meine Sache.«

Villons Stimme ging eine Oktave nach oben. »Du bist nicht im geringsten befugt, einen Fall abzulegen, ohne vorher den Chef und den Rest der Abteilung darüber zu informieren. Was zum Teufel fällt dir ein, die Akte einfach ins Archiv wandern zu lassen?«

»Es hatte sich verdammt noch mal nichts ergeben. Nicht die kleinste Spur, also habe ich die Sache fallengelassen. Na und? Irgendeine Tunte bekommt im Griffith Park eins über den Schädel gezogen. Tolles Ding! Dort werden doch ständig Leute umgelegt. Wer gibt schon groß was auf eine billige Schwuchtel?«

Villon war aufgesprungen, die Hände auf der Tischplatte, das Gesicht vor Wut zu einer schrecklichen Grimasse verzerrt. »Jeder echte Cop gibt was drauf! Hast du Geld bekommen, damit die Akte verschwindet?«

Dvoracks Gesicht wurde aschfahl. »Du dreckige Ratte...« Seine Stimme war gedämpft und bösartig.

Villon betonte jedes Wort: »Hast du Geld bekommen, damit die Akte verschwindet? Versuch nicht, mir war vorzumachen, Felix. Ich habe dich schon lange in Verdacht, daß du Hand in Hand mit Milton Connery arbeitest!«

»Dreckskerl. Ich hasse dich wie die Pest.«

»Du wärst ein noch größeres Arschloch, wenn dem nicht so wäre. Ab sofort brauchen wir uns nichts mehr vorzumachen und Freundlichkeit heucheln. Wie jeder andere Cop auf diesem Revier kann ich's kaum abwarten, dich endlich für immer durch die Tür verschwinden zu sehen. Du stinkst, Felix, nicht bloß deine Klamotten und deine miefigen Zigarrenstummel und dein Körper, dein ganzer Charakter stinkt. Neon Light hatte Charakter. Ein brillantes Talent, das bewundert und respektiert wurde und das man nicht einfach unter den Teppich kehren oder in diesem abgefuckten Keller auf Eis legen kann. Ich lasse das Eis gerade antauen, Felix, die

Akte wird ausgegraben, nicht nur, weil der Fall neu an mich übergeben wurde –«

»Du miese Ratte!«

»– sondern auch, weil er mit den Vampirmorden zusammenhängt.«

»Blödsinn.«

»Wenn du die Akte nicht so eilig beiseite gelegt hättest, wäre dir aufgefallen, daß Neon ebenfalls als Mae-West-Imitation auftrat. Ihm gebührte die Ehre, die Show zu eröffnen. Das erste Opfer des Vampirs.«

»Überhaupt nicht. Das war reiner Zu–« Dvorack hielt abrupt inne. Seine Augen flackerten nervös. Villons Blicke ruhten fest auf Dvoracks Gesicht.

»Ein Zufall also? Und woher weißt du das?«

»Ich bin mir nicht sicher. Ich meine . . . ich meine . . ., auch wenn ich die Akte weggelegt habe, aber du hast natürlich recht, . . . du hast recht, Herb, völlig recht.« Er saß auf heißen Kohlen und wand sich. »Wie ich schon sagte, auch wenn ich die Akte weggelegt habe, so habe ich mir schon meine Gedanken gemacht . . . du weißt, ich bin nicht der Schnellste, jedenfalls habe ich gedacht – Mensch, Neon war ja auch Imitator, vielleicht war ich ein wenig zu flink, vielleicht gibt's da eine Verbindung zwischen ihm und den Vampirmorden . . .«

»Und warum hast du dann die Akte nicht raufgebracht?«

»Ich – ich wollte nicht voreilig sein, ich wollte erst sicher sein, verstehst du?«

»Ich verstehe. Du hattest also vier Monate Zeit, die Akte wieder hervorzukramen. Vier Monate, in denen drei weitere Imitatoren umgebracht wurden, und eine davon war eine Frau, also ganz bestimmt keine Schwuchtel, Felix, definitiv keine Schwuchtel.« Er setzte sich wieder. Er zitterte. »Wann hast du die Akte weggelegt?« Dvorack fuhr sich mit der Zunge über die Lippen. »Du hast sie noch vor den drei anderen Morden weggelegt. Du hast sie vielleicht ein paar Wochen nach Neon Lights Beerdigung wegpacken lassen. Eine wirklich fixe Untersuchung, Felix. Und eine wahrlich fixe Entscheidung, daß du mit dem Fall in einer verdammten

Sackgasse gelandet warst. O Mann, ich bin wirklich gespannt auf die Akte. Ich wette, du hast so gut wie nichts unternommen, Neons Mörder auf die Spur zu kommen. Ich wette, der Name Milton Connery taucht darin nicht einmal auf.«

Dvorack plusterte sich auf: »Nun aber halblang! Connery war sein Manager. Er war ausgesprochen kooperativ.«

»Das will ich meinen. Warum hast du nicht mit Mae West gesprochen?«

»Mae West? Diese Schlampe!« Villon wollte schon über den Tisch springen und Dvorack an die Gurgel gehen, aber er erkannte rechtzeitig, daß er sich damit nur ein Disziplinarverfahren wegen Tätlichkeit gegen einen Mitarbeiter einhandeln würde. Und was für einen Mitarbeiter.

Villons starrem Gesichtsausdruck entnahm Dvorack, daß Schlampe ein Fehler gewesen war. Er wußte, daß man Villon die Vampirgeschichte übergeben hatte, einen Fall, um den er sich selbst bemüht hatte, der ihm aber rundweg verweigert worden war, wobei der Chef es sich nur mühsam hatte verkneifen können, nicht lauthals vor seinen Augen loszuprusten.

Villon fühlte das Blut in seinen Adern pochen. Er blickte mit unverhohlenem Abscheu und Ekel in das Gesicht seines Gegenübers. Nach einiger Zeit, die Dvorack wie ein endloses, quälendes Schweigen erschien, begann er zu sprechen: »Mae West gehört zu jener Art wundervoller Menschen, zu der du niemals gehören wirst. Mae West war Neon Lights Freundin. Sie hat ihn aufgebaut. Sie half ihm dabei, seine Rolle zu entwickeln. Auch ohne daß sie es mir gesagt hat, weiß ich, daß sie ihn finanziell unterstützte, bis er auf eigenen Füßen stehen konnte. Und um dir zu zeigen, was für eine ausgezeichnete Detektivin diese Lady ist, wobei ich Lady durchaus in adelndem Sinne verwende, sie selbst hat mich darauf gebracht, daß Neon Light höchstwahrscheinlich mit den Vampirmorden zu tun hat, weil er ebenfalls als Mae-West-Imitation auftrat.« Er beugte sich vor. »Und laß dir eins gesagt sein, Felix, sollte ich dahinterkommen, daß du falsch spielst, daß du ein verlogener Bulle bist, werde ich dich höchstpersönlich vor Gericht bringen und dafür sorgen, daß die Anklage hieb- und stichfest ist. Und dann kannst du deinen Hut nehmen und hingehen, wo der Pfeffer wächst, weil man dich hier mit Schimpf und Schande vor die Tür setzen wird.«

Jim Mallory war lautlos ins Zimmer getreten und lehnte an der Tür. Dvorack hatte sein Kommen nicht bemerkt. Jim hatte das meiste von Villons Rede mitbekommen. Nie zuvor hatte er eine solche Schmähung aus dem Munde des Mannes gehört, den er liebte und bewunderte und mit dem er all die Jahre glücklich zusammengearbeitet hatte. Dies war für ihn eine Offenbarung, und sie gefiel ihm. Auf diese Seite Villons hatte er lange gewartet. Der sonst so gelassene, kühl und selbstbeherrscht wirkende Herb Villon, der seine ganze Wut unter Verschluß behielt. Mallory vermutete, er müsse ein Magengeschwür von der Größe eines Golfballs haben.

»Wer hat dir Geld gegeben?« Villon ließ den Fisch nicht von der Angel. »Ich verspreche dir, es bleibt zwischen dir, mir und Mallory.«

»Mallory? Wieso Mallory?«

»Weil er hinter dir steht und berühmt ist für sein ausgezeichnetes Gehör.«

Dvorack machte sich nicht die Mühe, sich nach Mallory umzusehen. Seine Blicke klebten an Villon.

»Der Chef wird von mir kein Sterbenswörtchen erfahren«, sagte Villon, »bevor du nicht für immer hier raus bist. Und jetzt sprich mir nach: Milton Connery.«

Dvorack zog endlich den Zigarrenstummel aus seinem Mund und legte ihn in einen Aschenbecher auf dem Tisch. »Er hat mir viele Gefälligkeiten erwiesen, Herb. Sehr viele Gefälligkeiten. Ich stehe in seiner Schuld. Ich weiß, es war falsch, sehr falsch. Aber ich habe keine Möglichkeit gesehen, den Fall Neon Light noch zu knacken. Es gab keine Anhaltspunkte. Keine Spuren.«

»Es hätte jede Menge Anhaltspunkte und Spuren geben können, wenn du eine gründliche Untersuchung geführt hättest. Wenn du Miss West befragt hättest, oder die anderen

Imitatoren, die Neon kannte und mit denen er befreundet war, und das Personal im Tailspin Club. Wenn du dich für Neons Vergangenheit interessiert und herausgefunden hättest, woher er stammte.«

»Aber das hab ich doch! Genau das hab ich getan! Er war Waise. Er wurde von einem Ehepaar namens Williamson adoptiert.«

»Hast du mit ihnen gesprochen?«

»Ja doch, natürlich habe ich das. Sie haben mir gesagt, er hätte einen älteren Bruder, aber sie wußten nicht, wie er hieß und wo er steckte.«

»Und warum hast du an dem Punkt aufgegeben?«

»Ich habe nicht aufgegeben. Wer sagt denn, ich hätte da aufgegeben? Ich habe weitergewühlt. Und ich habe auch mit dem Personal im Tailspin gesprochen. Ich bin sogar in den Genuß eines Gesprächs mit dieser Hexe gekommen, Agnes Soundso.«

»Agnes Darwin, Connerys damaliger Schatten.«

»Oh. So war das also. Aus ihr war nicht viel herauszubekommen. Nichts Brauchbares jedenfalls.« Seine Stimme klang erregt: »Ich war nahe dran. Sogar verdammt nahe dran. Ich war hinter die Orgien zu vorgerückter Stunde gekommen, mit all den großen Tieren aus Hollywood und den versteckten Kameras und den Erpressungsgeldern.«

»Steht das in der Akte?« fragte Villon schnell.

»Wie?«

»Du hast mich verstanden. Ich rede klar und deutlich.«

»Es steht nicht in der Akte.«

»Wieso nicht?«

»Ich – ich – ich dachte nicht, es könnte etwas mit dem Mord an Neon zu tun haben.«

»Angenommen ich verrate dir, daß es eine ganze Menge mit Neons Ermordung zu tun hat.« Dvorack schien schmaler geworden zu sein. Obwohl er nicht sein Gesicht sehen konnte, stellte Mallory sich vor, wie der Bostoner Stier sich in ein groteskes Baby verwandelt hatte. Seine Schultern waren eingefallen, und in Mallorys Vorstellung wurde er kleiner und kleiner, bis irgendwer vorbeikam und sich erbarmte, ihn ins ewige Vergessen zu pusten.

Villon rutschte auf seinem Stuhl. Er mochte es kaum glauben, aber mit einem Mal empfand er Mitleid für diesen Mann. Er konnte nicht wissen, daß seine Begegnung mit Dvorack zu dessen Vernichtung und physischer Auflösung führen würde. Er wollte nur wissen, warum er die Akte hatte verschwinden lassen. Der Beruf eines Detectives war faszinierend. Wenn er sich überlegte, daß er als Teenager drei Monate Steptanzunterricht genommen hatte, weil er für den Steptänzer und Vaudevillekünstler Pat Rooney Senior geschwärmt hatte. Jetzt machte er das, wozu er Talent besaß: einen zähen Gegner langsam und systematisch weichzuklopfen.

»Neon steckte bei sämtlichen Aktionen Milton Connerys mit drin«, sagte Villon. »Das ist nur eine Vermutung, für die mir die Beweise fehlen, aber ein anderes Szenario ist für mich undenkbar, jedenfalls keins, das so gut funktionieren würde. Mae West hat mir erzählt, Neon war todkrank. Er hatte so ziemlich jede Krankheit, die man sich vorstellen kann. Eine Zahl zwischen eins und zehn. Als Neon erkannte, wie es um ihn stand, wollte er vermutlich noch einmal groß einen draufmachen. Wahrscheinlich hatte er aber nichts auf der Bank, und ich vermute, er brauchte eine hübsche Stange Geld für verschiedene Sachen. Geld für seinen unbekannten Bruder, der ihm davon abgeraten hatte, Transvestit zu werden. Geld für sich selbst, um ein Leben im großen Stil zu führen, wie er es nie gekannt hatte, damit auch der Junge einmal lachen konnte, der sonst immer nur die anderen zum Lachen gebracht hatte, ohne selbst Grund zum Lachen zu haben. Verdammt, er war gerade mal dreiundzwanzig.« Ohne es zu wollen, schlug er mit der Faust auf den Tisch. »Herr Gott, hat es eine Autopsie gegeben?«

»Ich hielt das nicht für notwendig. Verdammt noch mal, man hatte ihm den Schädel zertrümmert und das Gehirn verspritzt.«

»Nicht im Griffith Park. Man hat ihn nicht im Griffith

Park umgebracht. Ich wette mein letztes Hemd, daß er im Tailspin Club getötet wurde. Jesus Christus, Felix, kannst du nachts noch schlafen?«

»Yeah. Ich schlafe nachts.« Er sprach mit ruhiger Stimme, deren ironischer Unterton ihnen nicht entging. »Warum auch nicht? Ich habe niemanden, der mich stören könnte. Ich lebe allein. Ich bin ohne Frau. Ich habe nie eine Frau gehabt. Ich hatte immer nur Nutten. Ich stehe auf Blondinen. So wie Mae West eine ist. Genau diese Art von Blondinen. Und jetzt stehe ich vor der Pensionierung. Worauf soll ich mich groß freuen? Ein paar Bier in der Bar um die Ecke. Einen Film im Kino. Vielleicht hin und wieder ins Variété in die Stadt. Ist es das? Aber weißt du, jetzt kann ich reisen. Jetzt kann ich endlich raus aus diesem Dreckloch von einer Stadt. Mir ein paar neue Anzüge kaufen. Mich in Schale schmeißen. Ich bin gerade mal sechzig. Das ist noch nicht so alt, oder?« Seine Stimme stockte. Er weinte. Mallory fühlte sich unwohl. Er überlegte, ihm einen freundschaftlichen Klaps auf die Schulter zu geben, aber er fürchtete, sich anzustecken.

Villon blieb geschäftsmäßig kühl und schien Dvoracks Litanei des Selbstmitleids zu ignorieren. Im Innern jedoch verstand er den Frust des Mannes, sein verzweifeltes Ringen um ein letztes Quentchen Glück, die einzige Sache, die er mit Neon Light gemeinsam hatte. »Jim, kümmere dich um einen Exhumierungsbefehl für Neon Lights Leichnam und ordne eine Autopsie an. Vielleicht war das Loch im Schädel nicht der einzige Grund für seinen Tod. Und bist du in der Geschichte mit den Türstehern für Miss West schon weitergekommen?«

»Ich habe soeben drei nette Herren zu ihr auf den Weg geschickt. Sie läßt dir ausrichten, daß sie ganz vernarrt in ihre Bodyguards ist. Genau wie Goneril und Desdemona.«

»Nur frisch an die Arbeit.« Mallory verschwand umgehend.

»Was geschieht jetzt?« fragte Dvorack.

»Nichts.«

»Du wirst mich nicht oben verpfeifen?«

»Noch nicht.«

Dvorack war verblüfft. »Du hast genug gegen mich in der Hand.«

»Ich brauche dich noch, wenn ich genug gegen Connery zusammengetragen habe.«

»Aber ich habe doch schon gesagt, daß er mich geschmiert hat. Mallory war dabei.«

»Das ist nur ein Bruchteil dessen, was ich brauche. Orgien. Versteckte Kameras. Erpressung. Neon Light. Da brauche ich jede Menge Beweise, und noch weiß ich nicht, wo ich die alle finden kann, aber ich mache mich gleich an die Arbeit.«

»Danke, Herb«, sagte Dvorack leise. »Das meine ich wirklich ernst.«

Villon schwieg. Für ihn gab es nichts mehr zu sagen. Felix Dvorack erhob sich mühsam von seinem Stuhl und stolperte zur Tür. Er dachte ans Gefängnis und an die Rache, die ihm dort vermutlich drohte. Er drückte die Tür auf und lief blind den Flur hinunter. Die Aussicht auf eine trostlose Zukunft hatte ihn erschüttert. Er fand die Herrentoilette. Er lief an einem Beamten vorbei, der gerade seine Hände wusch und trat in eine freie Kabine. Er schloß die Tür und zog den Riegel vor.

»Na, gerade noch mal geschafft, was Felix?« sagte der Beamte.

In der Kabine steckte sich Felix den Lauf seiner Dienstpistole in den Mund und drückte ab. Sein Gehirn hinterließ auf der Wand hinter ihm ein farbenfrohes Muster. Der Beamte war wie gelähmt. Andere stürzten in den Raum, darunter Herb Villon. »Felix Dvorack?« fragte Villon ihn. Der Beamte nickte dumpf. »Dazu hat es nicht kommen sollen«, sagte Villon.

Ein paar Minuten später saß Villon wieder an seinem Schreibtisch. Mallory trat ein wie jemand, dem gerade ein Gespenst über den Weg gelaufen war. »Hast du gehört? Hast du gehört, was Felix gemacht hat? So ein verfluchter Mist. Was willst du dem Chef sagen?«

»Nicht mehr, als er wissen soll.«

Mallory ließ sich auf den Stuhl sinken, auf dem kurz zuvor Dvorack gesessen hatte. »Wie geht's mit Milton Connery weiter?«

»Ich gebe ihm genügend Leine.«

»Willst du ihn nicht ins Netz holen?«

»Wieso?«

»Wieso? Weil er Felix geschmiert hat.«

»Haben wir Beweise?«

»Du lieber Himmel, Herb, wir haben beide Felix' Geständnis gehört!«

»Wir haben nichts schriftlich. Ein cleverer Anwalt würde unsere Aussage einzeln zerpflücken, wenn es zu einem Prozeß gegen Connery käme. Wir müssen uns gedulden und abwarten, bis Connery sich selbst die Schlinge um den Hals legt.«

»Aber angenommen, das Warten dauert zu lange?«

»Im Gegensatz zu Miss West ist Warten meine große Stärke. Für wann ist die Autopsie angesetzt?«

»Der Leichenbeschauer meinte, er würde versuchen, ihn morgen dazwischenzuschieben. Er hat eine lange Warteliste.«

»Hast du für morgen abend immer noch keine Begleitung?«

»Nein. Barbara Stanwyck ist anderweitig beschäftigt, und sein Name ist Robert Taylor.«

»Eines Tages wird Miss Stanwyck das noch bedauern.« Mallory lachte.

»Nun, Jim, ich habe eine nette Überraschung für dich. Du hast für morgen abend für das Tailspin eine Begleitung.«

»O Gott, ich hasse *blind dates.*«

»Das hier ist alles andere als blind. Es ist nämlich Maes Schwester Beverly.«

»O nein, das Glück ist wahrlich ungerecht verteilt. Ich habe ihr Bild heute morgen in der ›Times‹ gesehen.«

»Und was, bitte schön, ist daran auszusetzen? Sie gleicht Mae West wie ein Ei dem anderen.«

»Ein leicht angedelltes Ei.«

Villon lachte laut. Die Gegensprechanlage summte. Die Stimme seines Chefs sagte: »Herb! Felix Dvorack hat Selbstmord verübt!«

»Und ich habe den einzigen Zeugen verloren, der gegen meinen Hauptverdächtigen hätte aussagen können«, sagte Villon.

»Sie werden schon jemand anders auftreiben«, gab der Chef zurück.

»Ihr Wort in Gottes Ohr!«

ZEHN

In Mae Wests schneeweißem Wohnzimmer saß die Königin auf ihrem Thron und musterte genau die drei pensionierten Polizeibeamten, die Jim Mallory rekrutiert hatte. Ihr gefiel, was sie sah. Ihnen gefiel, was sie sahen. Es war der Anfang einer Gesellschaft gegenseitiger Bewunderung. Desdemona trat mit einem Tablett ein, auf dem drei Bierkrüge und eine Schale Brezeln standen. Sie verteilte das Bier an die drei Männer, die sich als Timothy Madden, Al Schwartz und Roscoe Werber vorgestellt hatten.

»Meine Herren«, sagte Mae, »ich bin sehr erfreut, Sie zu sehen. Ich hatte immer schon eine Schwäche für Polizisten, ob nun pensioniert oder sonstwas. Nun, ich hoffe nicht, Sie betrachten Ihre Einstellung als Türsteher gegenüber dem Dienst bei der Polizei als Abstieg. Ich sähe es ungern, wenn Sie dächten, das sei unter Ihrer Würde.«

»Miss West«, sagte Timothy Madden, »unter mir ist allein der Bürgersteig.«

»O wirklich.« Sie lächelte. »Du klingst, als hättest du das Zeug zum Komiker. Du bist Timothy Madden, stimmt's?«

»Ich bin der vierte Timothy Madden, mit dem unsere Familie gesegnet ist.« Er erhob seinen Krug. »Zum Wohl, Miss West. Wir ziehen den Karren schon aus dem Dreck.«

»Wenn es darum geht, andere in den Dreck zu ziehen, sind wir hier in der Stadt gerade richtig. Und du hast Familie, Timothy?«

»Zum einen meine Frau, Nora und meine drei Töchter und zwei Söhne. Die sind aber alle schon ausgeflogen. Zurückgeblieben sind Nora, ich und das Radio. Es ist eine Erholung für meine Frau und mich, daß ich einen Teil des Tages außer Haus sein werde. Dadurch haben wir beide mehr Luft zum Atmen. Und der Lohn, den Mr. Timony uns in Aussicht gestellt hat, klingt recht vernünftig. Es ist nicht ganz leicht, mit unserem Pensionsgehalt über die Runden zu kommen.« Die anderen murmelten zustimmend. »Insofern hat Mallory uns gerade zur rechten Zeit gefunden, Gott schütze ihn.«

Al Schwartz, der kleinste, aber drahtigste von den dreien, schaltete sich ein. »Wir sind alte Kumpel, wir drei. Roscoe hier und ich sind beide am gleichen Tag zur Polizei gekommen.«

»Ich war schon da«, sagte Timothy mit einem seligen Lächeln. »So eine Art Ein-Mann-Empfangskommitee.«

»Ach Miss West«, sagte Roscoe Werber, »was wir Ihnen für Geschichten erzählen könnten.«

»Nicht gleich jetzt«, sagte Mae schnell, »laßt uns überlegen, wer welche Schicht übernimmt.«

Al Schwartz schlug vor, in alphabetischer Reihenfolge zu verfahren. Die anderen waren einverstanden. Also Madden, Schwartz und Werber, in dieser Reihenfolge.

»Wenn ihr Jungs nichts dagegen habt«, sagte Timothy Madden, »da ihr beide als Witwer allein lebt, würde ich gern eine Tagesschicht übernehmen. Ich möchte Nora nachts nur ungern allein lassen. Sie ist hellblond und drall, und da könnte der Vampirkiller sie leicht für eine Mae-West-Imitation halten.«

»Ausgeschlossen«, sagte Roscoe Werber tonlos, und Timothy warf ihm einen strafenden Blick zu. »Ich denke, Sie wollen, daß wir gleich anfangen.«

»Yeah, Jungs, auch wenn ich meine Bodyguards hier um mich habe, muß ich mich genauso um meine anderen Mieter kümmern. Auch sie könnten in Gefahr sein. Man kann nie wissen, was von so einem Killer zu halten ist. Wenn dieser Vampir es mit der Schilddrüse hat, bringt er vermutlich noch irgendwen aus Frust darüber um, daß er mich nicht bekommen kann.«

Werber warf seinen Blick auf seine Armbanduhr und meldete sich freiwillig für die erste Schicht um acht. »Al kann um vier Uhr früh übernehmen. Und Timothy, du kommst dann um zwölf und hältst die Stellung, bis ich morgen abend um acht wieder dran bin, und so weiter und so fort.«

»Natürlich müßt ihr Jungs auch einen freien Tag haben«, sagte Mae. »Nun, ich bin sicher, ich kann auch einen meiner Muskelknaben abstellen. Sie sind so jung und reißen sich darum, mich zu verwöhnen, und ich reiße mich darum, von ihnen verwöhnt zu werden. Und jetzt, Roscoe, wird mein Mädchen Goneril Ihnen erst einmal eine Thermoskanne Kaffee und ein paar Sandwiches herunterbringen. Übrigens, haben Sie auch irgend etwas zu Ihrem persönlichen Schutz dabei?« Alle hatten auf Mallorys besonderen Wunsch ihre Dienstpistolen mitgebracht. Mae lächelte. »Ihr Jungs seht aus wie ein wandelndes Waffenlager. Genau so muß es sein. Im Keller ist für besondere Bedürfnisse eine Toilette, und wenn irgend etwas sein sollte, könnt ihr mich rausklingeln. Ich habe einen leichten Schlaf, aber einen schweren Atem.« Sie lächelte auf eine Art, die sie schon bald als jenes typische Lächeln erkennen sollten, das sie immer dann aufblitzen ließ, wenn sie sie hochnehmen wollte. »Trinkt auf, meine Herren, wir wollen kein gutes Bier schal werden lassen. Und wenn ihr mich jetzt bitte entschuldigen wollt, meine Freunde warten unten im Eßzimmer auf mich. Laßt euch Zeit, Jungs, es ist noch mehr Bier im Kühlschrank, wenn ihr möchtet. Roscoe, Sie brauchen allerdings einen klaren Kopf.«

»Keine Angst, Miss West, ein Bier ist mein Limit.«

Nachdem sie sich eine gute Nacht gewünscht hatten, zogen die Männer ab und Mae gesellte sich zu Jim Timony und Seymour Steel Cheeks ins Eßzimmer. »Nun, Jungs, meine Türsteher sind ganz ansehnlich.« Jim stand hinter ihrem Stuhl, um ihr beim Hinsetzen behilflich zu sein. »Danke, Jim, ich mag es, wie eine Lady behandelt zu werden. Oh, seht nur, was Goneril als ersten Gang auf den Tisch bringt, dünne Brühe, aber mit ganz viel Schnittlauch.« Sie nahm einen Löffel und probierte. »Vorzüglich. Und jetzt hört zu, ihr zwei. Beverlys Zug rollt morgen irgendwann gegen Mittag in Pasadena ein. Ich möchte, daß ihr beide mit dem Rolls rausfahrt und sie abholt. Ich weiß nicht, wieviel Gepäck sie dabei hat, aber wie ich Beverly kenne, geht ihr lieber auf Nummer sicher und mietet einen Kleintransporter, der vor Ort auf euch warten soll. Ich weiß ebensowenig, wo wir hier mit dem ganzen Zeug hin sollen, das Gästeschlafzimmer ist beileibe nicht groß genug. Es ist für schmale Gäste geplant. Ich nehme Desdemona und Goneril mit ins Studio, falls ich bis spät arbeiten muß. Ich weiß, sie sind beide ganz versessen auf die Party im Tailspin, aber ich weiß nicht, ob das eine so gute Idee wäre.«

»Wieso nicht, Mae? Sie haben hin und wieder eine kleine Abwechslung verdient.«

»Hör zu, Jim. Du lebst nicht mit ihnen unter einem Dach, so wie ich. Ihr ganzes Leben ist ein einziges Lustwandeln. Ich bin sicher, beide halten irgendwo ihre geheimen Liebhaber versteckt, und ich weiß, sie sparen beide eifrig für die Zukunft. Was sehr weise von ihnen ist. Goneril versucht ständig, mir Tante-Jemima-Pfannkuchen unterzujubeln, weil sie fleißig Aktienanteile der Firma kauft. Wenn ich es recht überlege, sollte ich mir die Sache einmal genauer ansehen. Goneril hat sich gerade erst eine neue Pelzjacke zugelegt. Seymour, du siehst den ganzen Tag schon so griesgrämig aus. Welche Laus ist dir über die Leber gelaufen? Sind es die Bodyguards?«

»Nun, ich denke, Sie sollten es wissen.« Mae ahnte, was jetzt kommen würde. »Ich mache mir große Sorgen um meine Zukunft.« Mae hatte recht.

»Bevor du mich getroffen hast, hattest du gar keine Zukunft. Wenn ich dich nicht damals bei der Thanksgiving-Parade auf dem Hollywood Boulevard erspäht hätte, wo du mit einem sexy Lendenschurz bekleidet den Pilgrims mit Pfeil und Bogen hinterhergeschlichen bist, dann wärst du immer noch da draußen ohne irgendeine Zukunft. Du willst dein Glück beim Film versuchen? Es wäre ein Gedanke. Nur hast du wie alle anderen kein Talent. Aber wir können gerne einen Leinwandtest arrangieren. Wärst du an einem Test interessiert?«

»Ich glaube nicht, daß ich beim Film was werden könnte. Es gibt keine guten Rollen für Indianer.«

»Yeah, aber du mußt es auch einmal so sehen. Die Dialoge sind reiner Kinderkram. ›How‹, ›Ugh‹ und ›Weißer Mann reden mit gespaltener Zunge‹. Ich will mit meinem Produzenten Emmanuel Cohen darüber reden. Manny gehört zu den guten Kerlen, und eben deshalb schwant mir, werden sie ihn in Kürze vor die Tür setzen.«

Es war allerdings nicht das, was Seymour hören wollte. Er war besessen von dem einen Wort, das er früher am Tage in der Limousine gehört hatte, als sie das Fitneßstudio verließen. Er war besessen von dem Wort Pension. Er wußte zwar nicht, was es hieß, aber er war aufgeweckt genug, um zu begreifen, daß es etwas mit Geld zu tun hatte. Mae hatte Jim eine Pension angeboten und war ihm über den Mund gefahren, als er sie ablehnen wollte. Seymour wollte eine Pension. Der Wunsch nach einer Pension war sogar noch stärker als der Wunsch, Immobilien zu besitzen. Es lag jetzt drei Jahre zurück, daß sein Vater und seine Mutter genügend Geld zusammengekratzt hatten, um Seymour aus dem Reservat in die Welt zu schicken, um sein Glück zu machen, wie vor ihm seine älteren Brüder. Der älteste, Irving Steel Cheeks, verdiente gutes Geld in Chicago beim Bau von Hochhäusern. Indianer wurden hier bevorzugt genommen, weil sie einen sicheren Tritt hatten. Der zweitälteste, Louis Steel Cheeks, war Kunstreiter bei einer Unterhaltungsshow, die neun Monate im Jahr übers Land zog. Er sparte sein Geld, um später eine Ranch in New Mexico zu kaufen. Hymie Steel Cheeks schrieb seinen Eltern in einem Brief, er sei jetzt dick im »Geschäft« in Portland, Oregon. »Geschäft« war eine Umschreibung für Einbruch und Diebstahl. Er schrieb seinem jüngeren Bruder Seymour die Wahrheit über den ausgeübten Beruf, sagte ihm aber auch, in diesen wirtschaftlich traurigen Zeiten sei Diebstahl immer noch besser als seinen Körper auf der Straße feilzubieten. Seymour hatte sich Los Angeles ausgesucht, weil sein Vater irgendwo gelesen hatte, dort gebe es eine Menge reicher Frauen, die mit Freuden so ein Prachtexemplar wie ihn unter ihre Fittiche nähmen. Seine Eltern veranstalteten drei Tage lang ein Fest, als Seymour ihnen brieflich mitteilte, er stehe bei dem großen weißen Star Mae West unter Vertrag. Gutherzig und großzügig wie sie war, schickte Mae seinen Eltern eine Reihe von Geschenken und zusätzlich einen Schwung signierter Autogrammkarten. Die Verwaltungsbeamten, die im Reservat von Steel Cheeks' Eltern Dienst taten, reagierten langsam schon genervt auf Mrs. Steel Cheek's ständige Einladung, »Komm doch mal hoch und besuch mich.«

Desdemona trug gerade den Kaffee und die Petits fours ins Wohnzimmer, als Herb Villon und Jim Mallory eintrafen. Mae war aufrichtig erfreut, sie zu sehen. Herb entschuldigte sich für ihr unangemeldetes Auftauchen, aber er und Jim waren nach dem Abendessen zufällig am Haus vorbeigefahren, hatten Roscoe Werber vor der Tür Wache schieben gesehen und hatten angehalten, um mit ihm zu plaudern. »Als Roscoe sagte, Sie wären daheim«, sagte Jim, »entschloß ich mich hinaufzugehen und Ihnen zu erzählen, was heute passiert ist.« Jim Timony zog es vor, auf den Balkon zu gehen und eine Zigarre zu rauchen, wobei er sein Glas Brandy mitnahm. Seymour machte sich freiwillig auf den Weg nach unten, um sich nach dem Wohlbefinden der Bodyguards zu erkunden, nachdem Mae darüber Besorgnis geäußert hatte. Desdemona holte zwei Mokkatäßchen für die Detectives. Nachdem sie Maes Einladung zu einem Brandy ausgeschlagen hatten, zog Desdemona sich zurück und die drei setzten sich, Mae auf ihren Thronsessel, Villon und Mallory auf ein Zweiersofa. Mallory geriet durch eine Schachtel Pralinen auf einem Beistelltischchen in Versuchung und nahm sich eine.

Villon erzählte Mae von den tragischen Umständen, die zu Felix Dvoracks Selbstmord geführt hatten. »Das kam wie aus heiterem Himmel, wie?« sagte Mae, eine Hand auf der Hüfte.

»Ich war total überrascht«, sagte Villon. »Ich hasse Überraschungen.«

Mae verstand. »Sie denken also, möglicherweise ist Milton Connery unser Vampirkiller?« fragte sie.

»Das denke ich ganz und gar nicht«, sagte Villon.

»Da muß ich Sie falsch verstanden haben. Sie haben gesagt, Sie hatten Dvorack in Verdacht, von Connery Schmiergeld bekommen zu haben, und daraus habe ich den naheliegenden Schluß gezogen, Dvorack hatte Connery in der Hand.«

»Dvorack hatte vermutlich auch nicht mehr als den bloßen Verdacht, Connery könne Neon Light umgebracht haben.«

»Aber wieso? Dieser Dreckskerl! Damit hätte er ja die Gans getötet, die die goldenen Eier legte.«

»Damit hätte er aber auch Neon daran gehindert, mit seinem Wissen über Orgien und Erpressungen an die Öffentlichkeit zu gehen.« Herb erläuterte seine Theorie, nach der Neon wahrscheinlich Geld brauchte, teils als Hinterlassenschaft für seinen Bruder, und teils für eine große Sause, zu der er vorher nie die Möglichkeit gehabt hatte.

»Yeah«, sagte Mae, »das klingt plausibel. Neon steckte voller Schuldkomplexe gegenüber seinem Bruder. Und Neon steckte voller Träume, einmal Paris und London und Rom und Coney Island zu sehen. Was meinen Sie, Herb, war Neon auch bei den Orgien mit dabei?«

»Ich glaube schon. Es gibt viele Männer, die hübsche Jungs in Frauenklamotten genauso toll finden wie das Original.«

»Das sind die ›Zurücklehn-Typen‹«, sagte Mae.

»Die ›Zurücklehn-Typen‹ ?« fragte Mallory.

»Yeah. Die lehnen sich bloß zurück und sagen, ›Tu, was dir Spaß macht, Junge. Ich rühr keinen Finger.‹ Von der Sorte gibt es mehr als genug. Und die hat es auch in allen Jahrhunderten gegeben, da bin ich mir sicher.« In ihre Augen trat ein abwesender Blick. »Als ich noch ein Kind war und meine ersten Schritte im Showbusineß machte, hätte ich genau wie Neon den falschen Dampfer erwischen können. Ich hatte damals tausend Möglichkeiten. Ich fing an als Shimmy-Tänzerin.« Mallory hatte keine Ahnung, was ein Shimmy sein sollte. »Beim Shimmy steht man auf der Stelle und schwingt Hüften und Hinterteil mit ziemlichem Tempo, und dann wird man langsamer und langsamer, und irgendwann macht man nur noch so.« Mae war aufgestanden, die Hände horizontal von sich gestreckt, und ließ ihren Körper rhythmisch kreisen, wobei sie sich mit dem »St. Louis Blues« begleitete. »Könnt ihr euch vorstellen, worum es in etwa geht, Jungs?« Sie hatten mehr als eine Vorstellung bekommen, aber keiner traute sich, das laut zu sagen. »Gut zu wissen, daß mein Shimmy immer noch ankommt. Die Größte auf diesem Gebiet war Gilda Grey. Sie hat sogar ein paar Stummfilme hier bei der Paramount gemacht. Bei ihrer Art Shimmy zu tanzen, brauchte sie auch kein Wort zu sagen. Sie tanzte zuy Begleitung von ›I Wish That I Could Shimmy Like My Sister Kate‹. Wissen Sie, das Lustige ist, Seymour und ich haben neulich *Rose Marie* gesehen, das neue Musical von Jeanette MacDonald und Nelson Eddy. Es gibt da eine Szene, die in einem Saloon irgendwo in Kanada spielt. Ein Typ spielt eine Honky-Tonk-Nummer auf dem Piano, und ein Weibsbild mit einer sehr tiefen und dreckigen Stimme singt dazu, und wissen Sie was, es war Gilda Grey.« Sie schüttelte den Kopf. »Zuerst wollte ich zu ihr gehen, aber dann dachte ich, wozu eigentlich? Aber zurück zum Geschäft. Herb, Sie glauben also, Connery hat Neon umgebracht?«

»Oder ihn umbringen lassen.«

»Aber Ihnen fehlen die Beweise, stimmt's? Glauben Sie, er selbst ist der Vampir?«

»Nein.«

»So sicher?«

»Connery ist eine schmierige Knall-Charge. Der Vampir hat Klasse.«

»Klasse!« Maes Hände lagen wie immer, wenn sie in Rage geriet, auf den Hüften.

»Er hat Stil. Er ist originell. Er hat viel Phantasie.«

»Das klingt so verführerisch«, sagte Mae durch ein Lächeln hindurch, »daß ich ihn gern mal einen Abend zum Essen einladen würde.«

»Könnte gut sein, daß er vorbeikommt. Ohne Einladung.« Villon lächelte nicht. Er beobachtete Mae, wie sie wieder auf ihrem Thronsessel Platz nahm. »Wissen Sie, Mae, ich muß in meinem Kopf ein fiktives Porträt meines Gegenspielers entwerfen. Ich habe ihn zwar nie gesehen, aber in meiner Vorstellung trägt er ein Cape mit Überwurf, um sein Gesicht zu verbergen.«

»Überwurf? Was für ein Überwurf? Sie meinen wie beim Judo?«

»Überwurf so wie Haube. Eine Haube, die an das Cape genäht ist.«

»Nun, wenn Sie Haube meinen, warum sagen Sie dann nicht Haube? Obwohl, wenn ich genauer drüber nachdenke, hätten Sie ›Haube‹ gesagt, hätte ich womöglich gedacht, Sie meinten Motorhaube. Aber fahren Sie fort, und lassen Sie sich durch mich nur nicht aus dem Konzept bringen.«

»Er hat dieses Instrument, mit dem er die Bißwunde simuliert. Ich kann mir nicht so recht vorstellen, ob er es an einer Kette um den Hals trägt, oder ob ein Zahnarzt ihm Zähne modelliert hat, die er auf sein Gebiß aufstecken kann.«

»Yeah, das ist bislang der klügste Gedanke, bis auf den Einwand, daß Zahnärzte Zeitung lesen, und wenn darin was von einem Vampir steht, würde der Zahnarzt, der die Dinger fabriziert hat, ganz bestimmt bei euch Bullen anrufen und euch einen heißen Tip geben.«

»Wir haben keinen heißen Tip bekommen, also war vielleicht doch kein Zahnarzt daran beteiligt. Der Vampir ist zu gerissen für so etwas.«

»So wie Sie ihn darstellen, hat er womöglich einen Doktortitel.«

»Vermutlich hat er das.«

»O yeah? Er hat Klasse. Er hat Stil. Er hat einen Doktor. Was für ein Pfundskerl. Also, lachen Sie bloß nicht. Nicht viele Intellektuelle kreuzen meinen Weg, und wenn sie es tun, halten sie sich gewöhnlich nicht lange mit mir auf. Ich gehöre nicht zu der Sorte Mädchen, die man mit nach Hause nimmt und der Mutter vorstellt, es sei denn, die Mutter heißt Sophie Tucker. Liege ich also daneben, wenn ich vermute, Agnes die Hexe hat da irgendwo ihre Finger mit ihm Spiel?«

»Ich würde es begrüßen, wenn Sie weiterhin freundschaftlich mit ihr umgingen.«

»Was im Klartext heißt, Sie denken, sie hat irgendwo ihre Finger mit im Spiel. Das arme Ding. Wißt ihr, Jungs, ich habe Agnes wirklich sehr gern. Wenn sie sich denn verrannt hat, hoffe ich für sie, daß sie sich nicht zu sehr verrannt hat. Ich nehme an, auch wenn sie kein Ölschinken ist, wird es sie nicht davor schützen, aufgehängt zu werden.«

»Wenn sie irgendwas ist, dann kann ich sie mir gut als Vermittlerin vorstellen, die die Teilnehmer für die Orgien zusammensucht.«

»Yeah. Agnes hat schon immer den Wunsch geäußert, Talentsuche zu betreiben. Und wissen Sie, alle beteiligten Schauspieler und Schauspielerinnen sollten auf ihren Geisteszustand hin untersucht werden. Oder besser noch, ihre Arbeitsverträge sollten untersucht werden. In jedem Hollywoodvertrag gibt es eine Moralklausel, müssen Sie wissen. Wenn man aus der Reihe tanzt, können sie einem den Vertrag kündigen, und man wird vermutlich nie wieder in dieser Stadt Arbeit finden.«

»Steht eine solche Klausel auch in Ihrem Vertrag?« fragte Villon.

»Aber sicher doch«, sagte sie mit verschmitztem Lächeln, »aber sie wurde mit unsichtbarer Tinte geschrieben. Ha! Sie können es versuchen, aber sie werden mich nie bei irgendwas ertappen. Herb, ich will Ihnen was über mich verraten, falls Sie es nicht schon selbst herausgefunden haben. Mein Auftreten in der Öffentlichkeit ist gespielt, eine einstudierte Rolle. Ich rauche nicht, ich trinke so gut wie nie und wenn, dann höchstens ein Glas Wein oder einen Sherry, und ich versuche, an den meisten Sonntagen zur Kirche zu gehen. Ich kann nicht sagen, daß ich je bis dahin komme, aber ich investiere ein gutes Stück Zeit, es mir vorzunehmen. Und all das nur für ein bißchen inneren Frieden.« Jim Timony war vom Balkon zurückgekehrt und saß mit übereinandergeschlagenen Beinen hinter ihr. »Was mich angeht, natürlich hat es Männer gegeben, ein steter Fluß, wenn es sich gerade einrichten ließ, ich bin schließlich auch nur ein Mensch. Aber eins sollen Sie wissen, ich habe nie im Leben die wahre Liebe kennengelernt, Sie wissen schon, dieser ganze Schwulst aus den Heftromanen. Oh, natürlich hatte ich meine kleinen Flirts und meine großen Abenteuer, aber irgendwie haben sie sich immer gegenseitig aufgehoben. Irgendwas kommt immer daher und setzt mir einen neuen Floh ins Ohr. Wissen Sie, ich bin narzißtisch veranlagt. Deswegen kann ich nie jemanden so lieben wie mich selbst. Und deswegen kann ich auch mir selbst was vormachen und dem Publikum was vormachen und mich ins Zeug legen, damit wir uns einen Abend lang prächtig amüsieren. Wenn ich das nicht mehr kann, höre ich auf. Vielleicht setze ich mich in einer Villa in Südfrankreich zur Ruhe, wie die Serienkönigin Pearl White und lern ein paar Brocken Französisch. Das Problem ist, wer sich zur Ruhe setzt, wird fett, und ich muß jetzt schon ständig auf mein Gewicht achten. Wissen Sie, auf der Leinwand hat man automatisch zehn Pfund drauf, und ich brauche keine üppigeren Kurven, als ich ohnehin schon habe. Wie also geht's jetzt weiter, Herb? Irgendwelche Pläne?

»Morgen abend halten wir Augen und Ohren offen. Wenn Milton Connery in unsere Nähe kommt, ist es Ihre Aufgabe, ihn zu bezirzen.«

»Da wäre ich bei einer Kobra besser aufgehoben, obwohl der Unterschied gar nicht mal so groß ist. Was ist mit Agnes?«

»Wie gewöhnlich, Ihre enge Busenfreundin.«

»Die Rolle beherrsche ich wie im Schlaf, da gibt's keine Probleme. Sagen Sie, Mallory, haben Sie für morgen abend eine Begleitung?«

»Aber ja doch.«

»Ach, ja? Wer ist es?«

»Ihr Name ist Beverly West.«

Mae lachte und sagte dann: »Jim, Sie sind ein feiner Kerl. Und Sie werden erst wissen, was für ein feiner Kerl Sie sind, wenn Sie einen Abend mit Beverly hinter sich haben. Das

Charmanteste, was sich über sie sagen läßt, ist, daß sie ihr Essen nicht mit dem Daumen auf die Gabel schiebt.« Sie machte eine kleine Kunstpause. »Sie benutzt dazu ihren Zeigefinger. Timony, ich weiß, du sitzt hinter mir. Du bist so fürchterlich schweigsam.«

»Weißt du, ich schweige lieber als dazwischenzureden.«

»Er schnürt bald sein Bündel und geht zurück in die Zivilisation«, erklärte Mae den Detectives. »Ich werde ihn vermissen.«

Timony wünschte, es würde stimmen.

»Mae, sind Sie je Neons Adoptiveltern begegnet?« fragte Villon. »Ihr Name war Williamson.«

»Nein, bin ich nicht. Wie ich Ihnen schon sagte, Neon wich persönlichen Fragen aus. Er war ziemlich kurz angebunden, wenn man darauf zu sprechen kam. Ich sagte Ihnen ja schon, am meisten bedeutete ihm sein älterer Bruder, obwohl er sein Transvestitendasein nicht aufgeben wollte, wozu sein Bruder ihn drängte.«

»Mae, ich habe Neons Leiche exhumieren lassen«, sagte Villon.

»Und das bedeutet?«

»Ausgraben. Sie liegt im Leichenschauhaus. Der Gerichtsmediziner wird morgen im Laufe des Tages eine Autopsie vornehmen.«

»Ich weiß, was eine Autopsie ist. Etwas Unanständiges. Man schneidet den Körper auf, ohne daß der sich wehren kann.«

»Ich denke, eine Autopsie ist unumgänglich. Ich will wissen, ob man ihm was eingetrichtert hat, bevor man ihm den Schädel einschlug.«

»Sie meinen, einen höllischen Drink eingetrichtert? Der einen auf die Bretter schickt?«

»Ich meine, vielleicht so etwas wie Gift eingetrichtert. Und dann hat der Killer ihm nachträglich den Schädel eingeschlagen, um uns auf die falsche Fährte zu locken. Es gibt Detectives wie Felix Dvorack, für die ist ein eingeschlagener Schädel eine klare Sache, und die suchen nicht mehr weiter.«

»Der arme Junge. Sein Leben war eine große Enttäuschung, und jetzt lassen Sie ihn noch nicht einmal in Frieden ruhen. Nun, wenn er denn vergiftet wurde, wieso beschleicht mich da gleich das Gefühl, ein Hexentrunk könne dahinterstecken?«

»Bei laufenden Ermittlungen ist nichts ausgeschlossen. Gerade das macht die Arbeit eines Detectives so spannend.«

»Ich gebe gar keine so schlechte Figur ab, stimmt's, Herb?«

»Eine ausgezeichnete Figur. Klassenbeste.«

»Das klingt gut und tut auch gut. Hast du gehört, Jim. Ich habe die Nase mal wieder vorn.« Sie wandte sich wieder Villon zu: »Wissen Sie, was sie früher in New York immer über mich gesagt haben? – ›Einheimische landet voll auf der Nase.‹« Seymour Steel Cheeks kehrte aus dem Apartment der Bodyguards zurück. »Also, Seymour, was treiben die Jungs so?«

»Sie schlafen.«

»Jetzt schon?« Sie blickte auf ihre Armbanduhr. »Du meine Güte, wie die Zeit vergeht. Schon kurz vor elf, und ich habe morgen einen frühen Studiotermin. Jungs, wenn ihr morgen zufällig in der Nähe der Paramount Pictures seid«, schlug sie den Detectives vor, »schaut doch kurz rein und seht mir beim Drehen zu. Ich meine natürlich Drehen vor der Kamera. Die Paramount ist gleich neben der RKO, und direkt hinter uns ist der Friedhof von Hollywood. Rudolph Valentino liegt dort, und diese dumme Pute, Virginia Rappe, deren Tod für den Skandal um Fatty Arbuckle verantwortlich war. Durch die war Fatty ganz schön in den Hintern gekniffen.«

»Also bitte, Mae«, sagte Villon mahnend.

»Ich weiß, ich weiß. Es ist spät, und ich bin müde.« Sie begleitete die Detectives zur Tür. »Ich möchte über die Ergebnisse von Neons Autopsie informiert werden. Vermutlich muß ich meine Einstellung zu einigen Leuten ändern. Das wird morgen ein verdammt anstrengender Tag.« Sie schnalzte mit der Zunge. »Und dann noch die Halloween-Party. Ich will nur hoffen, mich erwarten mehr angenehme als unangenehme Überraschungen.«

ELF

Am nächsten Morgen um acht saß Mae in ihrem weißen Wohnwagen auf dem Paramount-Gelände, während sich ein Friseur, eine Maskenbildnerin, eine Maniküre und der Kostümdesigner Travis Banton gleichzeitig an ihr zu schaffen machten. Desdemona und Goneril waren baff, um wieviel jünger sie durch diese Fassadenpflege aussah.

»Man ist so jung wie man sich fühlt«, erklärte Mae, »und ich möchte mich jung fühlen. Und in Zukunft werde ich jüngere Frauen spielen. Genug mit diesen Damen von Welt. Seht ihr das Buch hier?« Sie schlug mit der Handfläche auf ein Buch, das neben ihr auf dem Ankleidetisch lag. »Es handelt vom Bürgerkrieg und von einem Mädchen namens Scarlett O'Hara. Das Buch ist neu. Mein Agent hat es mir geschickt. Er möchte wissen, ob ich an dem Part von dieser Hure Belle Watlin' interessiert bin. Nun, ich habe absolut kein Interesse mehr daran, Huren zu spielen, auch wenn ein Großteil meines Publikums mich in dieser Rolle sehen möchte. Aber nehmen wir Scarlett O'Hara. Das ist ein Satansweib, das einem anderen Mädchen den Geliebten wegschnappt. Nun denn, Timony hat das Buch auch gelesen und hat mir größtenteils den Inhalt erzählt, weil ich nicht viel Geduld mit Büchern habe. Also, wenn das Buch je verfilmt werden sollte, werde ich Scarlett O'Hara spielen.«

Travis Banton wurde bleich: »Mae, bei allem Respekt ...«

»Den ich auch redlich verdiene.«

»Ich habe das Buch gelesen. Beinahe ganz Hollywood hat es gelesen oder ist noch dabei. Scarlett O'Hara ist sechzehn und hat eine Taillenweite von dreiundvierzig.«

»Du bist doch nun schon lange genug in Hollywood, Travis. Du solltest dich schämen. Hast du noch nie was von Trickaufnahmen gehört?«

»Ich habe auch schon mal was von Wundern gehört.«

Mae lächelte seinem Spiegelbild im Frisierspiegel zu. »Wie gefallen dir meine Bodyguards?«

»Hast du die von der Zentralvermittlung für Schauspieler?« Er zupfte an einem Ärmel herum, der nicht so richtig sitzen wollte.

»Nein, Honey. Mr. Timony hat sie in Hasseltines Fitneßstudio ausgeguckt. Sind es nicht Prachtkerle? Natürlich war die Endauswahl mir vorbehalten. Vielleicht kann ich sie irgendwo in meinem Film unterbringen.«

»Als was? Der Film spielt die meiste Zeit auf einer Farm.«

»Nun, auf Farmen gibt's Scheunen, oder? Und Scheunen haben Heuschober, auch richtig? Also könnten sie Heu in den Heuschober laden, bis ich vorbeikomme und diesem Unfug ein Ende bereite und für die drei eine bessere Verwendung finde. Ich könnte sogar eine Gesangsnummer daraus machen, und die drei gäben mir gesangliche Verstärkung. Du mußt zugeben, kein schlechter Gedanke.«

»Mae, nicht der Gedanke als solcher ist schlecht, sondern deine Hintergedanken.«

Ein Regieassistent steckte seinen Kopf durch die Tür. »Wir sind auf dem Set soweit, Miss West.«

»Nun, dann müssen Sie eben warten, bis ich soweit bin.« Endlich war auch Banton mit dem Ärmel zufrieden, und Mae betrachtete sich kritisch im Spiegel. Desdemona und Goneril standen mit verschränkten Armen daneben, und Mae fragte sie: »Und, habt ihr noch was auszusetzen?«

»Ich finde, Sie sehen immer bezaubernd aus, Miss West«, sagte Desdemona.

»Aber Sie kennen ja die Redensart, die Kamera lügt nie«, fügte Goneril hinzu.

Mae stand von ihrem Platz auf: »Ich habe einige Kameras erlebt, die ich beinahe wegen Verleumdung vor Gericht gebracht hätte. Also denn. Wollen wir die Show mal ins Rollen bringen.« Sie führte die komplette Begleitmannschaft aus ihrem Wohnwagenstandardmodell. Draußen lächelte sie ihren drei Bodyguards zu, die im siebten Himmel schwebten und die bezaubernden Komparsen und Starlets mit großen Augen anstarrten. »Jungs, euch fallen gleich noch die Augen aus. Ich hoffe, ihr habt eure Pistolen in der Tasche.«

Ein Garderobenfräulein eilte auf Travis Banton zu. »Mr. Banton! Mr. Banton! Sie müssen sofort zur Garderobe! Da ist die Hölle los! Die Hälfte der Belegschaft deckt sich mit Kostümen und Kleidern für Halloween ein!«

Banton folgte dem Garderobenmädchen, während Desdemona und Goneril, glänzenden Blickes in Aussicht auf ein Mitmischen bei der allgemeinen Plünderung, hinter ihnen herstürzten.

Auf dem Weg zur Tonbühne, wo gedreht wurde, sagte Mae zu ihren Bodyguards: »Ihr wißt, was ihr heute abend zu tun habt, Jungs. Ich denke, es werden jede Menge Mae Wests aufkreuzen. So langsam mache ich mir über die Party im Tailspin doch Sorgen.« Selma Hamilton Burr hielt die schwere Eisentür geöffnet, und Mae belohnte ihn mit einem warmherzigen Lächeln, während sie ihr Gefolge hineinführte.

Einmal auf der Tonbühne, befand Mae sich in ihrem Element. Das hier war ihr Zuhause, das war ihre heilige Stätte, das war der Palast, in dem sie als einsame Monarchin regierte. Sie winkte dem Heer von Bühnenarbeitern, Elektrikern, Tontechnikern und anderen Faktoten aller Art zu. »Guten Tag, die Herrschaften«, rief sie. »Seid ihr gestern Nacht auf eure Kosten gekommen? Ich hoffe doch sehr. So wie zufriedene Kühe bessere Milch geben, so sind zufriedene Männer bessere Arbeiter.« Sie wandte sich an den Beleuchtungsmeister: »Du weißt schon, viele Baby-Pinks.« Er zeigte auf eine Leiste mit kleinen rosa Punktstrahlern, und Mae signalisierte mit einem Kreis aus Daumen und Zeigefinger ihre Zustimmung. Rosa Punktstrahler waren ein Geschenk der Götter für Schauspielerinnen mittleren Alters. Sie grüßte Henry Hathaway, den Regisseur, der für seine Action- und Abenteuerfilme besser bekannt war. »Na, Henry, überlegen Sie gerade, wie Sie mich auf ein Pferd kriegen könnten? Da wären Sie Ihrem eigentlichen Metier erheblich näher.«

Hathaway gab nur ein brüskes »Guten Morgen« zur Antwort.

Mae ließ ihn gewähren. Sie hatte jemand anderen für diesen Film gewollt, aber Emmanuel Cohen hatte sie gebeten, mit ihm vorlieb zu nehmen, da er seit über einem Monat ohne Auftrag war und die Filmstudios ihr Vertragspersonal permanent beschäftigt wissen wollten. Sogar ihre berühmtesten Schauspieler drehten bis zu vier oder fünf Filme im Jahr; Regisseure brachten es in der Regel auf fünf oder sechs. Mae begrüßte Randolph Scott, einen der Hauptdarsteller, und während sie sein hübsches Gesicht betrachtete, das mit einem belegten Brötchen beschäftigt war, überlegte sie, ob an dem Gerücht über ihn und seinen Hausgenossen, Cary Grant, etwas dran sein konnte. Sie hatte Grant zu seinem ersten großen Durchbruch als ihr Filmpartner in *Sie tat ihm Unrecht* verholfen und ihn ein weiteres Mal für ihren dritten Film *Ich bin kein Engel* geholt. Nun, überlegte sie, wer wollte es ihnen übelnehmen, wenn die beiden was miteinander hatten, wo sie doch beide so bezaubernd aussahen.

Elizabeth Patterson, die als Charakterdarstellerin den Part von Randolph Scotts Mutter übernommen hatte, packte Mae am Arm und hielt ihr die Morgenausgabe der ›Los Angeles Times‹ hin. »Hast du das schon gelesen, Mae?« Es war die Story über Neon Lights Exhumierung und einer möglichen Verbindung zwischen seiner Ermordung und den Vampirmorden. »Macht dir der ganze öffentliche Rummel keine angst?« Die Bodyguards folgten ihr aufmerksam und hielten sie umringt wie grelle Bühnenscheinwerfer bei einer großen Premiere in Grauman's Chinese Theater.

»Nein, Elizabeth. Das macht mir kein bißchen angst. Und auch der Vampirkiller macht mir keine angst. Hast du schon meine prächtigen Bodyguards gesehen?« Sie stellte die drei vor. »Nun, Elizabeth, wünscht du dir nicht auch manchmal, dreißig Jahre jünger zu sein?«

Die ältere Schauspielerin lachte. »Mae, wenn ich es wäre, ich wüßte nicht, was ich mit ihnen anfangen sollte.«

»Und ob du das wüßtest, Honey, und ob. Du würdest

dich nicht anders verhalten als wir alle, nämlich die Dinge ihren natürlichen Lauf nehmen lassen. Steht irgendwas drin über den Selbstmord eines Detectives namens Felix Dvorack?«

»In dem Artikel über die Exhumierung. Er leitete die Ermittlungen in Neon Lights Fall, du weißt schon, die Hintergründe seiner Ermordung.«

Mae borgte sich die Zeitung und überflog den Artikel. »Also wirklich, die alten Mistkerle. Kein Wort darüber, daß Neons Comeback allein mir zu verdanken ist. Weißt du, ich kannte den armen Kerl. Und von mir stammt der Verdacht, daß es zwischen Neon und den drei Vampirmorden eine Verbindung geben könnte.«

Miss Patterson faltete die Hände und sagte besorgt: »Dieser Killer ist wahnsinnig. Dir darf nichts geschehen, Mae.«

»Oh, irgendwas muß bei mir immer geschehen, Elizabeth, ich gehöre zu den rastlosen Typen. Ich kann nie lange stillsitzen. Und ich lasse mir so leicht nichts gefallen, es sei denn, er ist attraktiv, du verstehst schon.«

»O Mae, nimmst du denn gar nichts ernst?«

»Sicher. Meinen Gehaltsscheck am Ende der Woche.« Sie stupste der älteren Schauspielerin leicht unters Kinn. »Du bist ein tolles Mädchen, Elizabeth. Und ich weiß deine Sorgen um mich zu schätzen.« Sie nahm die Schauspielerin beim Arm und führte sie zu ihrer Privatgaderobe auf dem Set, vor der sich ein Tisch und Stühle befanden, wobei der Tisch mit gutem Porzellan und Besteck gedeckt war und unter einem Berg von Kaffee, Tee, Kakao, feinem Gebäck, Brötchen, Marmeladen, Gelees, Butter und einem Kartenspiel zu versinken schien. »Aber, weißt du, über mich wacht ein ganz spezieller Gott. Zumindest glaube ich daran. Dieser Vampir wird seine Zähne nicht in meinen Hals bohren, sofern ich ihm dazu nicht die Erlaubnis gebe, und die wird er schwerlich bekommen.« Sie führte die Schauspielerin zu einem Stuhl und setzte sich neben sie. »Außerdem habe ich zwei clevere Detectives, die dieser Knalltüte auf der Spur sind. Vielleicht kommen sie heute auf dem Set vorbei. Ich werde dich ihnen vorstellen. Sie werden dir gefallen, glaube ich. Sie heißen Herb Villon und Jim Mallory. Echte Draufgänger. Für die lege ich meine Hand ins Feuer. Was darf's sein, Elizabeth?«

»Nichts Spezielles. Ich bedien mich schon selbst.«

Mae blickte verärgert um sich. Sie winkte einer jungen drallen Blondine, Billie Doux, die Produktionsassistentin. »Sag mal, Billie. Hast du Desdemona und Goneril gesehen? Nie sind sie da, wenn man sie braucht.«

»Ich war gerade noch bei ihnen in der Garderobe.« Sie kaute Kaugummi, während sie das Tablett mit dem Gebäck mit hungrigen Blicken überflog. »Sie suchen nach etwas Passendem für heute abend, genau wie alle anderen. Sie meinten, sie gingen zu der Party im Tailspin.«

»O du meine Güte, das hat mir gerade noch gefehlt. Nun, sie haben ihren freien Abend, da können sie tun und lassen, was ihnen gefällt. Herrgott, Billie, nun nimm dir schon endlich was, wenn dir an deiner Figur nichts gelegen ist.«

»Zum Teufel mit meiner Figur«, sagte Billie, während sie sich für ein Stück Käseplunder entschied, »wenn ich Hunger habe, esse ich. Sonst werde ich ziemlich grantig.« Sie biß mit einer Vehemenz in das Gebäckstück, die Mae zusammenfahren ließ. »Ich werde selbst im Tailspin sein«, verkündete sie kauend. »Ihr fallt um, wenn ich euch verrate, als was ich mich verkleide.«

»Dann sag lieber nichts. Ich ziehe den Gedanken vor, noch viele gute Jahre zu erleben.«

»Darauf ein Amen«, sagte Miss Patterson, während sie sich wünschte, der Regisseur möge voranmachen und mit dem Drehen beginnen.

Billie Doux giggelte und sagte: »Ich gehe als Mae West in *Sie tat ihm Unrecht*!«

Mae stöhnte. »Kannst du dir nichts Originelleres einfallen lassen? Ich werde heute abend bis zur Hüfte von Mae-West-Imitatoren umgeben sein. Ich habe für heute abend ein paar Freunde ins Tailspin eingeladen, nur wird mich vermutlich keiner erkennen, weil ich die einzige bin, die kein Kostüm trägt.«

Elizabeth Patterson war sichtlich besorgt: »Jetzt hör mir mal zu, Billie Doux. Da draußen läuft ein Mörder herum, der es auf Mae-West-Imitationen abgesehen hat. Du bringst dich selbst in Gefahr!«

»Ach, papperlalapp! Der ist hinter den Profis her. Ich bin nur eine hübsche, stämmige Zivilistin. Ich imitiere Sie aber ganz ausgezeichnet, Miss West.«

»Das scheinen alle zu tun«, sagte Mae müde, »bis auf die Königin Marie von Rumänien, und selbst da bin ich mir nicht ganz sicher.« Ihr Mund erstarrte. »Goneril! Was zum Teufel soll das denn darstellen!«

Oink!

Goneril trug eine orange Lockenperücke. Dazu eine durchgescheuerte karierte Jacke und ausgebeulte Hosen. In der Hand hielt sie eine Autohupe aus der Requisite, die sie mit manischer Ausdauer betätigte. »Erkennen Sie mich denn nicht? Ich bin Harpo Marx!«

»Nicht zu fassen«, flüsterte Mae leise, »einfach unglaublich.«

»Falling in love againnnnnn . . .«

Desdemona war hinter Mae und Elizabeth Patterson eingetreten. Sie hatte einen Stuhl in der Hand, postierte ihn vor Mae auf den Boden, stellte ein nicht gerade wohlgeschwungenes Bein darauf und sang mit einer Bariton-Stimme Marlene Dietrichs Erkennungslied. Ihre Strümpfe waren kurz unterhalb des Knies zu einem Knoten zusammengerollt. Ihr Bühnenröckchen gab mehr Bein frei, als man vertragen konnte. An einem Schenkel prangte ein grellrotes Strumpfband. Ihre Bluse ließ in Abgründe blicken, die jeden Alkoholiker in die Abstinenz getrieben hätten. Auf dem Set war es mucksmäuschenstill.

»Honey, hast du vielleicht etwas Riechsalz?« wandte sich Mae an Billie Doux.

Milton Connery hatte den Artikel über Neons Exhumierung und die Nachricht von Felix Dvoracks Tod gelesen. Er telefonierte mit Agnes Darwin, die noch keinen Blick in die Zeitung geworfen hatte. Als sie hörte, um was es in dem Artikel ging, sagte sie mit ihrer üblichen Sorglosigkeit: »Die können uns nichts anhaben.«

»Ich wünschte, ich könnte deine Selbstsicherheit teilen.«

»Wenn sie es könnten, wären wir längst unten auf dem Revier und würden nach unseren Anwälten verlangen.«

»Sie könnten uns auch an der Nase herumführen. Villon ist der Typ für so was, da bin ich mir sicher.«

Agnes dachte einen Augenblick nach. »Wenn er das ist, wird Mae es wissen. Ich denke, ich werde bei ihr im Studio vorbeifahren und sehen, was ich in Erfahrung bringen kann.«

»Stell dich bloß nicht zu ungeschickt an. Mae ist von Natur aus mißtrauisch.«

»Wann bin ich je ungeschickt gewesen?«

»Dazu sage ich lieber nichts. Fürs erste lasse ich die speziellen Parties bleiben.« »Spezielle Parties« war seine persönliche Umschreibung für Orgien.

»Wieso?« sagte Agnes unwirsch. »Dvorack hatte davon keine Ahnung. Der einzige, der uns hätte gefährlich werden können, war Neon, und der ist tot.«

»Nein, ist er nicht. Er ist wieder auferstanden. Lies den Artikel selbst. Er wird obduziert. Ich bin sicher, Villon steckt dahinter. Villon vermutet, Neon sei nicht allein durch ein Loch im Schädel umgekommen.«

»O Gott.«

»Verlaß dich nicht auf Gottes Beistand. Streng deinen Grips an, Agnes. Warum glaubst du, hat Dvorack sich die Birne durchlöchert? Villon muß ihm vorgehalten haben, für Geld den Deckel auf Neons Fall gelegt zu haben. Villon muß aus ihm die Wahrheit herausgequetscht haben.«

Agnes fuhr sich mit der Hand durchs Haar. Sie wurde nervös. »Dann weiß er, daß du es warst.«

»Wenn er es weiß, hat er sich bislang noch nicht hier blikken lassen, und die Frühstückszeit ist längst vorbei.«

»Dann gibst du mir also doch recht. Sie haben nichts gegen uns in der Hand.«

»Glaubst du etwa, Dvorack war so rücksichtsvoll, sich selbst wegzupusten, damit man mir nichts am Zeug flicken kann?«

»Detectives sind selten rücksichtsvoll. Hör zu, Milton. Selbst wenn Dvorack ausgespuckt hat, er ist nicht mehr. Deine Aussage gegen die eines Toten. Villon weiß das.«

»Er könnte es schriftlich haben.«

»Wenn es so wäre, stünde er längst neben dir.«

»Du hast recht. Du bist eine verdammt aufgeweckte Hexe, Agnes.«

»Wie kommt es dann, daß ich immer noch solo bin?«

Simon LeGrand, der Clubmanager, stand mitten im Club auf der Tanzfläche und begutachtete sein Werk mit Genugtuung. Jede Dekoration hing kunstvoll an ihrem Platz. Der große Saal war ein Grand Guignol im Halloween-Dekor. Er faltete die Hände und rief: »Ich kann wirklich stolz auf mich sein!« Dann breitete er seine Arme in Richtung der Leute aus, die ihm bei der Ausschmückung des Raums geholfen hatten. »Jeder einzelne von euch hätte für seinen gelungenen Beitrag den Academy Award verdient. Ich könnte euch allen einen ganz dicken Kuß geben!« Fast alle Anwesenden zuckten zusammen. »Dies wird ins Buch meiner Erinnerungen als einer meiner größten Triumphe eingehen.«

»Du lieber Himmel!« hörte er Milton Connery bellen, »das sieht ja aus wie ein abgefuckter Kindergarten!«

»Zum Kotzen!«

Jim Timony und Seymour Steel Cheeks standen auf dem Bahnsteig und sahen den *Twentieth Century Limited* einfahren. Während der Zug sein Tempo verlangsamte, stieß die Maschine eine Dampfwolke aus, die die beiden Männer einhüllte. Unter einem ohrenbetäubenden Kreischen der Bremsen kam der Zug zum Stehen. Ein Gepräckträger lief den Bahnsteig entlang und stellte eine robuste Kiste unter die

Stufen des Waggons. Er streckte seine Hand aus, die von Beverly mit festem Griff umschlossen wurde, wobei ihre Ringe im unerbittlich grellen kalifornischen Sonnenlicht funkelten. »Noch nie habe ich Straß so prächtig funkeln gesehen«, sagte Timony zu Seymour. Beverly stand auf dem Bahnsteig, und Timony hörte, wie Seymour nach Luft schnappte. Er war ihr noch nie begegnet. Sie sah Mae wirklich täuschend ähnlich. Sie trug eins von Maes ausrangierten Chanel-Kostümen, ein raffiniert geschnittenes Teil, das für eine Gartenparty entworfen worden war. Auf dem Kopf hatte sie einen großen Florentiner, der mit Pfingstrosen und Stoffgardenien geschmückt war. Sie war das perfekte Ebenbild ihrer berühmten Schwester. Timony drückte ihr einen Kuß auf die Wange. Beverly blickte prüfend auf Seymour Steel Cheeks. Timony konnte ihr anerkennendes Schnurren hören.

»Und das hier, nehme ich an, ist Häuptling Sitting Bull?« Sie streckte Seymour die Hand entgegen. »Hugh«, sagte Beverly mit zuckersüßer Stimme. Seymour war perplex. Das konnte doch unmöglich Mae sein. Sie befand sich im Studio. Aber die Stimme. Es war Maes Stimme. Seine Haut begann zu kribbeln. Beverly hielt ihm weiterhin geduldig die ausgestreckte Hand hin. »Weiß er nicht, daß er mir die Hand küssen soll?« fragte sie zu Timony gewandt. »Wenn nicht, hat Mae ihn falsch erzogen.« Unbeholfen nahm Seymour ihre Hand und berührte sie mit seinen Lippen. Dieses Parfum, ihr Lieblingsduft, speziell für sie von einem spanischen Emigranten in Paris kreiert: *Noche de Diablo.* Die Nacht des Teufels. Jetzt hatte sie die Hände auf die Hüften gelegt. Genau wie Mae. »Hat's dir die Sprache verschlagen? Wie heißt du?«

»Seymour Steel Cheeks.«

»Also, ich bin Beverly. Ich bin sicher, wir werden gute Freunde.«

»Beverly«, sagte Timony, »das kann unmöglich alles Ihr Gepäck sein.« Es waren beinahe zwanzig Gepäckstücke, darunter zwei große Kleiderkisten, die Mae früher benutzt hatte, als sie noch mit dem Theater unterwegs war.

»Ich hatte ursprünglich vor, mehr einzupacken, aber ich wollte nicht hochnäsig erscheinen. Oh, wie ich sehe, habt ihr den Rolls dabei. Mae weiß, wie sie mich gut behandelt. Wofür ist dieser schmierige Lastwagen?«

»Für Ihr Gepäck.«

Beverly nahm Seymours Arm und ließ sich von ihm zum Rolls geleiten. »Du zitterst ja wie Espenlaub.« Sie lächelte. »Mache ich denn einen so überwältigenden Eindruck?«

»Beverly, übertreiben Sie es nicht«, mahnte Timony.

»Ich tu ihm schon nicht weh.« Und sich an Seymour wendend: »Du hast doch vor mir keine Angst, Seymour, oder?«

»Ich habe keine Angst.«

»Warum zittert dann deine Stimme so?« Sie drückte seinen Arm. »Wir werden gut miteinander auskommen, Seymour. Wie gute Freunde.« Sie gab seinen Arm frei, so daß er nach seinem Taschentuch suchen und sich die Stirn abtupfen konnte. Beverly hatte sich bei Timony untergehakt. »Verraten Sie mir, Jim, haben sie den Vampir schon geschnappt?«

»Nein, der läuft immer noch frei herum und ist nach wie vor sehr gefährlich. Vorgestern nacht hat er eine Frau ermordet.« Sie zeigte keine Reaktion. »Sie war als Star-Imitatorin auf einer Privatparty aufgetreten.«

»Sagen Sie, wie kommt der Typ überhaupt an seine Opfer? Woher wußte er, daß sie auf dieser Privatparty erscheinen würde? Wie ist er an die Adresse der beiden Jungs gekommen?«

»Es gibt nur zwei Veranstalter in dieser Stadt, die Star-Imitationen vermitteln. Da braucht man nur anzurufen und zu fragen, wer wann und wo auftritt. Er braucht ja einfach nur zu sagen ›Ich möchte gerne Nedda Connolly für dann und dann buchen‹. Und dann sagt man ihm, kein Problem, sie tritt heute abend da und da auf, oder auch morgen abend oder wann auch immer, und dann sagt er, ›Ich melde mich noch einmal, um das Engagement zu bestätigen‹, und schon weiß er, wo er Nedda Connolly finden kann. In ihrem Fall brachte er ihre Adresse in Erfahrung und lauerte ihr vor ihrer Haustür auf.«

»Nedda Connolly. Sie gehörte zu den wenigen Frauen, die Mae West imitieren. Zählt Ruth Gilette auch noch dazu?«

»Ich glaube nicht. Ich habe schon lange nichts mehr von ihr gehört.«

»Nun, so flott wie der Vampir vorgeht, werde ich bald das ganze Terrain für mich alleine haben. Mae schwebt in Gefahr, oder?«

»Und Sie ebenso, es sei denn, Sie blasen Ihre Show morgen abend ab und entschließen sich, die Stadt zu verlassen.«

»Jim, Sie wissen doch, daß die Wests es nicht gewohnt sind zu kneifen. Mae fürchtet doch nicht etwa die Konkurrenz, oder?«

»Beverly, es gibt nur eine Mae West. Sie mögen aussehen wie sie, und Sie mögen reden wie sie, aber Ihnen fehlt dieser einzigartige Stil und dieses Charisma, über das sie und nur sie allein verfügt.«

»Oh, ich denke, ich kann mich sehen lassen. Was meinst du, Sitting Bull?«

Seymour gab keine Antwort. Er lächelte vielsagend, und Beverly war zufrieden. Er lief an ihr und Timony vorbei zum Fahrer des Lieferwagens und wies den Fahrer und seinen Gehilfen an, Beverlys Gepäck aufzuladen. Danach setzte er sich hinter das Steuer des Rolls und ließ den Motor an. Nachdem Timony und Beverly auf der Rückbank Platz genommen hatten, fuhr er los.

Eine Pension.

Seymour überlegte, ob Beverly wohl eine Pension bekam. Mae mußte sie unterstützen. Er wußte, daß Mae eine ganze Liste von Fürsorgefällen hatte, für die sie mit Freude als wohltätige Spenderin auftrat. Alte Freunde, die in schweren Zeiten eine schwere Zeit durchmachten. Preisboxer, die an der Flasche hingen, abgelegte Liebhaber und zumindest ein Ex-Häftling, den sie in seiner Gegenwart einmal erwähnt hatte.

Ich muß an eine Pension kommen.

Der Gerichtsmediziner saß mit Herb und Jim Mallory in Villons Büro. Er war froh, zumindest für eine kurze Zeit aus seiner tristen Arbeitsstätte herauszukommen. In der Hand hielt er eine dampfende Kaffeetasse, während Villon seinen fein säuberlich mit der Maschine geschriebenen Bericht über Neon Lights Autopsie las, die im Anschluß an die Exhumierung der Leiche durchgeführt worden war.

»Was ist Oleandrin?«

»Ein Gift, das man aus Oleander gewinnt.«

»Das ist ja mal was ganz Neues. Gewöhnlich haben wir es mit Zyanid, Rattengift oder ähnlich gebräuchlichen Dingen zu tun.«

»Oleandrin ist ziemlich exotisch. Das muß sich ein wirklich origineller Kopf ausgedacht haben. In einem Getränk wie Coca-Cola beispielsweise hätte das Opfer nicht die leiseste Geschmacksveränderung bemerkt. Der Kaffee ist übrigens ausgezeichnet.«

»Hab ich selbst aufgebrüht«, sagte Villon geschmeichelt. Er wies mit der Hand auf eine Kochplatte und eine Kaffeekanne. »Der Kaffee ist meine ganz spezielle Sorte. Den kaufe ich in einem Laden in Chinatown. Möchtest du gern welchen?«

»Das wäre sehr nett von dir, Herb. Ist dir Oleandrin sonst schon mal untergekommen?«

»Nur einmal. Darum habe ich es vorhin wie einen lange verschollenen Freund begrüßt. Das erste Mal war, oh, da muß ich überlegen, vor etwa fünf oder sechs Jahren. Eine Frau vergiftete ihren Ehemann. Beverly Hills. Stinkvornehm, Versicherungsgeschichte. Ich bin fast durchgedreht, bis ich herausfand, was ihn umgebracht hatte. Ohne Zweifel eine toxische Substanz, nur welche? Ich habe einen Freund in Mexico City, der Giftspezialist ist. Er hat die Sache für mich ausfindig gemacht. Wir haben uns lange am Telefon darüber unterhalten. Er war wirklich neugierig auf den Fall. Ich erzählte ihm, das Paar hieße Amanda und Douglas Harbor. Er war Steuerberater. Sie Garderobenfräulein. Der Ehemann war ungefähr dreißig Jahre älter als Amanda und ziemlich gut bei Kasse. Amanda war ein unersättliches Luder, jetzt brummt sie lebenslänglich. Ich fragte ihn, wie sie von Oleandrin gehört haben, geschweige denn welches in die Hand bekommen haben könnte. Er sagte, man besorgt sich einfach einen Oleanderstrauch, drückt den Saft aus, und schon ist man im Geschäft.«

»Auf der Fairfax Avenue gibt's einen merkwürdigen Laden, der verkauft Oleander, oder zumindest hat er ihn mal verkauft. Der Laden heißt Hexenkessel.«

»Ich habe davon gehört.«

»Schon mal dort gewesen?« Villon verneinte. »Ich bin eines schönes Tages nur so aus Neugierde hingegangen. Betrieben wird er von einem Kauz namens Dwight Pratt. Er gibt sich als Warlock aus. Das ist eine männliche Hexe, falls ihr das noch nicht wißt. Er führt in seinem Laden die Sorte von Zubehör, bei dessen Anblick einem Fan von Horrorfilmen das Wasser im Munde zusammenläuft.«

»Ich frage mich, ob er was hat, bei dessen Anblick mir das Wasser im Munde zusammenläuft.«

»Und das wäre?«

»Vampirzähne.«

»Wäre einen Versuch wert«, sagte der Gerichtsmediziner. »Er verfügt über ein sehr originelles Sortiment. Nun, ich denke, ich begebe mich mal wieder an mein Geschnippel.« Mallory verzog angeekelt sein Gesicht. »Vielen Dank für den Kaffee. Wenn ihr noch was braucht, meldet euch.«

Villon fiel noch etwas ein. »Einen Moment noch. Du hast doch auch an den Vampiropfern die Autopsie vorgenommen, oder?«

»Aber klar doch, ich habe in dem Bereich das Monopol.«

»Ich würde mir auch diese Berichte gerne einmal ansehen. Vielleicht kannst du mir einige Zeit ersparen, sofern du dich noch dran erinnerst. Wurden bei den Einstichen am Hals toxische Substanzen nachgewiesen?«

»Nein, und ich bin dieser Möglichkeit mit großer Sorgfalt nachgegangen. Der Messerstich ins Herz war die Todesursache. Und wißt ihr, irgendwie habe ich das Gefühl, daß es mit diesen Vampirzähnen und dem Stich ins Herz etwas Symbolisches auf sich hat.«

Villon horchte auf. »Wieso symbolisch?«

»Könnt ihr euch noch an die frühe Zeit des Stummfilms erinnern?«

»Ich war zwar damals noch ein Kind, aber ich erinnere mich.«

»Da gab es die vielen Vamps, Theda Bara, Nita Naldi, Rosemary Theby. Vamps wie Vampir. Genau daher rührt die Bezeichnung ›Vamp‹. In meiner ganz persönlichen Theorie will der Killer mit dem Biß in den Hals auf eine Frau, einen Vamp hinweisen. Und der Messerstich ins Herz, nun, ihr dürft nicht lachen. Meiner Ansicht nach ist es eine makabre Metapher dafür, einen Vamp mit gutem Herzen umgebracht zu haben.« Er lachte. »Haltet ihr das für ziemlich abgedreht?«

»Nein. Klingt für mich ganz plausibel. Danke, Doc, vielen Dank.«

Nachdem der Gerichtsmediziner gegangen war, nahm Mallory auf seinem Stuhl Platz. »Einen Vamp mit gutem Herzen. So etwas gibt es doch gar nicht.«

»Und ob es das gibt, und ihr Name lautet Mae West.«

ZWÖLF

»Na, sieh mal einer an«, sagte Mae, als sie Agnes Darwin erblickte, »sieht fast so aus, als ob's hier bald nur noch Stehplätze gibt. Herb Villon und Jim Mallory sind auch da. Die beiden haben mir mit Einzelheiten über Neon Lights Autopsie die Zeit vertrieben.« Agnes begrüßte die Detectives, wobei sie nicht gänzlich die Anspannung verbergen konnte, unter der sie seit dem Telefonat mit Milton Connery stand. »Desdemona, einen Stuhl für Miss Darwin bitte. Agnes, ich dachte, du hättest fleißig im Tailspin zu tun, wo doch heute abend die große Fete steigen soll.«

»Simon LeGrand hat alles unter Kontrolle, da kann ich mir einen freien Tag machen.« Sie setzte sich und stöberte in ihrer Handtasche nach der unvermeidlichen Packung Zigaretten. »Oh, da hinten ist Warren William. Einer meiner Lieblingsschauspieler.«

»Agnes, dein Nervenkostüm ist ganz schön durcheinander.«

»Meinst du?«

»Du solltest es wissen. Ist schließlich dein Kostüm.«

»Ich fühle mich ausgezeichnet.« Sie ließ das Zigarettenpäckchen fallen. Mallory hob es auf und reichte es ihr. »Vielen Dank.«

Eine Maniküre machte sich an Maes Fingernägeln zu schaffen. »Ich dachte, an einem so hochheiligen Feiertag wie Halloween hängst du bestimmt daheim über einem dampfenden Kessel.«

»Der Tag selbst ist nicht so wichtig. Die Nacht zählt.«

»Ganz meine Meinung«, sagte Mae. »Herb, ist der Autopsiebericht geheim, oder kann ich Agnes das ein oder andere daraus erzählen?«

»Sie können sie in alles einweihen.«

»Eine Seltenheit«, sagte Mae zu Agnes, »ein großzügiger Detective. Agnes, die Autopsie hat ergeben, daß Neon vergiftet wurde.«

»Aber ich dachte, der Schlag auf den Schädel hätte ihn getötet.«

»Gerade das wollte der Killer die Bullen auch glauben machen. Und sie haben glauben gemacht . . . gibt es diesen Ausdruck?« Villon zuckte die Achseln. Mallory grinste. »Nun, wenn nicht, dann eben jetzt.« Sie blickte sie strahlend an, hochzufrieden mit sich selbst und mit Agnes' Unbehagen. »Wie dem auch sei, Agnes, es gab da diesen falschen Detective, Felix Dvorack, der mit Neons Fall beschäftigt war. Die Jungs hier« – sie zeigte auf die Detectives – »hatten die Vermutung, der Killer habe ihn bestochen, die ganze Geschichte auf Eis zu legen, was er dann auch getan hat. Und damit wäre er beinahe auch durchgekommen, wenn ich die Jungs nicht darauf gebracht hätte, daß der Mord an Neon etwas mit den drei Opfern zu tun haben könnte, die auf das Konto des Vampirs gehen. Nun, sie haben Dvorack auf die Finger geklopft, und der arme Kerl ballert sich glatt eine Kugel ins Hirn. Womit bewiesen wäre, daß er bestochen war. Wie hieß doch gleich dieses Gift?«

»Oleandrin«, sagte Villon.

»Yeah. Genau das. Nicht ganz so berühmt wie Arsen, aber genauso zuverlässig. Es stammt von einer Pflanze. Kaum zu glauben, daß so etwas Bezauberndes wie eine Blume tödliche Säfte hat. Aber was tue ich so überrascht. Ich liebe doch selbst Pilze über alles, nur muß man aufpassen, daß man keine giftigen vernascht. Genau wie bei den Kerlen. Autsch!« Die Maniküre entschuldigte sich. »Genug, Liebste. Wenn es soweit gekommen ist, daß das Publikum auf meine Fingernägel achtet, kann ich mich aus dem Geschäft verabschieden.« Die Maniküre packte ihre Utensilien zusammen und verschwand. »Laßt euch von mir gesagt sein, sie kann's kaum erwarten, unsere Unterhaltung dem Rest des Studios unter die Nase zu reiben. Ich sag's euch, Tratsch ist in dieser Stadt wie eine Seuche. Ach, was soll's, ich habe nicht mehr verraten, als in der Klatschpresse zu lesen ist.« Es entstand eine Pause, während der Agnes ihre Zigarette mit dem Absatz austrat. »Der Leichenbeschauer meinte, so etwas sei ihm in seiner gesamten Karriere erst einmal begegnet. Damals hatte so ein Dummchen ihren Ehemann vergiftet, um die Versicherungsprämie zu kassieren. Sagen Sie's ihr, Herb, ich habe den Namen vergessen.«

»Ich bin sicher, Sie erinnern sich an den Fall«, sagte Villon. »Er liegt einige Jahre zurück.«

»Der Leichenbeschauer sagte, es wäre bestimmt fünf oder sechs Jahre her«, korrigierte Mallory.

Villon zuckte die Schultern. »Was machen schon ein paar Jahre mehr oder weniger?«

»Sagen Sie das mal einer Frau«, sagte Mae. »Stimmt's, Agnes?« Agnes schwieg. Sie schien mit starrem Blick auf Villon festgefroren. Mae spürte, daß Villon einen Nerv getroffen hatte. Sie sah zu ihm hinüber, aber sein Blick war fest auf Agnes' Gesicht geheftet, wie der einer Katze, die zum Sprung auf den Kanarienvogel ansetzt.

Villon nahm den Faden wieder auf. »Eine Frau namens Amanda Harbor vergiftete ihren Ehemann, Douglas. Er war ein steinreicher Steuerberater.«

»Vermutlich genauso abgebrüht wie alle anderen«, sagte Mae beiläufig. »So einen wünsche ich mir für meine Steuererklärung. Entschuldigung, wenn ich Sie aus dem Konzept gebracht habe, Herb, mein Verstand ist wie eine mexikanische Springbohne, mal hier, mal dort.«

»Sie vergiftete ihn mit Oleandrin. Der Gerichtsmediziner war bei der Autopsie ziemlich ratlos, obwohl er ein ganz heller Kopf ist. Aber ein Freund aus Mexico half ihm aus der Klemme. Ein sehr exotisches Gift. Taucht äußerst selten auf. Kaum nachzuweisen, wie Sie sich vorstellen können. Ist es Ihnen in Ihrer Hexenkarriere schon einmal begegnet? Ich meine, Sie arbeiten doch bestimmt mit allen möglichen obskuren, exotischen Ingredienzen. Sie kommen Ihnen vermutlich ganz gelegen, wenn es darum geht, jemanden zu verzaubern.«

Agnes zündete sich eine neue Zigarette an. »Sie sollten mit Dwight Pratt reden. Dem Besitzer des Hexenkessels auf der Fairfax. Ich glaube, ich habe den Namen bereits gestern erwähnt. Er kennt sich mit exotischen, ungewöhnlichen Giftstoffen aus.«

»Amanda hatte einen Job als Garderobenfräulein«, sagte Mae. »Sag mal, hieltest du es für möglich, daß sie im Tailspin gearbeitet hat?«

Agnes blies einen perfekten Rauchkringel in die Luft. »Das Tailspin hat eine hohe Fluktuation, was die Garderobenfrauen betrifft. Schon möglich, daß sie dort mal beschäftigt war. Amanda Harbor.« Sie machte eine Pause. »Der Name sagt mir nichts.«

»Soll er auch nicht. Es soll nur dein Gedächtnis in Schwung bringen.« Mae war ungeduldig. Sie war davon überzeugt, und sie vermutete, Villon ebenso, daß Amanda Harbor sehr wohl Angestellte im Tailspin gewesen sein konnte. Vor fünf oder sechs Jahren hatte Agnes sich bereits mit Milton Connery eingelassen. Also, folgerte Mae, mußte sie sich häufig im Club herumgetrieben haben. Agnes wiederholte den Namen Amanda Harbor. »Harbor war ihr Ehename. Wenn sie dort gearbeitet hat, dann unter ihrem Mädchennamen. Du weißt schon, wie Amanda Smith oder Amanda Jones oder auch Amanda Vorkapich.« Sie lächelte hintersinnig in Richtung Detectives. »In der Abteilung Spezialeffekte gibt's einen Jungen namens Slavko Vorkapich. Ein hübscher Zungenbrecher, was? Wie sieht's aus, Agnes, streng deine grauen Zellen mal ein bißchen an.«

»Was soll ihre Anstellung im Tailspin mit Neons Ermordung zu tun haben?«

Maes Ungeduld drohte überzukochen. »Was hast du zwischen den Ohren, Agnes? Hüttenkäse? Neon ist durch das gleiche Gift umgekommen, mit dem sie ihren Ehemann gefüttert hat. Wo kommt so ein einfaches ehemaliges Garderobenfräulein schon an ein Zeug wie . . . wie war das noch?«

»Oleandrin«, assistierte Villon.

»Yeah, Olewasauchimmer. Das gleiche Zeug, das Neon

ins Grab brachte. Verdammt, Herb, das ist doch sonnenklar, daß diese Zicke im Tailspin gearbeitet hat. Irgend jemand aus dem Umkreis des Tailspin hat ihr das Zeug besorgt, weil sie wußte, daß es im Hexenladen zu kriegen war.«

Agnes war kreidebleich. Mae betrachtete das ganze später als eine brillante Stegreifnummer. »Mae! Wie kannst du es wagen!«

»Hängt ganz davon ab, was du für gewagt hältst.«

»Du willst mir unterstellen, ich hätte diese Amanda mit dem Gift versorgt. Und damit unterstellst du gleichzeitig, daß ich etwas mit Neons Ermordung zu tun habe!«

»Also, meine Damen«, mahnte Villon, »diese zufällige Begegnung droht aus dem Ruder zu laufen.« Seine Worte waren an Mae gerichtet, und sie verstand seine Nachricht. Hier war die sanfte Tour gefragt.

»Tut mir leid, Agnes. Ich wollte dich nicht in Rage bringen. Aber es ist ganz plötzlich über mich gekommen. Überall bin ich von Morden umgeben, frischen Morden und alten Morden, und das ist beileibe nicht angenehm. Ich habe es langsam satt, zum einen Ohr Innuendo, und zum anderen wieder raus. Das ist ein alter«, sagte sie leise zu Mallory, »aber er zieht immer noch.«

Agnes war auf hundertachtzig. »Ich kenne keine Amanda Wieauchimmer, die irgendwann im Tailspin gearbeitet hat. Ich hatte mit dem Dienstpersonal wenig zu tun.«

»Nicht sehr solidarisch von dir, Agnes.« Mae wollte sie nicht so leicht vom Haken lassen.

»Schluß damit, Mae. Wir sind seit ewigen Zeiten gute Freundinnen, aber dein Verhalten und deine Unterstellungen sind gänzlich fehl am Platze. Außerdem, Mr. Villon, habe ich mit Neons Tod nichts zu tun, und offen gesagt, ich empfinde es als eine Beleidigung, mich hier und ganz plötzlich verteidigen zu müssen, ohne daß es auch nur einen überzeugenden Grund dafür gibt.«

Villon lächelte. »Man hat Sie doch gar keiner Sache beschuldigt, Miss Darwin, warum sagen Sie dann, man habe Sie gezwungen, sich zu verteidigen?«

»Wenn Sie einen Verdächtigen haben«, zischte Agnes, »warum sagen Sie mir dann nicht, wer es ist?«

»Wir Detectives arbeiten anders. Wir sind wie die Maurer. Wir müssen unsere Ermittlungen langsam aufbauen, Stein für Stein. Und Informationen geben wir nur untereinander weiter, bis auf einige schwarze Schafe, die man überall findet. Sie kannten Felix Dvorack, oder?«

»Nein, leider nicht. Ich weiß, daß er Milton Connery nach Neon befragte, aber das ist nur logisch, da Milton Neons Manager war.«

»Und es ist logisch, daß Sie Neon kannten.«

»Aber sicher kannte ich ihn. Mae weiß das.«

»Mochten Sie Neon?« Während sie dem Hin und Her zwischen Villon und Agnes zuhörte, überlegte Mae, warum der Regisseur für die Vorbereitung ihrer nächsten Szene so lange brauchte.

Agnes dachte einen Augenblick nach, während sie nach einer Zigarette suchte. »Ich habe ihn weder gemocht noch war er mir unsympathisch. Ich kann es wirklich nicht sagen. Wir haben die wenigen Male, an denen wir uns begegnet sind, nie viel geredet. Neon war kein besonders anregender Gesprächspartner. Er mag es bei anderen gewesen sein, aber bei mir nicht.«

»Hat er versucht, Connery zu erpressen?«

Agnes sah aus, als habe sie einen Schuß abbekommen. Mae fing an, Mitleid mit ihr zu haben. Als sie reingeschneit war, hatte sie nicht ahnen können, daß sie hier auf dem heißen Stuhl landen würde. Aber das, wie eine Wahrsagerin ihr einst prophezeit hatte, gehörte zu den unergründlichen Windungen des Schicksals. Villon wiederholte seine Frage.

Agnes ließ sich in Aussehen und Stimme nichts anmerken. Mae überlegte, ob sie je professionell geschauspielert hatte. »Wenn er es versucht haben sollte, war mir nichts davon bekannt. Aber warum sollte er seinen eigenen Manager erpressen wollen, den Mann, der seine Karriere betreute?«

»Vielleicht weil dieser Mann lange schon unter Verdacht stand, neben Neons Karriere und dem Tailspin Club auch noch ganz andere Dinge zu betreuen.« Agnes gab dazu keinen Kommentar. »Sie kannten Milton Connery sehr gut, und ich bin sicher, das ist auch heute noch so. Sie müssen gewußt haben, an was für Dingen er da hinter der Bühne beteiligt war. Sicher, man hört so manches, aber überall in der Stadt wird darüber geredet, daß er Orgien aufzieht, die nur dem einen Zweck dienen, mit versteckten Kameras Bilder von Berühmtheiten zu schießen und damit dann die derart Angeschmierten zu erpressen.«

»Und wo sollen diese Parties stattgefunden haben?« fauchte Agnes, jedes Wort einzeln betonend.

»In verschiedenen Häusern, die nur zu diesem Zweck angemietet wurden. Wie Sie sicherlich wissen, sind die Immobilienpreise durch die Depression tief in den Keller gerutscht. Es ist ein Kinderspiel, ein Haus für eine Nacht anzumieten. Und für einen Fachmann ist es genauso ein Kinderspiel, das Haus mit versteckten Kameras zu präparieren.«

»Ich habe von all diesen Dingen nicht die geringste Ahnung!«

»Ach, nun komm schon, Agnes«, sagte Mae gedehnt, »Hexen wissen doch über alles Bescheid. Gehen Hexen denn nicht auf Orgien? Ich dachte immer, das gehöre zu den ganz großen Verlockungen des Hexendaseins. Meine alte Freundin Dorothy Parker hat mir einmal von dem Verleger Horace Liveright erzählt, der Mitte der zwanziger regelmäßig Orgien in seinem Penthouse veranstaltete. Er bedrängte Mrs. Parker ständig, daran teilzunehmen, aber sie lehnte ab mit der Begründung, daß sie bei so etwas gar nicht mehr wisse, wo sie zuerst anfangen solle. Jammerschade, daß ich sie damals noch nicht kannte. Ich hätte ihr da ein paar wertvolle Tips geben können.« Sie blinzelte Mallory zu, dessen Gesicht puterrot anlief. Goneril und Desdemona verfolgten von der Garderobe aus das Gespräch mit großem Interesse.

»Ich wiederhole«, sagte Agnes fest, »ich habe von all diesen Dingen nicht die geringste Ahnung.«

Villon dachte, vor Gericht würde sie eine todsichere Entlastungszeugin abgeben.

Agnes war noch nicht fertig. »Haben Sie irgendwelche Beweise für Ihre Anschuldigungen, Mr. Villon?«

»Wie ich schon sagte, alles nur Hörensagen.«

»Wenn Sie sichere Beweise in der Hand haben, Mr. Villon, sagen Sie es mir. Ich finde es merkwürdig, daß ich als enge Vertraute Milton Connerys nichts von Orgien, Fotos und Erpressung erfahren habe.«

»Nun, warum beruhigen wir uns nicht alle wieder?« schlug Mae vor. »Goneril! Geh und sieh nach, warum wir hier mit der Arbeit nicht weiterkommen. Mein Make-up fängt an zu verlaufen, und ich fühle mich so unter Strom wie eine Blondine im Männerclub. Wohin willst du, Agnes?«

Agnes war aufgestanden. »Offen gesagt, ich brauche etwas frische Luft. Ich bin sicher, wir sehen uns heute abend im Club.«

»Wir kommen ganz bestimmt.« Maes Tonfall hatte sich verändert. »Wir wollten dir nicht das Fell über die Ohren ziehen, Agnes. Ich weiß, du bist auf einen Plausch hier vorbeigekommen und hast nicht damit gerechnet, daß man so mit dir umspringen würde. Aber so ist nun mal das Leben. Vermutlich hast du Herb eine Menge Zeit erspart.«

»Das haben Sie, Miss Darwin. Ich hatte ohnehin vor, mich mit Ihnen zu unterhalten.«

»Das haben Sie ja jetzt«, sagte Agnes.

»Nicht so ausführlich, wie ich mir gewünscht habe. Wir können das vielleicht ein anderes Mal nachholen.«

Agnes starrte ihn ein Augenblick an, dann machte sie auf dem Absatz kehrt und stolzierte von der Tonbühne.

»Irgend etwas sagt mir, dies ist das Ende einer wunderbaren Freundschaft«, sagte Mae. »Zu schade, daß sie sich mit einer Pfeife wie Connery einlassen mußte, aber andererseits haben wir Mädchen alle unseren wunden Punkt, da kann auch ich ein Liedchen von singen. Arme Agnes. Ihr Kopf ist zu breit für ihren Körper, und ihre Zunge zu breit für ihren Mund.«

»Heute Nachmittag sah es nicht danach aus«, sagte Villon.

Mae schlug die Beine übereinander. »Herb, Sie sind blind.

Sie hält immer noch die Fackel für Connery. Ich an ihrer Stelle würde sie ihm unters Hinterteil schieben. Agnes ist zwar nicht das hübscheste Mädchen der Welt, aber sie hat Stil. Ich kann mir schon denken, wie sie an so ein Ratte wie Connery gelangen konnte. Agnes ist anders. Sie gehört nicht zu der Sorte, mit der Connery vermutlich vorher zu tun hatte: Zigarettenverkäuferinnen, Garderobenmiezen. Und wieso fragen Sie nicht einfach Connery selbst, ob er sich an ein junges Ding namens Amanda Soundso erinnert?«

»Das werde ich.«

»Sie hat Simon LeGrand erwähnt. Jetzt fällt es mir wieder ein. Er war Neons Freund. Er ist so eine Art Manager im Tailspin. Neon sagte, er schwirre überall in dem Laden herum. Da müssen Sie wohl ihr Schmetterlingsnetz auswerfen. Ich bin sicher, wir können ihn heute abend zu uns an den Tisch bitten lassen. Er wird über eine Begegnung mit mir hocherfreut sein.« Sie zupfte eine imaginäre Fluse von ihrem Kleid. »Er wird sich bestimmt dieser Amanda entsinnen, sollte sie je dort gearbeitet haben. Und wenn es so ist, wette ich eins zu vier, daß die Hexe ihr die Geschichte mit dem Gift erzählt hat. Und wenn das gleiche Gift Neon getötet hat, bin ich über das Ende einer wunderbaren Freundschaft nicht ganz so traurig. Was passiert mit Agnes, wenn Sie ihr nachweisen können, daß sie in beiden Fällen das Gift besorgt hat?«

»Es dürfte äußerst unangenehm für sie werden.«

»Ach, ja? Vielleicht sollte sie besser versuchen, bei mir auf der guten Seite zu stehen, obwohl meine Seiten alle gut sind. Wenn man sie nach Alcatraz oder San Quentin schickt, kann ich Goneril immer noch bitten, ihr einen Kuchen mit Feile zu backen.«

»Was höre ich da von einem Kuchen?« fragte Goneril, die gerade den Grund für die Verzögerung von Maes nächster Szene in Erfahrung gebracht hatte.

»Mach dir keine Gedanken über den Kuchen. Was ist da drüben los?«

»Die haben Probleme mit der Beleuchtung. Und zwar wegen der Säcke unter Mr. Williams' Augen.«

»Also, warum stellen sie die Säcke nicht einfach irgendwo ab und machen hier voran? Ich brauche noch Zeit, mich für die Party zurechtzumachen. Und, o Gott, Beverly muß inzwischen bei mir im Apartment eingetroffen sein.« Sie sah den Regieassistenten eilig auf sie zustürzen. »Was ist los bei euch?«

»Entschuldigen Sie die Verzögerung, Miss West. Mr. Hathaway bittet um Nachsicht. Die Sache ist geklärt. Wir können weitermachen.«

»Mein Make-up muß nachgebessert werden.«

»Maske!« brüllte der Assistent.

Mae hielt sich die Ohren zu. »Schreien Sie doch nicht so. Sie tun meinen Ohren weh.« Die Maskenbildnerin trat hinzu, untersuchte Maes Gesicht mit geübtem Blick und brummelte etwas von Nummer acht, während Mae sah, wie Villon Mallory signalisierte, es wäre Zeit zum Aufbruch.

»Mae, wir sehen Sie um neun im Tailspin.«

»Vielen Dank, daß Sie mit dem Autopsiebericht vorbeigekommen sind«, sagte Mae. »Das zeigt mir, daß Sie ein wenig Respekt und Bewunderung für mich haben. Und ich bin froh, daß Agnes hier aufgekreuzt ist, weniger zu ihrem eigenen als zu Ihrem Vorteil. Was haben Sie mit Milton Connery vor?«

»Wir warten ab, bis die Hexe ihm einen Schrecken eingejagt hat. Ich bin sicher, sie fährt schnurstracks zu ihm und berichtet, was hier passiert ist.«

»Ich überlege noch«, sagt Mae, »ob er nicht doch der Vampir sein könnte.«

»Mae, er ist nicht der Vampir. Obwohl ich mir sicher bin, daß er Neon Light auf dem Gewissen hat.«

»Warum schnappen Sie ihn dann nicht?«

»Keine Beweise, Bezauberndste, mir fehlen die Beweise. Ich kann nichts anderes tun, als die beiden solange mürbe zu machen, bis ich sie, mit ein wenig Glück, genau an ihrem wunden Punkt treffe. Wobei mir dann immer noch ein Vampir in der Sammlung fehlt.«

»Das wär's«, sagte die Maskenbildnerin, »Sie sind so gut wie neu.«

»Honey, ich bin immer so gut wie neu. Wie geht's übrigens deinem nichtsnutzigen Ehemann?«

»Wem? Ach so, dem.« Sie seufzte. »Sehr schlecht. Sehr schlecht. Die Ärzte sagen, er habe den Verstand verloren.«

»Na, Liebste, da wollen wir in deinem Interesse hoffen, daß er ihn nicht wiederfindet. Jungs, ich wünsch euch was!« Mae schlenderte hüftschwingend davon, in Gedanken bei Agnes Darwin und Milton Connery, obwohl sie genau wußte, sie sollte im Kopf lieber noch einmal ihren Text durchgehen. Agnes Darwin machte ihr größere Sorgen als Milton Connery. Wie konnte ein so cleveres Mädchen wie Agnes sich nur dermaßen verrennen? Sie war keine Schönheit. Ständig machte sie sich wegen ihrer Flachbrüstigkeit Sorgen. Mae hatte ihr den weisen Rat gegeben, daß Männer nicht allein von Brüsten leben. Denn Agnes verfügte über beachtliche Qualitäten. Sie hatte Klasse, sie hatte Haltung, sie hatte einen gewissen Pfiff, und sie war eine Hexe. Mae erinnerte sich daran, daß auch sie eine Art Hexe war. Auch sie hatte in ihren Glanzzeiten viele verzaubert, und sie hatte vor, diese Zahl noch erheblich zu vergrößern.

»Fertig, Mr. Hathaway?« fragte der Regieassistent.

»Auf geht's«, sagte Hathaway. »Alles okay, Mae?«

»Sobald ich die Wärme der Baby-Pinks spüre.«

Hathaway verlangte nach den rosa Spots. Sekunden später leuchteten sie auf. Mae ging auf einer Couch in Position, indem sie jene unnachahmlich verführerische Position einnahm, in der das Publikum sie sehen wollte. Warren Williams baute sich vor ihr auf.

»Warren, du stehst mir im Licht«, säuselte Mae süßlich.

Und er wußte, niemand durfte Mae West im Licht stehen.

»Nun, das wird wohl gerade gehen.« Beverly stand im schneeweißen Gästezimmer, von dem Timony ihr versicherte, es sei weitaus komfortabler als jedes Hotelzimmer. »Aber ich habe nicht genügend Platz für mein Gepäck.«

»Wenn Sie ausgepackt haben, bringen wir die Koffer in den Keller.«

»Es ist nicht genug Platz für meine Sachen.« Sie öffnete eine Schranktür. »Hmmm, begehbar. Nun, das hilft uns ein Stück weiter. Wie groß ist der andere Schrank?«

»Genauso groß.«

»Sie kennen sich ja prima aus«, sagte Beverly mit durchtriebenem Lächeln. »Ich vermute, das war einmal Ihr Zimmer.«

»Ich kann es nicht leugnen. Ich habe viele Nächte hier verbracht.«

»Sie haben Ärger mit meiner Schwester?«

Er erzählte ihr von seinem Entschluß, zurück an die Ostküste zu gehen. »Sobald der Vampirkiller hinter Schloß und Riegel ist.«

»Nehmen wir an, der Kerl ist zu clever, um sich fangen zu lassen? Was machen Sie dann?«

»Die kriegen ihn schon. Früher oder später macht er einen Fehler.« Seymour Steel Cheeks und der Fahrer des Lieferwagens kämpften sich mit dem Gepäck durch die Tür.

Beverly verschränkte die Arme. Ein merkwürdiger Ausdruck trat auf ihr Gesicht. »Mir ist plötzlich kalt. Ist es kalt hier drinnen?«

»Draußen sind es dreißig Grad.«

»Mir ist kalt. Jim, ich mein's ernst, Mae schwebt in großer Gefahr, oder?«

»In sehr großer Gefahr. Wie Sie wissen, bekommt sie diese Drohanrufe.«

»Yeah, davon rede ich ja. Die Morde an ihren Imitatoren sind nur eine Art Aufwärmübung für die eigentliche Tat, stimmt's?«

»Mit der Drohung muß Mae leben. Wir und die Polizei sind davon überzeugt, daß der Mörder es auf sie abgesehen hat.«

Beverly hatte am Frisiertisch Platz genommen. »Im Tailspin könnte er doch mich für Mae halten, oder? Ich könnte als nächste auf der Liste stehen. Der Gedanke, umgebracht zu werden, behagt mir ganz und gar nicht. Ich habe noch viele gute Jahre vor mir.«

»Wenn Sie sich fürchten, sage ich Ihre Auftritte ab.«

»Ich kneife nicht so leicht. Außerdem brauche ich diese Auftritte, Jim. Es ist wenig spaßig, im Abglanz fremden Ruhms zu leben. Ich will nicht den Rest meiner Tage damit verbringen, meine Schwester zu imitieren. Aber was soll ich nur machen? Ich habe keine besonderen Talente. Ich kann weder schreiben noch malen oder komponieren. Und bei den Männern habe ich es schwer, den einen zu finden, der mich um meiner selbst willen liebt, und nicht, weil er sich vormachen kann, mit Mae West ins Bett zu gehen. Ich bin als Kind mit Mae West ins Bett gegangen.« Sie schnaubte verächtlich. »Tolle Sache. Ich hatte als Kind große Pläne. Mae hat mir oft zugehört und mich ermuntert, das muß ich ihr lassen.«

»Mae ist sehr gut zu Ihnen.«

»Als ob ich das nicht wüßte. Als ob ich ihr nicht dankbar dafür wäre. Als ob ich das nicht hassen würde. Nun, es ist nicht recht von mir, mich abfällig über ihre Pensionszahlung zu äußern.«

Seymour war auf dem Weg nach draußen, um Beverlys restliches Gepäck zu holen. *Pension.* Da war es schon wieder. Pension. Ich muß an eine Pension kommen.

Beverly nahm den Florentiner vom Kopf und warf ihn aufs Bett. »Es ist wenig berauschend, ein vorgestanztes Leben zu führen.« Sie betrachtete ihr Bild im Spiegel. »Die Jahre holen mich ein, Jim. Und sie holen auch Mae ein. Macht Ihnen das keine Sorgen, Jim?«

»Beverly, wissen Sie denn immer noch nicht, daß Mae sich für unverwüstlich hält?«

»Ach ja? Nun, hat jemand das auch schon dem Vampirkiller verraten?«

Sie griff nach einer Bürste und attackierte damit heftig ihr Haar. Jim Timony trat langsam ans Fenster und blickte auf die menschenleere Straße. In Hollywood ging niemand zu Fuß, Bürgersteige waren überflüssig. Beverlys Worte hallten in seinen Ohren nach. Dachte der Killer wirklich, er könnte Mae ermorden?

»Wissen Sie, Beverly«, sagte er, »Sie haben recht. Es ist tatsächlich ein wenig kühl hier.«

DREIZEHN

Simon LeGrand stand hinter der Bar und beklebte die Spiegelfläche kunstvoll mit Flitter, dabei leise »Stormy Monday« vor sich hin summend und den Anbruch des Abends fürchtend. Halloween. Das ganze Schwuchtel-Volk, das ohne Genehmigung Amok lief. Das ganze Geschrei und Gejohle und die stocksteif Betrunkenen und die Tränen und das Gezanke und fliegende Flaschen und fliegende Gläser. Und die Aufmachungen, diese bizarren Aufmachungen. Wie an Karneval. Fehlten bloß noch die Umzugswagen. Mae West mußte den Verstand verloren haben, ausgerechnet für heute abend einen Tisch vorzubestellen. Der Laden konnte ihr an den beiden nächsten Abenden so gestohlen bleiben wie eine dritte Titte. Er fluchte leise vor sich hin. Zwei Abende hintereinander, an denen es nur Wahnsinn, Chaos und Mord geben würde.

Mord?

Simon sah sein Spiegelbild an. Es fiel ihm wie Schuppen von den Augen. Mord. Der letzte lag zwei Tage zurück. Nedda Connolly. Sympathische Lady. Hatte nie Scherereien gemacht. Würde auch nie mehr welche machen. Für die war's vorbei. Genau wie für Larry Hopkins und Danny Turallo. Nette Jungs. Kein Temperament. Aber gut auf der Bühne. Die erwarteten vom Leben nicht mehr als Applaus und eine bescheidene Gage. Neon Light. So sanft. So unschuldig. So naiv. Wenn er eine dunkle Seite besaß, hatte Simon sie nie gesehen. Wer hätte ihn ermorden wollen? Warum? Er wußte, es gab da einen Bruder, der mit Neons Beruf nicht einverstanden war. Aber was soll's? Simon hatte selbst drei ältere Brüder, die Simon nicht leiden konnten, und auch dazu ließ sich nur sagen, was soll's? Er summte »Star Dust«. Das summte er immer, wenn er melancholisch war. Und der Gedanke an Neon ließ ihn stets melancholisch werden. Konnte Connery Neon umgebracht haben? Es gab da was. Simon hatte in der Morgenzeitung von der Exhumierung und Dvoracks Selbstmord gelesen. Er erinnerte sich an Dvorack. Der Detective hatte Simon zu Neon befragt. Er hatte auch Connery befragt. Dann war auf einmal Schluß damit gewesen, keine weiteren Fragen mehr, keine weiteren Ermittlungen. »Sehr, sehr verdächtig«, sagte er laut.

»Was ist sehr, sehr verdächtig?«

»Du verdammter Idiot!« rief Simon. »Du bringst mich um zwanzig Jahre meines wertvollen Lebens!« Er hatte den Barkeeper nicht hinter den Tresen kommen hören, wo er letzte Vorbereitungen für das bevorstehende Fest traf.

»Du solltest nicht laut mit dir selbst reden«, sagte der Barkeeper, »das könnte gefährlich werden.«

»Das ist die einzige Möglichkeit, intelligente Antworten zu bekommen.«

Sie hörten lautes Geschrei von hinter der Bühne, gefolgt von einer zuschlagenden Tür. Die Stimme war nur gedämpft zu hören, aber sie wußten, daß das Gebrüll von Connery stammte.

»Wen hat er bei sich?« fragte er Keeper.

»Seine Lieblingshexe. Ich gehe jede Wette mit dir ein, es hat was mit dem Zeitungsbericht über Neon heute morgen zu tun.«

»Ich lese keine Zeitung. Worum ging es?« Simon klärte ihn auf. Der Barkeeper spülte Gläser. »Hast du irgendwelche Vermutungen, wer Neon umgebracht haben könnte?«

»Nur eine, mein Lieber. Eine einzige.«

Milton Connery lief in seinem Büro auf und ab und ließ seinem Zorn freien Lauf, wie ein Prediger, der in der Diaspora Höllenfeuer und ewige Verdammnis verkündet. »Wie zum Teufel konntest du denen bloß in die Hände arbeiten?«

»Konnte ich denn wissn, daß diese Mistkerle bei Mae herumhängen würden? Ich bin doch nur hingefahren, um herauszufinden, was sie über die Wiederaufnahme der Ermittlungen wußte«, erklärte Agnes.

»Das hast du ja nun gründlich erledigt! Verdammter Mist! Es ist zum Verrücktwerden!« Er schlug mit der Faust gegen die Wand.

»Das hilft nicht weiter, Milton. Jetzt setz dich hin und laß uns vernünftig darüber reden. Hast du dir wehgetan?« Er streckte die Finger, das Gesicht verzogen. »Milton, Villon hat nichts gegen dich in der Hand. Er hat keinerlei Beweise.«

Connery zog eine Flasche Scotch aus einer Schreibtischschublade. Dann stellte er zwei Gläser auf den Tisch und schenkte ein. Während er damit beschäftigt war, sagte er: »Er hat seinen Hauptverdächtigen, und der bin *ich*.«

»Ich sage es noch einmal, er hat keine Beweise.«

Connery beugte sich vor, sein Gesicht wild verzerrt, seine Stimme ein häßliches Raspeln: »Was denkst du, warum Dvorack sich umgebracht hat? Villon hat ihn zum Singen gebracht. Er hat Villon gestanden, von mir bestochen worden zu sein, damit er den Fall auf Eis legt. Dvorack hat sich aus Angst umgebracht. Und jetzt treibt Villon sein Spiel mit uns. Ich kenne seinen Ruf. Ich weiß alles über seine psychologischen Spielchen, die er mit seinen Verdächtigen anstellt. Verfluchter Mist!« Er kippte seinen Scotch runter.

Agnes zündete sich eine Zigarette an. »Angst ist kein guter Ratgeber. Du bist ein cleverer Kerl, Milton. Wenn Villon uns was anhaben könnte, hätte er uns gestern abend geschnappt. Ich habe keine Angst vor ihm. Absolut keine Angst.«

»Hast du nicht? Und wieso schnippst du dir laufend Asche aufs Kleid?«

»Verdammt!«

Connery füllte sein Glas nach und lehnte sich unter einem Ächzen des Drehstuhls zurück. »Oleandrin. Es mußte natürlich was ganz Schickes wie Oleandrin sein. Es konnte ja nicht ganz einfaches, stinknormales Zyanid sein. Und dann auch noch Amanda Harbor, um Gottes willen. Sie werden natürlich dahinterkommen, daß sie früher mal hier gearbeitet hat.« Seine Ellbogen ruhten auf der Tischplatte. »Amanda Baker. Konnte sie keinen noch dümmeren Namen haben als Amanda Baker?«

»Sie war immerhin gewitzt genug, einen sicheren Hafen anzulaufen. Mein Ehrenwort, ich habe nicht gewußt, daß sie tatsächlich jemanden umbringen wollte. Ich dachte, sie würde sich damit zufriedengeben, einen Platz an den Fleischtöpfen ergattert zu haben. Ich erinnere mich noch, wie sie bei mir auf einen Drink vorbeikam und mir nach und nach entlockte, daß man im Hexenkessel Gift auch ohne Rezept bekommen konnte.«

»Ich nehme an, Villon ist auch darüber informiert?«

»Als wir bei Mae zusammensaßen. Es fiel beinahe beiläufig mitten in der Unterhaltung. Dwight wird schon wissen, wie er mit Villon umzugehen hat. Es ist nicht das erste Mal, daß er mit Bullen zu tun hat.«

»Wovon zum Teufel redest du?«

»Dwight Pratt ist der Besitzer des Hexenkessels. Er ist ein Warlock.«

»Oh, komm mir bloß nicht wieder mit diesem Blödsinn.«

Er war wieder auf den Beinen und lief hin und her. Irritiert. Verängstigt. So vieles stand auf dem Spiel. Der Aufstieg vom Kleinganoven zum einflußreichen Clubbesitzer war kein leichter Weg gewesen, obwohl er aus Steuergründen nach wie vor behauptete, nur mit einer geringen Summe an dem Laden beteiligt zu sein. Erpressung im großen Stil. Die Opfer würden schon nicht an die Öffentlichkeit gehen. Ihre Karrieren wären ruiniert. »Also bitte, Agnes, hast du irgendwelche Vorschläge für mich?«

»Nur einen. Bleib ruhig. Keine falschen Schritte. Dir stehen heute abend und morgen abend zwei große Auftritte bevor. Geh nach Hause und lege dich für eine Stunde in die Badewanne. Mae wird mit den beiden Detectives hier aufkreuzen. Villon bringt seine Freundin Hazel Dickson mit, die für die Klatschpresse arbeitet. Gib den zuvorkommenden Gastgeber. Schick ihnen eine Flasche Champagner an den Tisch.«

»Gespickt mit Oleandrin?«

»Da kann ich dir im Augenblick nicht mit dienen. Ist gerade ausgegangen. Hörst du mir überhaupt zu?«

»Ich höre.«

»Mach ihnen was vor. Du hast keine Ahnung, wer Neon umgebracht hat. Du warst völlig vernarrt in den Jungen. Du hattest ganz große Pläne für ihn. Du wünschtest, du könntest diesen Killer in die Finger kriegen. Du würdest es diesem Schweinehund schon zeigen. Überhaupt war Neon für dich wie ein Sohn.«

»Tochter.«

Agnes lächelte. »Genau so, Milton. Halte dich an deine Witze und schnöden Sprüche. Stauch Simon LeGrand ordentlich zusammen.«

»Verschone mich damit. Er spuckt und stampft die ganze Zeit mit dem Fuß. Manchmal denke ich, gleich fletscht er noch die Zähne.«

»Tatsächlich? Vampirzähne?«

Milton blickte sie an. »Agnes, Simon LeGrand kann ich mir nicht im entferntesten als den Vampirkiller vorstellen.«

»Milton, streiche nie einen Verdächtigen aus der Liste, bevor du ihn nicht gründlich untersucht hast.«

»Agnes, jetzt bin ich an der Reihe. *Du* gehst nach Hause und legst dich in die Wanne.« Er starrte zur Decke hinauf, während er ungläubig den Kopf schüttelte. Simon LeGrand ein Killer. Einfach unmöglich.

Father Wallace Riggs saß schon zum achten Mal an diesem Tag im Beichtstuhl. Er fragte sich, warum gewisse Leute ausgerechnet an Halloween das Bedürfnis hatten, ihre Seelen offenzulegen. Die Stimme, die zu ihm sprach, war ihm bekannt. Der Mann kam jeden Tag zur Beichte. Father Riggs war davon überzeugt, daß es sich um einen Verrückten handelte.

»O Father, vergeben Sie mir, denn ich habe gesündigt.«

Der Father gähnte, während er ihm vergab. »Ja, mein Sohn?«

»Ich bin der Vampir, der die Mae-West-Imitatoren umgebracht hat.«

»Mein Sohn, das sagst du bereits seit Wochen.«

»Richtig.« Er spürte, daß der Mann lächelte. »Und Sie dürfen mich nicht bei den Bullen verpfeifen, weil ein Priester Dinge, die er in der Beichte hört, nicht weitergeben darf.« Er machte eine Pause. »Warum ist es hier drinnen so eng?«

»Das ist ein Standard-Modell.«

»Übrigens habe ich heute eine kleine Überraschung für Sie.«

»Oh, wie schön.«

»Eine Art Vorschau auf das, was Sie demnächst erwartet. Sie wissen schon, wie die Previews im Kino.«

»Ich habe heute noch viel zu tun.«

»Also, werden Sie nur nicht ungeduldig. Es steht einem Priester nicht an, ungeduldig zu werden. Besonders dann nicht, wenn sie einer armen Seele die Beichte abnehmen.«

»Wie sieht die Preview aus?«

»Drängen Sie nicht.« Er sprach mit der Stimme eines Kindes, das seinen Spielkameraden zurechtweist: »Ich weiß die Lösung, und Sie müssen sie erraten.«

»Wie soll ich das, wenn du mir nichts verrätst.«

»Eben.« Pause. »Father, sind Sie noch da?«

»Natürlich.«

»Also, fangen wir an. Zunächst einmal tut es mir leid, daß ich Nedda Connolly umgebracht habe. Ich mag eigentlich keine Frauen umbringen.« Father Riggs faltete die Hände und betrachtete sie mit starrem Blick. »Aber die Schwulenmorde tun mir nicht leid. Und es tut mir auch nicht leid, heute nacht wieder zu morden.« Father Riggs schwieg. »Schockiert Sie das nicht? Father, hören Sie mir auch zu?«

»Ja, mein Sohn, ich höre.«

»Heute abend an Halloween werden eine ganze Menge davon unterwegs sein.«

»Wen meinst du?«

»Schwuchteln! Man wird ihnen überall begegnen. Sie werden in den Schwulenclubs rumhängen. Im Limp Wrist. Im Angry Parrot. Im Purple Passion. Im Tailspin. Und viele von ihnen werden Mae West imitieren. Oh, der Becher wird überquellen!«

»Enthalte dich der Völlerei. Erniedrige dich nicht zum Schwein.«

»O natürlich nicht. Ich kann immer nur einen pro Abend erledigen. Einen Mord zu begehen, ist emotional so erschöpfend. Aber morgen komm ich wieder zur Beichte. Ich freue mich immer schon auf unser kleines Pläuschchen.« Pause. »Father?«

»Ich höre.« Er sah auf seine Armbanduhr. Er hoffte nur, draußen wartete nicht noch jemand auf die Beichte. Es war auf die Dauer ziemlich nervtötend, die vielen Vaterunsers und Gegrüßet seist du Marias auszuteilen.

»Ich – ich langweile Sie doch nicht, oder?«

»Bei Gott, nein.«

»Das ist gut. Ich würde Sie nämlich nur ungern ermorden.«

Bullen, dachte Dwight Pratt. Wie sehr ich Bullen verabscheue. Sie brauchen gar nicht zu sagen, daß sie Bullen sind. Das rieche ich Meilen gegen den Wind. Er hatte sie entdeckt, wie sie draußen auf dem Bürgersteig standen und seine spezielle Halloween-Schaufensterdekoration betrachteten. Er stellte sie jedes Jahr aus. Drei Hexen um einen Kessel, wie bei Shakespeare, schmuckvoll in schwarze Roben gehüllt und mit schillernden Pailletten verziert. Nach zwei Jahrzehnten, die es den Hexenkessel nun gab, waren die alten Zotteln ein bißchen mottenzerfressen und an den Kanten abgescheuert, besonders um die Nase und am Kinn. Na und? Das ließ sie nur noch düsterer und bösartiger erscheinen. Die schwarze Katze mit ihrem Buckel, die Schnauze zum Schrei verzerrt. Eine Handvoll Raben, die an Klaviersaiten von der Decke baumelten. Dieses Jahr war ein neues Detail hinzugekommen: ein Vampir. Gelbe Augen, blutrote Lippen, glänzende, hervorspringende Zähne, totenbleiches Gesicht, überaus malerisch, wenn nicht gar ein furchterregender Anblick.

Dwight Pratt wurde langsam ungeduldig mit Herb Villon und Jim Mallory. Wenn sie reinkommen wollten, warum setzten sie sich dann nicht langsam in Bewegung? Er wußte, warum sie angerückt waren. Agnes Darwin hatte ihn gewarnt. Er war auf ihr Auftauchen gefaßt. Er mochte die Bullen nicht, aber er machte sich einen Spaß daraus, sie durch Ausflüchte und falsche Informationen ins Bockshorn zu jagen. Sucht ihr nach Oleander, meine Lieben? Da drüben in der Ecke steht eine ganze Vase voll. Oleandrin, hab' ich recht? Aber ihr müßt es schon selbst rausquetschen. Wißt ihr plattfüßigen Lieblinge denn nicht, daß es illegal ist, Gift ohne Rezept zu verkaufen? Aha! Nun bewegten sie sich endlich. Die Tür wurde aufgedrückt, und die Glocke schellte. Herb und Jim traten ein.

Herb fand, daß Dwight Pratt aussah wie Uriah Heep aus *David Copperfield*. Zumindest sah er aus wie Roland Young, der in der Verfilmung vom letzten Jahr die Rolle des Uriah Heep gespielt hatte. Dwight Pratt war klein und runzelig. Trotz seiner randlosen Brille war sein Blick ein kurzsichtiges Schielen. Seinen Kopf hielt er ständig nach rechts geneigt, als erwarte er einen Schlag. Man fragte sich, ob er vielleicht enttäuscht war, daß dieser Schlag nie kam. Herb stellte sich Pratts Stimme wie ein ungeöltes Scharnier vor, und er wurde nicht enttäuscht.

»Schönen guten Tag, Gentlemen. Willkommen in meinem bescheidenen Etablissement, einem fröhlichen Farbklecks auf der tristen Fairfax Avenue. Wenn Sie nach Kostümen suchen, muß ich Ihnen gleich mitteilen, daß die Auswahl sich inzwischen arg reduziert hat. Das einzige, womit ich noch dienen kann, sind ein paar Skelettanzüge, ein Warlock-Outfit und eine schwarze Katze, aber ich denke, da könnte sich keiner von Ihnen hineinzwängen.« Villon zog seine Marke. »Herr im Himmel! Die Polizei!« Pratt rieb sich die Hände vor lauter Vorfreude, sie ordentlich an der Nase herumzuführen.

Kriechende kleine Ratte, dachte Villon. Jim Mallory wollte so schnell wie möglich wieder vor die Tür. Vom ersten Moment an, da er das Geschäft betreten hatte, überkam ihn ein ungutes Gefühl. Der Laden war ein heilloses Durcheinander. Es roch nach Staub und altem Essen. Villon konnte die Unordnung verstehen. So etwas war ihm schon früher begegnet. Er wußte, für Leute wie Dwight Pratt existierte eine Ordnung in der Unordnung. Er war sich sicher, daß Pratt genau wußte, wo jeder beliebige Artikel zu finden sei. »Sie wurden uns von Agnes Darwin empfohlen.«

»Die liebe Agnes. Eine mustergültige Hexe. Sie versteht sich meisterlich auf das Tarot. Wir haben einmal einen Wahnsinnstango zusammen getanzt, im Falcon's Lair, dem Haus von Rudolph Valentino, das angeblich von seinem Geist heimgesucht wird. Nun, meine Lieben, wir haben uns fast die Füße plattgetanzt, aber Rudi hat sich nicht blicken lassen. Er sollte sich was schämen, aber ich glaube nach wie vor an Gespenster. Ich betreibe dieses Geschäft schon seit so vielen Jahren, daß die Leute sogar *mich* für ein Gespenst halten!« Er gackerte. Jim Mallory überlegte, schreiend auf die Straße zu rennen, aber er wußte, Villon hätte dafür wenig Verständnis. »Also sagen Sie mir doch bitte, wonach genau Sie suchen?«

»Ich nehme an, Ihr Gedächtnis ist genauso gut wie Ihre Show.«

Cleveres Bürschchen. Dem werd ich's zeigen. »Show? Sie meinen mich? Oh, aber nicht doch. Sie haben ja noch kaum was gesehen. Wenn Sie noch ein wenig Zeit haben, führe ich Ihnen gerne meinen Standardtrick mit Glocke, Buch und Kerze vor. Danach finden Sie tagelang keinen Schlaf.«

»Können Sie sich an eine Frau namens Amanda Harbor erinnern?«

»Oh, aber ja doch. Ein kleines, dummes Luder. Vergiftete ausgerechnet ihren steinreichen Ehemann, ohne auch nur einen Cent zu bekommen. Sie sitzt lebenslänglich.«

»Das Gift war Oleandrin. Nach meiner Information hier gekauft.«

»Falsch informiert, mein Lieber, falsch informiert. Ich verkaufe kein Gift. Illegal. Gegen das Gesetz. Und ich bin ein überaus gesetzestreuer Bürger. Ich verkaufe die Blume, aus der es gewonnen wird, da drüben steht eine ganze Vase voll in der Ecke. Aber am Verkauf von Blumen ist doch nichts Illegales, oder?«

Villon blickte auf Gläser mit farbigen Flüssigkeiten. »Sind die da giftig?«

»Sie könnten bei falscher Anwendung toxisch wirken. Aber giftig, nein, Gott bewahre. Wir Hexen benutzen sie, wenn wir jemanden verzaubern wollen. Wir mixen auch Liebestränke, wissen Sie, wenn Sie also eine junge Dame kennen, die Ihnen das Leben schwermacht und Ihren Avancen widersteht, geben Sie mir eine halbe Stunde Zeit, und ich braue für Sie ein Antidot, das ihren Widerstand garantiert ins Gegenteil verwandelt.«

»Wenn es sich nicht als fatal erweist.«

»Oh, nie und nimmer. Sie werden mir nie einen Toten vor die Türschwelle legen können. Ich bin mit Leib und Seele Warlock, eine männliche Hexe, und heute abend, an Halloween, wird in meiner Wohnung über den Geschäftsräumen ein Hexenkonvent stattfinden. Ein Hexenkonvent besteht aus dreizehn Hexen, falls Sie mit unseren Gepflogenheiten nicht vertraut sein sollten. Es ist vergleichbar mit dem *Minjan* im Judentum. Ein *Minjan* bezeichnet die Zahl von zehn Männern, die nötig sind, um das Morgen- oder Abendgebet zu sprechen. Gelegentlich sieht man Gemeindemitglieder die Fairfax rauf und runter rennen, um Rekruten für ihr *Minjan* aufzutreiben. Anders als in alten Ammenmärchen überliefert, töten wir Hexen nicht. Wir verabscheuen das Töten.«

»Oleandrin ist tödlich«, sagte Villon.

»Genau wie Krebs und Herzanfälle und rücksichtsloses Autofahren und, Himmel, ich könnte stundenlang fortfahren.«

Ich hoffe nicht, dachte Jim Mallory. Laß uns von hier verschwinden. Diese Mißgeburt bringt uns keinen Schritt weiter. Hollywood ist zwar als Brutstätte für verschrobene Figuren bekannt, aber Mr. Pratt schießt zweifellos den Vogel ab. Wenn es eine Mrs. Pratt geben sollte, möge Gott ihrer Seele gnädig sein.

Villon war an einen Schaukasten getreten. »Was ist das hier?«

»Ah! Das sind meine besonderen Schätze!« Pratt huschte wie eine Krabbe neben Villon. »Hier drüben haben wir die Hexenstäbe, keine Hexe würde man bei ihrem Tod je ohne Stab auffinden. Sie haben bestimmt von dem großen Dirigenten Leopold Stokowski gehört? Er kaufte vor einigen Jahren einen ganzen Schwung bei mir, und wenn ich in aller Bescheidenheit sagen darf, seine Konzerte sind um vieles besser, seit er seine Symphonien mit ihnen dirigiert. Hier haben wir getrocknete Spinnen, getrocknete Ameisen, getrocknete Leguanschwänze, Molchaugen – ein sehr beliebter Artikel –, Schnupftabak und alte Cornflakes für ganz spezielle Mixturen. Einige meiner Damen und Herren zeigen großen Einfallsreichtum bei der Zusammenstellung ihres Gebräus. Faul im Geruch und faul im Geschmack, aber wenn man sich durchringen kann, es zu probieren, zeigt es sehr große Wirkung.«

Villon war in die Hocke gegangen, um einige Artikel auf der unteren Lade des Schaukastens näher zu betrachten. »Sind das hier nicht Vampirzähne?«

»Herr im Himmel, Ihnen entgeht aber auch nichts.« Er öffnete den Schaukasten und nahm ein Tablett mit Zähnen heraus. Jim Mallory, der mit einem Mal neugierig geworden war, rückte gleichfalls näher. »Sehen Sie?« Ein Paar spitzer Zähne lag auf seiner Handfläche. »Ich habe in dieser Woche eine ganze Menge davon verkauft. Diese Vampirmorde haben da irgendwie inspirierend gewirkt. Heute abend müssen da draußen eine hübsche Anzahl Vampire unterwegs sein.« Er steckte sich je einen links und rechts in den Mund, wobei die Entblößung zweier gelber Zahnreihen Mallory mit Ekel erfüllte. »Voilà. Ein wenig umständlich in der Handhabung, aber Übung macht den Meister, und in Windeseile kann man sie mit tödlicher Verläßlichkeit dem nächstbesten in die Kehle schlagen!« Sein Lächeln war genauso abstoßend wie der ganze Kerl. »Autsch! O Gott, ich habe mir in die Lippe gebissen. Oh, alles was recht ist, aber als Vampir würde ich mich niemals wohlfühlen.« Er zog die Zähne ab und legte sie, ohne sich groß um Hygiene zu scheren, zurück zu den anderen. »Was haben Sie denn jetzt entdeckt? Mr. Detective, was halten Sie da in der Hand versteckt? Oh, den Fledermausring. Gütiger Himmel, ich hatte ganz vergessen, daß ich den noch hatte.«

Auf Villons Handfläche ruhte ein Schmuckstück, das sein Herz höher schlagen ließ. Er suchte Mallorys Blick und sah, daß Jim nicht weniger aufgeregt war. Der Ring hatte die Form eines Fledermauskopfes mit zwei hervorspringenden Zähnen.

»Vorsicht, mein Lieber«, warnte Mr. Pratt. »Damit kann man sich tödlich verletzen.«

»Wieviel?« fragte Villon.

»Für Sie, mein Bester? Da Sie mich nicht belästigt haben, sagen wir fünfzig Dollar. Das ist ein echtes Angebot!«

»Ich nehme ihn.« Pratt nahm den Ring und steckte ihn in eine Schachtel, während Villon zwei Zwanziger und einen Zehner aus seiner Brieftasche zog.

Während Pratt die Schachtel hübsch verpackte, schwatzte er munter drauflos: »Der Ring ist ein Sammlerstück. Ursprünglich hatte ich zwei davon, aber den einen habe ich vor einigen Monaten an einen jungen Mann verkauft.«

Villon verspürte einen Kitzel, von der Art, die ihm sagte, daß er hier den lange ersehnten Hinweis bekam. »Können Sie sich an den Namen des Mannes erinnern?«

»O ja. Ein hübscher kleiner Kerl. Er ist tot. Ermordet. Erst heute morgen stand etwas über ihn in der Zeitung. Neon Light. Das war natürlich nicht sein richtiger Name. Er kaufte den Ring als Geburtstagsgeschenk für jemanden aus der Familie. Seinen Bruder, wenn ich mich recht erinnere. O meine Lieben! Wenn das kein Zufall ist! Niemand anders als Agnes Darwin hatte ihn hierhergeschickt! Sie ist so großzügig mit ihren Empfehlungen. Sie sollte Immobilien verkaufen. Das ist für Sie, alles hübsch ordentlich verpackt. Und vielen Dank für die fünfzig Piepen. Was für wunderbar knisternde neue Scheine! Möchten Sie vielleicht auch noch etwas Oleander? Kostet nur fünf Dollar das Dutzend.«

»Nein, vielen Dank«, sagte Villon, während er die kleine Schachtel in die Tasche steckte, »ich bin rundum glücklich mit dem Ring.« Und mit den Informationshäppchen, die deinem stinkenden kleinen Maul entwichen sind, mein Bester.

»Schauen Sie doch ruhig mal wieder vorbei. Ich liebe Kunden, die mein kleines Geschäft so zu schätzen wissen wie Sie. O mein Lieber, ist Ihnen nicht gut?« fragte er Mallory. »Ihr Gesicht macht einen so gequälten Eindruck.«

Mallory sagte nichts und floh mit Villon im Schlepptau durch die Tür ins Freie. »Ist Ihnen nicht gut, mein Lieber?« fragte Villon. »Ich fühle mich ausgezeichnet. Der Ring. Sein Gegenstück. Wer auch immer dieses zweite Exemplar besitzt, ist unser Killer. Und jetzt machen wir uns auf die Suche nach Neons Bruder.«

»Herb, diese kleine Ratte Pratt könnte uns auch einen falschen Floh ins Ohr gesetzt haben. Neon könnte den Ring doch auch für jemand anderen gekauft haben, zum Beispiel für Milton Connery.«

»Jim, ich setze alles auf den Bruder. Ich muß unbedingt an die Akte kommen. Ich muß Neons Adoptiveltern aufspüren, die Williamsons. Vielleicht können die uns weiterhelfen, den Bruder zu finden.« Während sie auf ihren Wagen zugingen, kam ihm plötzlich ein ganz neuer Gedanke. »Wer hat Neon eigentlich beerdigt? Wer hat sich um den Leichnam gekümmert?«

»Wahrscheinlich die Williamsons.«

»Oder noch besser, vielleicht sogar der Bruder. Und jetzt schleunigst zurück aufs Revier. Ich will die Akte, und ich will, daß du beim Leichenschauhaus nachfragst, welches Bestattungsunternehmen Neons Beerdigung übernommen hat und wer die Sache in Auftrag gegeben hat. Ich fühle mich großartig, Jimmy Boy, absolut großartig!«

»Du siehst wirklich großartig aus, Bev. Absolut großartig. Tatsächlich siehst du derart großartig aus, daß ich mich zu fragen beginne, wer von uns beiden wer ist. Ich gehe heute abend in schwarz, also möchte ich dich bitten, weiß zu tragen. Da können wenigstens wir zwei uns auseinanderhalten. Wie gefallen dir meine Bodyguards?« Ihre Augen funkelten. Eine der wenigen Gemeinsamkeiten zwischen Mae West und ihrer Schwester war neben ihrer verblüffenden Ähnlichkeit ihre Vorliebe für Bodybuilder.

»Ich wünschte, du wärst nicht auf sie angewiesen.«

»Amen«, sagte Desdemona, die den Teewagen mit Erfrischungen hereingeschoben hatte, um die Schwestern bis zum Abendessen im Tailspin bei Kräften zu halten.

»Also, jetzt hört einmal gut zu, ihr zwei, und ihr könnt es auch Goneril ausrichten, ich will einfach keine Trauerklöße mehr hier herumhängen sehen. Die Dinge sehen bereits düster genug aus, und meine Auftritte beim Film leiden darunter. Aber im Ernst, Bev, wer dieser Killer auch sein mag, er besitzt wenig Unterscheidungsvermögen. Wenn du dich so kleidest wie ich und so redest wie ich, stehst du auf der Abstechliste. Du mußt also vorsichtig sein. Bis sie dieses Weichei geschnappt haben, bleibst du in meiner Nähe, sozusagen auf Hüftkontakt. Ich kann Timony kein zweites Mal losschicken, um noch ein Team Bodyguards aufzustellen. Der Verkehr hier im Haus ist bereits dicht genug. Um ganz offen zu sein, so froh ich bin, dich zu sehen, es wäre mir lieber, du wärst im Osten geblieben.«

»Um die Wahrheit zu sagen, Mae, das gleiche wünschte ich auch. Aber ich sage mein Engagement nicht ab, so was ist unprofessionell.«

Mae warf einen Der-Himmel-steh-mir-bei-Blick zur Decke. »Mein Gott, wo warst du bloß, als die grauen Zellen vergeben wurden? Desdemona, was lungerst du hier herum. Wir bedienen uns schon selbst. Gott sei Dank gehen du und deine Schwester nicht auch noch als Mae West verkleidet.«

»Ich glaube kaum, daß er eine schwarze Mae West umlegen würde, oder?« Desdemonas Augen kullerten beinahe aus den Höhlen.

»Der kümmert sich einen Dreck um schwarz, weiß oder rosa, allein der Gedanke zählt. Und jetzt verschwinde, du machst mich noch ganz nervös.«

Desdemona eilte zurück in die Küche. Jim Timony war in sein Apartment nebenan gegangen, um sich umzuziehen. Seymour Steel Cheeks war in der Garage und wartete den Rolly-Royce. Mae war auf dem Sprung, ein ausgiebiges Bad zu nehmen und gab Beverly den Rat, das gleiche zu tun.

»Mae, hast du denn gar keine Ahnung, warum dieser Wahnsinnige hinter dir her ist?« Beverly rührte Honig in ihren Tee, was dem Vernehmen nach gut für den Teint sein sollte.

»Offen gesagt, ich habe keine Ahnung. Ich denke, es hat irgendwas mit Neon und seinem Bruder zu tun. Weißt du, Bruderherz war dagegen, daß Neon Transvestit wurde. Genau genommen, reagierte er sogar äußerst heftig, wie Neon mir gesagt hat. Nun, ich war diejenige, die Neon ermuntert hat. Dann wird Neon ermordet, und da, denke ich, brennt bei dem Bruder endgültig die Sicherung durch. Meiner Meinung nach ist für ihn klar, daß, wenn Neon nicht in das Imitations-Geschäft eingestiegen wäre, er nicht die Bekanntschaft jener Sorte von Leuten gemacht hätte, die letztlich zu seinem Tod geführt hat. Und er hat recht. Ich hätte mich da raushalten sollen. Ich hätte den Jungen seinen eigenen Weg gehen lassen sollen. Aber ich war ganz verrückt nach seinem süßen Gesicht und der Art, wie er mich anhimmelte. Und das tat er, Bev, der Junge vergötterte mich.«

»Es ist nicht dein Fehler, Mae, daß er auf die schiefe Bahn geriet.«

»Nun, ich hatte keinen Einfluß darauf, daß Milton Connery den Jungen mit Träumen von der großen Karriere köderte. Ich denke, um Neon war es in dem Augenblick geschehen, als er erfuhr, daß er nicht mehr lange zu leben hatte. Er machte den falschen Schritt, und der arme kleine Bastard mußte viel dafür zahlen.«

»Wirklich, es war nicht dein Fehler, Schwesterherz!«

»Natürlich war es nicht mein Fehler«, sagte Mae aufbrausend, »also stöbere diesen durchgedrehten Bruder auf und bieg *ihm* das bitte bei. Ach, was soll's, heute abend läßt sich daran auch nichts ändern. Und jetzt hör gut zu, Bev, geh bitte pfleglich mit deiner Begleitung um. Er ist ein netter Kerl, und er ist ein wenig schüchtern. Also bitte keine Hüftzange unter der Tischplatte.«

»Ich mache so etwas nicht mehr!« sagte Beverly empört.

»Ach nein? Was nimmst du dann in die Zange?«

»Ich nehme überhaupt nichts in die Zange!« Sie füllte ihre Tasse nach.

»Übrigens, Mae, was ist mit dem Indianer?«

»Du läßt die Finger von ihm. Ich habe noch nicht vor, ihn abzustoßen. Ich habe dir in der Vergangenheit jede Menge verblichener Liebhaber zugeschustert, aber mit dem hier mußt du dich noch gedulden. Der Vampir und mein Film bereiten mir bereits genug Kopfzerbrechen, und im Augenblick habe ich einfach nicht die Zeit, mich um adäquaten Ersatz zu kümmern.« Sie dachte einen Moment nach. »Vielleicht bin ich Thanksgiving soweit, und dann hast du etwas, wofür du wirklich dankbar sein kannst, aber bis dahin halte dich bitte zurück, oder es setzt Hiebe. Und jetzt nehme ich ein Bad.« Als sie ihr Schlafzimmer erreichte, hielt sie in der Tür einen Moment inne. »Die drehen total durch, wenn wir zwei gemeinsam auflaufen!«

VIERZEHN

Als Villon und Mallory ins Büro kamen, fanden sie Neons Akte auf dem Schreibtisch. »Gott hat heute ein gnädiges Auge auf uns«, sagte Villon. »Ich muß wohl eine gute Tat vollbracht haben, von der ich gar nichts weiß.« Er setzte sich und öffnete den Umschlag. Er hatte nicht viel zu finden gehofft und er sah sich nicht getäuscht. »Für eine Lusche wie Felix eine recht penible Akte. Sieh dir diesen Müll nur mal an.« Mit leisem Gemurmel überflog er die wenigen Seiten. »Michael Williamson, Künstlername Neon Light...« Grummel, Grummel, Grummel. »Tot aufgefunden im Griffith Park... schwere Schädelverletzung...« Grummel, Grummel, Grummel. »Befragung von Simon LeGrand... Manager im Tailspin Club, wo der Verstorbene verschiedentlich auftrat...« Grummel, Grummel, Grummel, während Mallory auf die Fensterfläche hinter Villon starrte. »Befragung von Milton Connery... verwirrt... ein so großartiger Künstler... ein so netter Junge... et cetera, et cetera,... keine weiterführenden Hinweise... Sackgasse... der Leichnam wurde Nicholas und Maria Williamson übergeben...« Villon blickte auf. »Da ist sogar die Adresse vermerkt. Cynthia Avenue. Das ist zwischen Sunset und Santa Monica, an der Grenze zu Beverly Hills. Den Besuch im Leichenschauhaus können wir uns schenken. Auf geht's.«

Zwanzig Minuten später standen sie vor einem ausgebrannten Gebäude auf der Cynthia Avenue. »Bist du sicher, daß das die Adresse ist?« fragte Mallory.

»Völlig sicher. Verdammter Mist.« Er lief auf das Haus zu, das etwa fünfzehn Meter von der Straße entfernt lag. Es war nicht mehr übriggeblieben als eine verkohlte Ruine.

»Nick und Maria sind umgekommen.« Es war eine Frau,

die in distinguiertem Ton sprach und sich als Helen Maynard vorstellte. Villon erkannte ihr Gesicht. Sie hatte in mehreren populären Western die weibliche Hauptrolle gespielt. Sie war erfreut darüber, daß man sie wiedererkannte, sie war nun schon seit vielen Jahren nicht mehr im Filmgeschäft, und es klang danach, als würde sie es nicht bereuen. »Nicholas und Maria übernahmen Stunt-Jobs. Maria hat mich mehrere Male gedoubelt. Ich habe schreckliche Angst vor Pferden. Waren Sie mit ihnen befreundet?« Villon zeigte seine Marke und erklärte, er und sein Kompagnon untersuchten den Mord an Neon und die Morde des Vampirkillers. Sie zog eine Grimasse. »Schmutziges Geschäft.«

Villon deutete auf die verkohlten Überreste des Hauses. »Wie lange liegt das zurück?«

»Ungefähr eine Woche nach Mickeys Beerdigung. Ich meine natürlich, nach Neons Beerdigung. Ich konnte den Namen nicht ausstehen.«

»Wissen Sie, was das Feuer verursacht hat?«

»Es war irgendeine Art von Explosion. Ich wohne gleich gegenüber in dem blauen Bungalow. Durch die Explosion wurde ich geweckt. Es war gegen drei Uhr früh. In wenigen Minuten stand das ganze Haus in Flammen. Es war schrecklich. Ich alarmierte die Feuerwehr. Als die Löschwagen eintrafen, war es bereits zu spät.«

»Waren die Williamsons von den Flammen eingeschlossen?«

»Es war schrecklich. Sie müssen sofort tot gewesen sein, oder zumindest hoffe ich es für sie.« Sie machte eine Pause und fuhr dann stockend fort. »Es war kein einziger Schrei zu hören.«

»Haben Sie erfahren, was die Explosion ausgelöst hat?«

»Im Keller stand eine Propangasflasche.« Sie blickte Villon direkt in die Augen. »Ich habe einen Hang zum Melodramatischen. Ich vermute, es war Arsen. Die Williamsons wurden ermordet. Sie hatten einen konkreten Verdacht, wer Neon umgebracht haben könnte, und sie machten aus ihrem Ärger über die stümperhaften Ermittlungen der Polizei kein

Hehl. Der Hauptverantwortliche war ein Mann namens Dvorack. Sie wissen schon, über den jetzt so viel in der Zeitung steht. Der Selbstmörder. Sie haben ihn vermutlich gekannt.«

»Wir kannten ihn.«

»Nicholas und Maria haben ihn gehaßt. Er hat ihnen gesagt, sie sollten gefälligst nicht mehr im Revier auftauchen und ihm die Zeit stehlen. Sie hatten überlegt, selbst einen Privatdetektiv anzuheuern, und ihm das auch mitgeteilt.«

»Ein tragischer Fehler«, sagte Villon.

»Also habe ich recht. Sie wurden ermordet. Ich glaube, sie waren bereits tot, als das Feuer gelegt wurde.«

»Lady, Sie sind ein echter Schnüffler.« Und schnell fügte er hinzu: »Ein anständiger Schnüffler.«

»Wir werden nie erfahren, wie sie ermordet wurden. Marias Schwester hat ihre Überreste einäschern lassen. Zumindest hoffte sie, daß es ihre Überreste waren. Das Feuer hatte sie ziemlich übel zugerichtet. Ich suche inzwischen nach einer anderen Wohnung. Jeden Tag diese Verwüstung vor Augen zu haben, ruiniert einem die Nerven.«

»Kannten Sie Neons Bruder?«

»Ich wußte, daß er einen hatte, aber ich habe ihn nie gesehen. Ich glaube nicht, daß Neon ihm je hier im Haus begegnet ist. Ich meine, Maria hat mir erzählt, sie würden sich in Coffeeshops treffen oder sein Bruder würde mit ihm rausfahren. Er war strikt gegen Neons Transvestiten-Show, und auch dagegen, daß die Williamsons ihn gewähren ließen. Aber dann lernte Neon irgendwie Mae West kennen, er war ganz verrückt nach ihr, und sie überzeugte Neon, an seiner Karriere festzuhalten. Haben Sie ihn je auf der Bühne gesehen?« Beide mußten verneinen. »Er war ein Naturtalent. Ein schier unglaubliches Bühnenwunder. Er jagte mir eine Gänsehaut über den Rücken, so täuschend echt waren seine Imitationen. Zu schade, daß sie nicht auf Film festgehalten wurden.«

»Haben die Williamsons Ihnen gegenüber je davon gesprochen, wen sie für den Mörder ihres Sohnes hielten? Den Bruder vielleicht?«

»Niemals den Bruder. Er hätte alles für Neon getan. Nicholas und Maria waren der Überzeugung, Neon wäre deshalb ermordet worden, weil er zuviel über zwielichtige Machenschaften hinter den Kulissen des Tailspin wußte.« Sie blickte sie mit einem zynischen Lächeln an. »Ihr Gesichtsausdruck verrät mir, daß ich voll ins Schwarze getroffen habe.«

»Wußten sie, daß er unheilbar krank war?«

Sie war sichtlich überrascht. »O nein! Wie furchtbar! Ich bin sicher, sie wußten nichts davon. Sie hätten es mir gesagt. Armer Kerl!« Sie zuckte die Schultern. »Ich denke, der da oben hat es nicht sonderlich gut mit ihm gemeint.« Ihr Gesicht verhärtete sich. »Ich hoffe, sie finden diesen Schweinehund bald. Ich würde ihm gerne einen Besuch abstatten, wenn er hinter Gittern sitzt, und ihm ins Gesicht spucken.«

Eine Kinderstimme unterbrach sie. »Hey, ihr da drüben.« Es war eine haarsträubende Imitation der Stimme Mae Wests. »Wie wär's, wenn ihr mal bei mir vorbeischauen würdet?« Und dann, mit auf den Hüften liegenden Händen und einem Handtäschen, das an einer Schnur an ihrem Handgelenk baumelte, quengelte sie: »Gebt mir was, sonst kriegt ihr was.«

Villon starrte sie angewidert an. Mallory und Helen Maynard empfanden nicht weniger Widerwillen. Das Mädchen mochte acht oder neun Jahre alt sein. Auf Lippen und Wangen hatte sie eine dicke Schicht Rouge aufgetragen. Ihre Augenlider waren in einem ekligen Blau angemalt. Ihre Wimpern ein einziger Klumpen Maskara. Ihre Brauen hatte sie zu zwei dünnen Linien gezupft. Auf dem Kopf trug sie eine zerzauste, schmierigblonde Perücke. Ihr Kleid war eine billige Imitation eines Abendkleids der Jahrhundertwende, und ihre hochhackigen Pumps, vermutlich von ihrer Mutter, sahen so aus, als würden ihre Füße zweimal hineinpassen. Das Mädchen machte den Eindruck einer pervers aufgemachten Liliputanerin.

»Also«, wiederholte sie abstoßend, »gebt mir was, sonst kriegt ihr was.«

Mallory kramte in seiner Jackentasche und entdeckte eine Münze, die er ihr in die Hand drückte. »Danke, Mister«, sagte sie, während sie die Münze in ihrer Handtasche verschwinden ließ. »Ich hoffe, Sie sind jetzt nicht blank«, fügte sie noch gehässig hinzu.

Während sie sie mit klickernden Absätzen davonstolzieren sahen, wobei sie ihre Hüften übertrieben nach links und nach rechts schwenkte, sagte Mallory laut genug für Villons und Helen Maynards Ohren: »O Mr. Vampirkiller, komm bitte schnell in die Cynthia Street.« Alle drei fielen in ein erleichtertes Lachen.

»Morris! Willst du mich mal wieder allein zu Hause sitzen lassen?« Goldie Rothfeld stand in der Küche und knetete Teig für eine Kaffeetorte.

Der Rabbi stand vor dem Spiegel, der an einem Haken in der Wand hing, und knotete seine Krawatte. »Kondolenzbesuche, Goldie, Kondolenzbesuche, hast du das vergessen?«

»Ich versuche es absichtlich zu vergessen, weil in letzter Zeit so viele Leute sterben. Muß das wirklich so sein? Du sagst immer, Gott sei einsam und brauche Unterhaltung. Aber warum muß er dazu ausgerechnet auf so viele Leute aus Hollywood zurückgreifen?«

»Vielleicht will er sich mit berühmten Namen schmücken. Wie soll ich das wissen!«

»Sei unterwegs vorsichtig, Morris. Da draußen läuft ein Mörder herum.«

»Ich bin kein Mae-West-Imitator. Ich bin sicher.«

»Aber du singst mit einer hohen Falsettstimme.«

Allmählich platzte ihm der Kragen. »Ich werde auf der Straße nicht lauthals losschmettern. Außerdem bin ich ein kräftiger Kerl mit ordentlich Muskeln und Mumm in der Faust. Ich habe nichts zu fürchten, und du solltest es auch nicht tun. Sieh dir Mae West an. Sie hätte Grund, ernstlich beunruhigt zu sein, aber ist sie das etwa? Sie doch nicht. Der Felsen von Gibraltar mit Kurven. Und, oho, was für Kurven.

Sei nicht eifersüchtig, Goldie. Ich schau ja nur hin. Ich strecke nie die Hand aus.«

Sie legte den Teigklumpen beiseite und wischte sich die Hände an einem Geschirrtuch ab. »Morris.« Ihre Stimme hatte einen geschäftsmäßigen Ton angenommen.

Er trat vom Spiegel zurück. »Dir zu Diensten. Was gibt's?«

»Dich bedrückt doch was.«

»Mich bedrückt überhaupt nichts.«

»So, wie du das sagst, bin ich mir noch sicherer, daß dich etwas bedrückt.«

»Hör auf, mich zu triezen.«

»Ich trieze dich nicht, ich mache mir Sorgen.«

»Hör auf, dir Sorgen zu machen.«

»Ich höre damit auf, wenn du mir sagst, was dich bedrückt.«

Er wußte, wann er sich geschlagen geben mußte. »Ich mache mir Sorgen um Mae West.«

»Wieso? Weil du eine großzügige Spenderin verlierst, wenn sie stirbt?«

»Goldie«, sagte er scharf, »so etwas darf man nicht sagen!«

»Warum ist die Wahrheit so grausam?« Ihre Schultern waren aufgerichtet und ihre Hände nach vorn gestreckt. »Als ich mein Heiratsversprechen gab, konnte ich da ahnen, daß es auch ein Armutsgelübde sein sollte?«

»Uns geht es nicht schlecht.«

»Uns geht es auch nicht gerade gut.«

Er erhob seine Stimme: »Als du mich geheiratet hast, wußtest du, daß Rabbis nicht sonderlich wohlhabend sind!«

»Ich wußte nicht, daß wir von Richmond Hill in New York wegziehen und uns in diesem gottverdammten Loch niederlassen würden.«

»Sag das nicht in der Synagoge! Du versündigst dich gegen Gott!«

»Der gibt schon auf sich selbst acht! Dem geht's prima! Uns nicht! Laß uns zurück nach New York gehen, wo du mit deiner großartigen Stimme eine echte Chance hast. Du warst großartig bei deinen Auftritten in den Catskills, als wir uns kennenlernten. Hier hast du die Schauspielerei ganz aufgegeben.«

»Meine Verantwortung liegt hier allein bei meiner Gemeinde. Und jetzt Schluß damit, Goldie.«

»Damit wird nie Schluß sein, Morris!«

»Goldie, wenn du mich derart aufregst, habe ich das Gefühl, ich müßte auf die Straße gehen und irgendwen umbringen!«

Sie starrte ihn an. »Und warum nicht gleich mich?«

»Weil, der Herr sei mir gnädig, ich dich zu sehr liebe. Warte nicht auf mich. Es wird spät werden.«

»Wieso?«

Im Tailspin Club war ein Theater, als wäre ein Dutzend Füchse in ein Dutzend Hühnerställe eingefallen. Hier wurde die Kakophonie zu einem Pantheon der schönen Künste erhoben. Während der Lärm einem fast das Trommelfell zerriß, ungeachtet des musikalischen Kontrapunkts durch ein sechsköpfiges Orchester in Skelettanzügen, das »The Darktown Strutter's Ball« intonierte, bildete die Versammlung in bunter Verkleidung ein wahres Fest für die Augen. Es war nahezu unmöglich, Männlein und Weiblein zu unterscheiden. Freiberufliche Fotografen zwängten sich quer über die Tanzfläche, wann immer sie irgendeine Berühmtheit an einem Tisch sitzen oder gerade zur Tür hereinkommen sahen. Später würden die Negative für entsprechende Summen den Besitzer wechseln. Der kleine Däumling tanzte mit dem häßlichen Entlein, beides Bariton-Stimmen. Sie rammten ein Paar, das sich als Dr. Jekyll und Mr. Hyde vorstellte. »Sie müssen Doktor Jekyll entschuldigen«, sagte Mr. Hyde. »Er steht heute neben sich.« Ein arabischer Scheich, der an einem Pastrami-Sandwich kaute, erklärte: »Ich bin der Deli Lama.« Frankensteins Monster und seine Braut saßen an der Bar und hatten trotz der frühen Stunde bereits kräftig einen sitzen. Der Barkeeper erklärte Alice im Wunderland, die an Armen und Beinen behaart war und sich mit aller Gewalt am verrückten Hutmacher festhielt, der mit seiner Handtasche den Leuten eins überzog: »Die zwei haben gestern geheiratet. Sind beide Alkoholiker. Die Hochzeit war eine Schnapsidee.«

Agnes Darwin gab einen ebenso beeindruckenden wie exotischen Morgan LeFay ab, wie geradewegs aus *Ein Yankee aus Connecticut am Hof von König Arthur*. Im Saal wimmelte es von Hexen, so daß sie froh war, sich für ein anderes Kostüm entschieden zu haben. Milton Connery im Tuxedo redete mit Simon LeGrand, der eine Perücke mit lauter sich windenden Plastikschlangen trug, was eine ziemlich interessante Medusa aus ihm machte. Agnes wünschte, sie könnte von den Lippen lesen. Milton war immer noch aufgeregt, während Simon wie gewohnt die Ruhe selbst war.

Die drei Barkeeper kamen mit geübten Handgriffen den Bestellungen nach, wobei sie mit der Kundschaft plauderten und zweideutige Anspielungen oder direkte sexuelle Aufforderungen mit gleicher Münze parierten.

Die Mae-West-Imitatoren trudelten nach und nach ein. Es war jetzt kurz vor neun, und der Saal erwartete mit Spannung den Auftritt des Originals. Mussolini und Haile Selassie kamen Arm in Arm mit Ballettschuhen und Tutus zur Tür herein und tanzten ein Adagio, bei dem der große russische Choreograph Petipas sich vermutlich im Grab wälzte. Romeo und Julia vergnügten sich im Eingang zum Flur, der zu den Toiletten führte, auf unschickliche Weise. Simon LeGrand eilte zu ihnen und ermahnte sie, sich anständig zu benehmen.

Oink!

Simon LeGrand bekreuzigte sich, als Goneril verkleidet als Harpo Marx in den Club fegte, gefolgt von Desdemona als Marlene Dietrich. Sie liefen geradewegs zur Bar und orderten zwei Brandy Alexander. »Zwei alkoholische Milchmixgetränke im Anmarsch«, rief Jason, der Barkeeper, der Simon LeGrand einige Stunden vorher, als der den Barspiegel mit Flitter beklebt hatte, einen solchen Schrecken eingejagt hatte. Beim Blick in den Spiegel sahen Desdemona und Goneril ein Mae-West-Duplikat mit ausgestreckten Armen auf sie zusteuern. Für das Original war die Person eindeutig zu füllig. »Herr im Himmel«, sagte Goneril zu Desdemona, »es ist Billie Doux!« Die drei kreischten und fielen sich in die Arme, wobei Maes Produktionsassistentin eine Flasche Bier bei Jason bestellte.

»Sagt mal«, fragte sie die beiden schwarzen Ladies, »woran könnt ihr sehen, wer von den Kerlen hier echt ist?«

»Honey«, unterwies Goneril sie, »an Halloween ist einem das ziemlich egal. Zumindest hier in der Stadt.«

»Ich habe es absolut satt, abends allein dazusitzen, wenn ich das Licht ausmache«, sagte Billie Doux und nahm einen kräftigen Schluck Bier.

»Hier sind heute abend jede Menge Mae-West-Imitationen«, sagte Goneril. »Irgendwie ist mir das ein bißchen unheimlich.«

»Schnuckelchen, verschwende darauf keinen weiteren Gedanken«, sagte Billie Doux. »Sieh dich nur um. Hier regiert der Mob. Wenn irgendein Vampir heute abend jemandem an den Hals wollte, würde er von der Meute gejagt und aufgeknöpft, also beruhige dich. Heute abend hat der Vampir seinen freien Tag.«

»Du stehst hier wie angegossen«, sagte Milton Connery zu Agnes Darwin.

»Ich komme nicht vom Fleck. Seit einer Viertelstunde versuche ich, an die Bar zu kommen, aber eine Woge der widernatürlichsten Kreaturen drängt mich immer wieder zurück.«

»Na, dann mal los«, sagte er, während er sie bei der Hand nahm und sich den Weg in Richtung Bar bahnte.

Agnes gelang ein flüchtiger Blick auf die Armbanduhr. Kurz vor neun. Mae und ihr Gefolge mußten jeden Moment eintreffen. Vermutlich würde man sich mit Herb Villon ein Wortgefecht liefern. Sie kamen an einem Tisch mit Hollywood-Schauspielern vorbei, die den Mut besaßen, sich offen zu ihrer Homosexualität zu bekennen und infolgedessen das Rollenangebot für Butler, Geschäftsreisende, ständig zerstreute Pagen und Oberkellner quasi unter sich ausmachten, wobei einer von ihnen, der Komödiant Edward Everett Horton, als enger Freund und Vertrauter mit sämtlichen großen Stars vor der Kamera gestanden hatte. Horton unterhielt sich gerade mit seinem Liebhaber, dem Schauspieler Gavin Gordon, über ein Filmsternchen, das für seine Freizügigkeit bekannt war. Gordon hatte 1930 neben Greta Garbo die Hauptrolle in *Romanze* gespielt, war dann aber rasch auf Nebenrollen herabgesunken. »Sie behauptet, sie habe ihre Jungfräulichkeit nicht verloren«, sagte Horton, »sie habe sie bloß verlegt.«

»Also wirklich, Eddie«, schaltete sich Franklin Pangborn ein, ein weiterer Tischgenosse, der Kinogehern wegen seiner flotten Sprüche bekannt war. »Ich kenne sie sehr gut. Sie kann vielleicht nicht bis zehn zählen, aber sie ist trotzdem eine tolle Nummer. Mein Gott, seht euch nur die vielen Mae Wests an!«

»Wie?« rief Horton laut. »Keine Vampire?«

»Ich bin einem auf der Herrentoilette begegnet«, sagte Pangborn geziert, »aber er hat mein Angebot einer flotten Draculanummer abgelehnt.«

»Frankie and Johnny were lovers . . .«

Dem Orchester gelang es, den allgemeinen Lärm noch zu übertönen. Auf ein Zeichen von Simon LeGrand drehte einer der Techniker die Deckenbeleuchtung herunter und knipste einen großen Bühnenscheinwerfer an, den er genau auf Mae West richtete. Mae West stand am oberen Treppenaufgang, bekleidet mit einem schwarzen Perlenkostüm, schwarzen Federn im Haar, einer reichen Auswahl an Diamanten an Fingern und Handgelenken, einem Diamanthalsband und einer schwarzen Federboa, die um ihren Hals geschlungen war. Sie hatte sich bei Jim Timony untergehakt und bedankte sich beim Saal, in dem ohrenbetäubend Applaus, Schreie, Pfiffe und wildes Fußgetrampel ausgebrochen waren, mit einem großherzigen Lächeln. Die Göttin war eingetroffen, und ihre Dienerschaft wollte sie wissen lassen, wie sehr sie sie liebte. Der Tumult steigerte sich noch, als Beverly West zu Mae und Timony ins Scheinwerferlicht trat. Sie trug ein paillettenbesetztes weißes Kleid, und ihre Finger und Handgelenke einen Schmuck aus falschen Diamanten. In ihr Haar hatte sie einen Zopf bunter Bänder geflochten. Die meisten unter den Gästen hätten nur schwer zu sagen gewußt, welche der beiden denn nun die richtige Mae West war. Mae und Timony stiegen langsam die Stufen herab, gefolgt von Beverly, die sich bei Jim Mallory untergehakt hatte. Als nächstes kamen Herb Villon und Hazel Dickson, die ein Abendkleid aus grünem Samt und dazu braune Accessoires trug, was ihr das Aussehen einer Operndiva bei einer drittklassigen Wanderbühne verlieh. Und nach ihnen kamen die drei Bodyguards, die sofort zum Hauptanziehungspunkt einer ganz speziellen Gruppe von Bewunderern wurden. Simon LeGrand überquerte die Tanzfläche, um Mae zu begrüßen, und führte sie und ihr Gefolge an den für sie reservierten Tisch in Orchesternähe. Simon machte dem Techniker erneut ein Zeichen, und die Saalbeleuchtung flammte wieder in vollem Glanz auf. Simon wollte sich auf das Wagnis einer gedämpften Beleuchtung nicht einlassen, nicht in diesem Raum und nicht bei diesem Publikum, das er als Teilnehmer einer Grapschtherapie zu bezeichnen pflegte.

Während mehrere Kellner die Bestellungen entgegennahmen und davoneilten, fragte Timony Mae, warum sie so finster dreinblicke. »Es ist wegen der vielen Imitatoren. Sieh sie dir nur an. In allen Formen und Größen. Und ich habe auch schon ein paar Vampire entdeckt. Die Sache wird mir unheimlich.« Sie schnippte mit den Fingern nach einem Kellner. »Hey, du braungebrannter, knackiger Jüngling.« Er war zwar klein, blaß und untersetzt, ließ sich aber Maes Beschreibung gerne gefallen. »Ich möchte gerne den Manager dieses Schuppens sprechen.«

»Meinen Sie Simon LeGrand oder Mr. Connery, der da drüben mit Anges Darwin an der Bar steht?«

»O yeah. Ich sehe sie.« Ihr Blick traf wieder den Kellner. »Wer am ehesten abkömmlich ist. Die Wahl überlasse ich dir, Süßer.«

Simon LeGrand nutzte die Gelegenheit, zu ihnen an den Tisch zu kommen, gefolgt von zwei Kellnern, die mehrere Champagnerflaschen trugen. »Mit besten Empfehlungen des Hauses«, wandte er sich an Mae.

Sie lächelte und sagte: »Ich bin sicher, heute abend kann nicht nur der Champagner etwas Kühlung vertragen.« Die Kellner drehten die Flaschen schnell in ihren Eiskübeln. »Nun, mit welchem Teil des Hauses haben wir das Vergnügen?«

Er stellte sich vor. »Kann ich noch irgend etwas für Sie tun?«

»Ich denke schon.« Sie nannte ihm ihren Wunsch, und er streckte ihr den Arm hin. Sie nahm ihn, und er geleitete sie die drei Stufen hinauf zur Musikertribüne. Der Orchesterchef, ein geborener Kriecher, begrüßte sie mit seinem schmierigsten Lächeln, grapschte nach ihrer Hand und küßte sie, während Mae murmelte: »Laß das Sabbern.« Simon hörte es und lachte laut. »Und nun, Mr. Orchesterchef«, sagte Mae, während sie sich ein Tuch zum Trocknen ihrer Hand wünschte, »möchte ich ein paar Worte an die Menge richten. Wenn Sie also eine Fanfare und ein paar Trommelwirbel für mich hinlegen würden, wäre ich Ihnen sehr zu Dank verpflichtet.«

»Ihr Wunsch sei mir Befehl«, sagte der Orchesterleiter mit einer Stimme, bei der sich ihr die Fußnägel aufrollten. Sekunden später ertönte eine Fanfare und ein Trommelwirbel, und Simon machte Zeichen, man solle ein Spotlight auf Mae richten. Hazel Dickson, ihren kleinen Notizblock stets zur Hand, kritzelte fleißig, nachdem sie Edward Everett Horton und seine Tischgesellschaft erspäht hatte. Louella Parson wäre daran gewiß interessiert.

Der Saal brauste auf, als Mae sich vor dem Mikrofon im Schein der rosa Punktstrahler in Positur stellte. Die Hände auf die Hüften gelegt, stand sie im glänzenden Scheinwerferlicht, ein betörendes Lächeln auf ihren Lippen, das einem alles verspricht aber nichts hält, und wartete darauf, daß der Lärm abflaute.

»Falls ihr noch überlegt, ich bin die echte.« Lautes Auflachen. Sie lächelte. »Ich stehe hier oben, weil ich es für wichtig halte, ein paar Minuten ernst mit euch zu reden, bevor ihr dann wieder über die Stränge schlagen dürft.« Erneutes Gelächter. »Auch ich war einmal jung, nur habe ich das damals nicht gewußt.« Applaus und lautes Gelächter. »Ich mag euch nur ungern daran erinnern, aber ich denke, es ist wirklich nötig, weil heute abend hier so viele Leute als meine Imitatoren auftreten. Ihr seht alle großartig aus, und ich fühle mich geehrt, zumal jedes Weibsbild mit falschen Juwelen um den Hals euch versichern wird, Nachahmung sei die aufrichtigste Form der Schmeichelei.« Beverly West schaffte es, mit einem unverfänglichen Lächeln auf den Lippen Haltung zu bewahren. Mae wurde wieder ernst. »Also, ich muß euch wohl nicht sagen, daß ein gefährlicher Killer sein Unwesen treibt. Bislang hat er vier von meinen Imitatoren getötet, und er ist auf noch mehr aus. Er gibt sich als Vampir aus, aber mein Bekannter Herb Villon, der heute abend mit mir hier ist, hat mir versichert, er sei ein ganz normales Wesen aus Fleisch und Blut und noch dazu ein hundertprozentiger Wirrkopf. Sollte er heute abend unter uns sein« – die Gäste begannen, ihre Nachbarschaft sorgfältig zu taxieren, während sie mit einem verschlagenen Lächeln fortfuhr –, »und sollte ich seine Gefühle verletzt haben, so bitte ich um Entschuldigung, aber ich empfinde keine Skrupel. Ich würde eher seine Gefühle verletzen, als daß er meine verletzt. Also, hört gut zu, all ihr Mae Wests da unten, seid wachsam, vergeßt nicht, die Menge macht's, und ich meine damit nicht die Alkoholmenge.« Kurzes Auflachen. »Kurvt nur zu zweit oder dritt durch die Gegend. Geht nie allein zur Toilette. Und wenn ihr aus irgendeinem Grund frische Luft braucht, geht nie allein vor die Tür. So, und jetzt möchte ich euch meine Schwester Beverly vorstellen, die *ihre* Mae-West-Nummer morgen abend hier eröffnen wird. Es ist ihr erster Auftritt an der Westküste, und deshalb möchte ich euch bitten, ihr einen wirklich großen Hollywood-Empfang zu bereiten.« Mae machte ein Zeichen, man solle ein Spotlight auf Beverly richten, um sich dann bei den Jungs vom Orchester zu bedanken, ihrem Chef auszuweichen, der es ein weiteres Mal auf ihre Hand abgesehen hatte, und ihre Hand Simon zu reichen, der sie zurück an ihren Tisch führte. Beverly strahlte, während das Publikum ihr Ovationen brachte, und nahm schließlich wieder Platz. Mallory lächelte und grunzte dann plötzlich, als Beverly seine Hüften unter dem Tisch umklammerte.

»Vielen Dank, daß Sie es für sich behalten haben«, sagte Villon zu Mae.

»Was für mich behalten habe?«

»Das mit dem Vampir-Ring.«

»Sind Sie von allen guten Geistern verlassen? Ich erzähle ihnen von dem Ring, damit der Killer in Alarmbereitschaft versetzt wird? Auf keinen Fall. O du liebe Güte. Sehen Sie sich nur Goneril und Desdemona an! Womit lassen die sich denn vollaufen?«

»Von hier sieht das nach Brandy Alexander aus«, sagte Villon.

»Da wird dann ja morgen im Apartment überall das Bromo Seltzer sprudeln. Und wie amüsiert ihr euch so?« wandte sie sich an die Bodyguards.

»Mir haben sie jede Menge Papierschnipsel mit Namen und Telefonnummern in die Tasche gesteckt«, sagte Salvatore Puccini.

»Na, dann paß nur gut auf, daß sie dir nicht irgendwas aus der Tasche herausziehen. Insbesondere aus der Hosentasche. Und du, Selma . . .«

»Ja, Ma'am?«

»Tu mir einen Gefallen. Geh zur Bar und sieh nach, wie es um Desdemona und Goneril steht. Die scheinen gehörig zu bechern.«

»Aber mit dem größten Vergnügen, Mrs. West«, sagte er und ließ seine zwei makellosen Reihen Elfenbein aufblitzen.

Mae erwiderte sein Lächeln. »Ich wußte, das würde dir gefallen. Aber vergiß nicht, beide sind sehr strenggläubige Ladies. Aber, aber. Wen haben wir denn hier schönes?«

Drei Männer in biblischer Tracht traten an den Tisch und machten eine gemeinsame Verbeugung.

»Kennt ihr die etwa nicht?« fragte Mae die anderen. »Ja, liest denn keiner von euch mehr in der Bibel? Die drei sind Kaspar, Melchior und Balthasar. Das sind die Magier, die heiligen drei Könige, die den Stern entdeckt haben, der sie nach Betlehem führte. Und jetzt sind sie hier, weil sie einer anderen Art von Stern gefolgt sind. Jungs, wenn heute abend ein Preis für das beste Kostüm vergeben wird, ihr hättet ihn verdient.« Sie giggelten und baten sie um ein Autogramm. Sie signierte bereitwillig Programmhefte. Nachdem sie abgezogen waren, sagte sie zu Herb Villon: »Agnes und Connery reißen sich nicht gerade darum, zu uns an den Tisch zu kommen.«

»Keine Sorge, Mae. Der Abend ist noch jung.«

»Yeah, aber so wie die zwei da drüben aussehen, altern sie verdammt schnell.«

FÜNFZEHN

Der Garten des Tailspin lag nahezu verlassen. Ein paar Sterne und die Sichel des Mondes sorgten für eine schwache Beleuchtung. Die Tische und Stühle waren unbenutzt. Simon LeGrand und Milton Connery hatten vorübergehend erwogen, japanische Lampions und bunte Lichterketten aufzuhängen und eine Bar aufzubauen, dann aber entschieden, daß nicht genügend Personal vorhanden war, um gleichzeitig den Garten und das Clubinnere im Auge zu halten. Sie waren nicht in Sorge, einige der Gäste könnten die Dunkelheit des Gartens für unsittliche Aktivitäten nutzen. In Hollywood galt für die Halloween-Nacht die Maxime: »Alles ist erlaubt.« Und die Leute waren dabei, sich alles zu erlauben. Ungeachtet der Tatsache, daß der Abend noch jung war, waren bereits einige Aktivitäten im Gange, die bei jedermanns Tante Hattie aus Peoria einen Herzinfarkt ausgelöst hätten. Aber das hier war nicht Peoria. Das war Hollywood, das Sodom am Meer, das allwöchentlich von gewissen Kanzeln der Verdammnis anheimgestellt wurde.

Billie Doux wurde eine Lektion zuteil, die für Geld nicht aufzuwiegen war. Sie war hinaus in den Garten gegangen, um frische Luft zu schnappen und eine Zigarette zu rauchen, während Simon LeGrand Mae West die Treppenstufen hinauf zur Orchesterbühne geleitete. Sie wühlte in ihrer schmalen Handtasche nach Zigaretten, während Mae ihr Publikum ermahnte, vorsichtig zu sein. Sie entdeckte eine Zigarette, steckte sie in den Mund und kramte dann nach Streichhölzern. Die Flamme eines Feuerzeugs schreckte sie auf. Sie blickte hoch und sah einen maskierten Mann, der wie Rumpelstilzchen aussah. Nun ja, genauer gesagt war es ein Supermann mit blauer Maske und roten Punkten, der ihr Feuer reichte.

»Vielen Dank, Mr. Supermann«, sagte sie im breiten Tonfall von Mae West. Nach drei Wochen, die sie mit ihr zusammengearbeitet hatte, verstand Billie den Star ziemlich überzeugend nachzuahmen.

»Sie sollten sich nicht allein hier draußen aufhalten«, warnte er sie mit heiserer Stimme.

»Aber ich bin nicht allein. Sie sind doch da, mein Hübscher.« Sie hoffte, sie läge nicht daneben. Die Maske verdeckte sein Gesicht. Das Cape umhüllte den Körper. »Darf ich Ihnen eine Zigarette anbieten?«

»Nein, vielen Dank. Ich habe Sie vorhin mit diesen rauhbeinigen schwarzen Frauen an der Bar reden gesehen.«

»Die sind nicht rauhbeinig. Sie arbeiten für mich. Die eine ist meine Köchin, die andere mein Zimmermädchen. Wo ich bin, sind auch sie.«

»Sind Sie professionelle Mae-West-Imitatorin?«

Billie war ausgelassen und sorglos. »Wieso, ich bin das Original. Nachdem sie mich fertig hatten, haben sie die Gußform weggeschmissen.« Billie schnappte nach Luft. Ein stechender Schmerz durchfuhr sie. Irgend etwas hatte ihr die Kehle durchstochen. Sie war zu überrascht, um zu schreien, dennoch klappte ihr Mund auf, und die Zigarette fiel zu Boden. Der Messerstich ins Herz erfolgte ebenso überraschend. Völlig verblüfft stolperte sie nach hinten. »Hey! Aufhören!« wollte sie rufen, »das sollte doch bloß ein Scherz sein!« Aber ihr Mund hatte sich mit Blut gefüllt, das von unten hochstieg und für Worte keinen Platz mehr ließ. Ihre Knie sackten durch. Ihre Arme ruderten kraftlos in der Luft. Supermann sah zu, wie sie nach vorn kippte. Er wischte die Vampirzähne am Saum ihres Kostüms ab. Dann steckte er den Ring mit dem Fledermauskopf in die Tasche und entfernte sich lautlos vom Tatort. Unbemerkt schlich er zurück in den Club. Eigentlich war es kein Club mehr, es war der Turm zu Babel. Wo man auch hinsah, es war das reinste Irrenhaus. Das Orchester schmetterte »The Music Goes Round«, den Hit dieses Jahres, mit der alles übertönenden Textzeile »Yo ho ho ho ho ho and it comes out here«. Tatsächlich kam es an allen Ecken und Enden heraus.

Simon LeGrand wischte sich mit einer Serviette den Schweiß vom Gesicht und wünschte, er könne sich besaufen. Er sah Beverly West beim Tanz mit Jim Mallory, der nur blöd grinste, während ihr Mund sich bewegte wie eine gutgeölte Maschine, die niemals stillstand. Er dachte an ihre Eröffnungsshow morgen abend. Es hatte mehr Tischreservierungen gegeben, als Milton Connery sich erhoffen konnte. Das lag an der Ausstrahlungskraft des Namens West, sei es nun Mae oder Beverly. Es sah ganz danach aus, als ob das Glückskind Beverly sich als Goldesel im Abglanz des Ruhms erweisen sollte. Mae schien nichts dagegen zu haben, daß ihre Schwester aus ihrer Berühmtheit Kapital schlug. Warum sollte sie auch? Sie war abgesichert. Sie hatte ihre Schäflein im Trocknen. Ihr Ruhm würde andauern und vermutlich weit über ihren Tod hinausreichen. Mae konnte es sich leisten, ein kleines Fleckchen Rampenlicht an ihre weniger begünstigte Schwester abzutreten. Simon überlegte, daß Milton Connery nicht gut daran getan hatte, Beverly ohne Gesangsprobe zu engagieren. Andererseits war ein Freund, auf dessen Geschmack er blind vertraute, von Manhattan nach Coney Island rausgefahren, um Beverlys Auftritt in einem Gay-Nineties-Saloon mitzuerleben. Sein Bericht an Simon hatte positiv geklungen.

Simon hatte wie gebannt auf Maes Tisch gestarrt. Dabei hatte er nicht bemerkt, wie Milton Connery und Agnes Darwin dazugekommen waren. Connery saß auf dem freien Platz neben Beverly. Für ihn gab es einiges mit ihr zu klären. Wieviel Stücke würde sie singen? Wie lange sollte ihr Auftritt insgesamt dauern? Gott im Himmel, hoffentlich unter dreißig Minuten. In Hollywood war niemand länger bei der Stange zu halten, nicht einmal bei den großen Headlinern wie Al Jolson oder Bing Crosby. Wie sah es mit der Orchestrierung aus? Das Tailspin hatte nur eine kleine Hausband. Dort drüben stehen die Jungs, mehr ist nicht drin. Wie lange mußte oder sollte geprobt werden? Eine zweite Bitte an Gott, hoffentlich begannen sie mit der Probe erst nach eins.

Morgen früh brauchte er seinen Schlaf. Er brauchte jede Menge Schlaf. Connery hatte ihm in den vergangenen beiden Tagen keine Ruhe gelassen. Nichts konnte man ihm recht machen. Er war nervös. Er war zum Zerreißen gespannt. Irgend etwas saß ihm im Nacken. Agnes ist kühl wie eine Gurke, obwohl sie eine nach der anderen raucht. Beverly und Jim kamen zurück an den Tisch. Auch Seymour Steel Cheeks hatte er nicht an den Tisch kommen sehen. Wo war er die ganze Zeit gewesen? Vermutlich Probleme gehabt, einen Parkplatz zu finden. Den Wagen wahrscheinlich ein paar Blocks entfernt abgestellt. Simon überlegte, ob Mae West davon wußte, daß ihr indianischer Liebhaber gelegentlich allein im Tailspin vorbeischaute und seinen Körper für Geld feilbot. Sieht ganz so aus, als ob Connery seinen aufgesetzten Charme an Beverly ausprobiert. Diese Hazel Dickson hört gar nicht mehr auf, in ihrem Notizblock zu kritzeln. Keiner hat sein Club-Sandwich angerührt. Ich kann's ihnen nicht verübeln. Ich bezweifle, daß der Appetit wiederkommt, der mir vor einer Stunde vergangen ist. Maes Manager macht nicht den glücklichsten Eindruck. Sie unterhält sich so angeregt mit dem Detective. Ach du liebe Güte! Wo kommt denn der Supermann her? Diese irre Maske, dieses verrückte Cape. Der soll mir nichts vormachen. Er tut so, als verfolge er ganz fasziniert das wilde Treiben auf der Tanzfläche. Dabei belauscht er sie heimlich. Er bekommt jedes Wort mit, das an Maes Tisch gesprochen wird. Was soll's? Mich kümmert es einen feuchten Dreck. Ich brauche unbedingt einen Drink.

»Sie haben von Felix Dvoracks Selbstmord gelesen?« fragte Villon Milton Connery.

»Was ist an Felix Dvorack so besonderes?« Ein Kellner füllte Connerys Champagnerglas nach.

»Sagen Sie nicht, Sie haben ihn schon vergessen! Er war der Detective, der sich mit dem Mord an Neon Light beschäftigt hat.«

Mae war fasziniert von dem wissenden Ausdruck auf Jim Mallorys Gesicht. Er verstand, worauf Villon aus war. Sie hatte von dieser speziellen Technik gehört, die er anwandte, wenn er seinen Gegner unbemerkt in die Falle locken wollte. Mae winkte dem Kellner ab, bevor er ihr Glas nachfüllen konnte. Sie hatte zwei intus, was eins mehr als gewöhnlich war, und Beverly trank eindeutig zu viel.

Connery überlegte – eine clever einstudierte Nummer, dachte Mae. »Dvorack, Dvorack, ach ja. Ein bißchen ungepflegt, wenn ich mich recht entsinne.«

»Und jetzt ein bißchen tot«, sagte Villon. »Ich bin mir immer noch nicht sicher, ob Selbstmord ein Akt der Tapferkeit oder der Feigheit ist.«

»Irgendeine Ahnung, warum er sich umgebracht hat?« Connery fühlte Agnes' Blick auf sich ruhen und sah kurz aber nichtssagend zu ihr hinüber.

»O ja. Ich verfüge da über Insider-Information. Wir hatten wenige Minuten zuvor eine ernste Unterredung, bevor er sich dann die Pistole in den Mund steckte und abdrückte.«

»O bitte!« rief Beverly, während sie sich schüttelte und ihr Sandwich beiseite schob.

Villon nahm keine Notiz von ihr und redete weiter zu Connery. »Dvorack war geschmiert. Er hatte Geld dafür kassiert, Neon Lights Dossier im Keller des Polizeibüros verschwinden zu lassen. Der Deal schloß mit ein, daß Dvorack die Ermittlungen gänzlich einstellte. Zu schade um Felix, wo er doch wenige Monate vor seiner Pensionierung stand. Vielleicht wäre er sogar davongekommen, wenn der Vampirkiller ihm nicht dazwischengepfuscht hätte. Mae West hat die Verbindung zwischen Neons Tod und den Morden an den Imitatoren gesehen.«

»Sie haben sicher nicht vergessen, wie nahe Neon und ich uns standen«, sagte Mae zu Connery. »Eine Zeitlang waren wir praktisch wie siamesische Zwillinge.«

»Ich habe immer gesagt, Mae ist eine sehr gescheite Frau«, sagte Connery laut in die Runde.

»Das meint Mae auch«, sagte Beverly. Mae schleuderte ihr einen beinahe tödlichen Blick zu. Beverly beschloß, sich erneut ihrem Sandwich zuzuwenden.

»Ich kann mir immer noch keinen Reim darauf machen, warum irgendwer Interesse daran haben könnte, Neon zu ermorden«, sagte Connery. »Er war so harmlos.«

»Für seinen Killer war er das nicht«, erklärte Villon. »Wie sich herausstellte, besaß Neon eine Art gespaltene Persönlichkeit. Nach außen hin ganz sanft und unbeschwert und ein guter Entertainer. Aber unter dieser Schale zumindest ein Stück weit ein gemeiner Erpresser. Und genau darum wurde er vergiftet.«

»Vergiftet?« Agnes hatte sich zu Wort gemeldet. »Man hat ihm den Schädel eingeschlagen.«

»O das kam erst, nachdem er schon tot war«, sagte Villon. »Der Schädel wurde ihm im Griffith Park eingeschlagen nachdem man die Leiche dort abgelegt hatte. Vergiftet hatte man Neon anderswo.« Er blickte sich um in der Hoffnung, das irre Treiben würde nicht ständig sein Gehör blockieren. Es gab da so einiges, das er gerne mitbekommen wollte. »Neon könnte hier umgebracht worden sein, genau hier im Club.«

Connery ließ sich nichts anmerken. Mae würde später Villon gegenüber zugeben, daß, so sehr sie diesen Mann auch verabscheute, sie Connerys Haltung unter Beschuß doch bewundern mußte. »Wie Sie sicher gelesen haben werden, wurde Neons Leichnam exhumiert und einer Autopsie unterzogen. Er starb durch ein Gift namens Oleandrin. Agnes kann Ihnen alles über Oleandrin erzählen.« Agnes blies einen Rauchkringel aus, der scharf an Villons Ohr vorbeiging. Villon hat Glück, daß es keine Kugel war. »Ein sehr exotisches Gift. Kommt nicht besonders häufig vor. Dem Gerichtsmediziner ist es zum letzten Mal begegnet, als Amanda Harbor ihren Ehemann vergiftet hat. Sie hatte ihn kennengelernt, als sie Garderobenfräulein war. Damals hieß sie noch Amanda Baker. Ich könnte mir gut vorstellen, daß sie einmal hier gearbeitet hat.«

»Stellen Sie sich vor, ich glaube, das hat sie. Ziemlich hübsch, aber strohblöd.«

Villon wandte sich an Agnes. »Übrigens, Agnes, vielen

Dank, daß Sie mich zu Dwight Pratt geschickt haben. Es war für uns überaus interessant, was meinst du, Jim?«

Timony blickte überrascht auf, verstand aber sehr bald, daß Villon Jim Mallory angesprochen hatte. »Hochinteressant«, sagte Mallory, »mir hat es fast den Magen umgedreht.«

»Connery, Sie kannten doch Neons Adoptiveltern, oder?« Inzwischen hatte Villon alle Aufmerksamkeit auf sich gelenkt. Hazel hatte ihr Gekritzel eingestellt und hing an jedem seiner Worte. Hier gab es Informationen aufzuschnappen, die noch in keiner Zeitung gestanden hatten. Jedes einzelne Wort Villons war mit einem Dollarzeichen versehen. Vor Hazels Augen entstand das Bild einer Hinrichtung, einer unblutigen Hinrichtung.

Milton Connery, dachte Mae, fühlt sich momentan nicht besonders. Er muß Schlips und Kragen öffnen. Und was ist mit Supermann? Der scheint wie auf der Stelle festgefroren. Was mag nur hinter dieser schrillen Maske vorgehen?

»Ja. Die Williamsons waren bei einigen Shows dabei. Sie liebten Neon. Sie waren stolz auf ihn.«

»Mein Partner und ich«, sagte Villon, »waren heute nachmittag bei den Williamsons. Ihr Haus ist eine ausgebrannte Ruine.« Mae hatte davon auf der Fahrt von ihrem Apartment zum Club erfahren. Villon hatte Mallory zu Hazel in den Wagen geschickt, während er sich zu Mae gesellt hatte, um sie über die Ergebnisse des Tages zu informieren. »Wir sind einer Freundin von ihnen begegnet, die uns erzählte, eine Explosion habe das Haus zerstört. Die Williamsons wurden ein Opfer der Flammen. Aber die Freundin vermutet, daß man sie bereits vorher ermordet hatte und die Explosion nur die Spuren verwischen sollte.«

»Das ist mir völlig neu«, sagte Connery. »Ich erinnere mich nicht, daß es irgendwo in der Zeitung gestanden hätte.«

»Es geschah ungefähr eine Woche nach Neons Beerdigung. Die Freundin sagte uns, daß Nicholas Williamson vorhatte, einen Privatdetektiv auf die Spur von Neons Mörder anzusetzen, weil er von Dvoracks Stümpereien die Nase voll hatte. Dvorack war aber alles andere als ein Stümper. Er war zwar nicht sehr beliebt, aber er war ohne Zweifel sehr rührig. Zumindest bis er die Ermittlungen bewußt auf Eis legte. Es war offensichtlich, daß man ihn geschmiert hatte. Und es ist nicht weniger offensichtlich, daß die Williamsons ermordet wurden, weil sie die Ermittlungen vorantreiben wollten, selbst wenn es ihr eigenes Geld kostete.«

Connery räusperte sich, nippte an seinem Champagner und sagte: »Neon hatte einen Bruder. Was ist mit *dem*? Er ist eine Art religiöser Fanatiker. Er behauptete, Neons Verkleidung als Tunte sei eine Sünde vor Gott. Neon hat mir das alles erzählt. Dieser Mistkerl hat Neon das Leben zur Hölle gemacht.« Supermann starrte Connery an.

»Der hat Neon nicht umgebracht«, sagte Villon, wobei er Connery jedes Wort einzeln ins Ohr hämmerte. »Neon starb, weil er mit Erpressung drohte. Weil er drohte, Namen aus einem Schmierengeschäft zu verraten, bei dem es um Orgien ging, aber auch um versteckte Kameras und Filmnegative, die einem Höchstbieter zum Verkauf stehen, wobei dieser selbstredend der auf den Fotografien Abgebildete ist.«

Mae unterbrach ihn. Sie hatte bereits zu lange geschwiegen. »Auch mich hat schon einmal jemand mit inkriminierenden Aufnahmen zu erpressen versucht. Mir gefielen die Bilder so gut, daß ich sie kaufte, um damit ein Buch über Sex zu illustrieren, das ich damals schreiben wollte. Ehrlich gesagt, ich wußte gar nicht, daß ich so viele Positionen draufhatte.« Villon spürte, daß sie ihnen was vormachte.

»Man hört allerorts Gerüchte«, wandte er sich wieder an Connery, »Ihr Club sei eine Brutstätte für Orgien, Connery.«

Connery lachte und wies mit der Hand in Richtung der Tanzfläche und der Fotografen, die heute ihren großen Tag hatten. Blitzlichter flackerten, Schenkel blitzten auf, eine Mae-West-Imitation tanzte auf dem Tresen einen Shimmy, und dann fielen Mae West fast die Augen aus dem Kopf, als Desdemona den Tresen erklomm und mit einem feurigen Cancan ihrer Imitation die Show stahl. »Da haben Sie Ihre

Orgie, und da sind die Fotografen«, sagte Connery, »und Sie können mir nicht unterstellen, das sei illegal.«

»Das ist keine Orgie, das ist ein Kostümfest«, sagte Villon. »Die wirkliche Show geht anderswo über die Bühne. Neon wußte davon, denn ich vermute, er hat gegen Bezahlung daran teilgenommen.« Er beugte sich vor. »Neon war verzweifelt. Er war todkrank.«

Connery explodierte. »Das hat er überall herumerzählt, aber kennen Sie den Namen seines Arztes? Nein, natürlich nicht, denn es gab gar keinen Arzt. Neon war ein Lügner. Ein krankhafter Lügner. Und ich verrate Ihnen noch etwas. Ich glaube, es gibt gar keinen Bruder. Ich glaube, der existierte bloß in Neons Phantasie. Ich habe nie einen Bruder zu Gesicht bekommen, und, Mae, ich stand Neon sehr viel näher, als Sie es je taten!«

»Hören Sie auf, so anzugeben«, sagte Mae. »Es stinkt zum Himmel.«

Connery achtete nicht auf sie. »Sagen Sie, Villon, haben Sie irgendwelche Beweise für diese Orgien?«

»Nein.«

»Haben Sie irgendwelche Beweise, daß Neon nicht im Griffith Park umgebracht wurde?«

»Nein.«

»Haben Sie mehr als einen bloßen Verdacht, wer Neons Mörder sein könnte?«

»Schluß damit, Connery.«

Mallory atmete auf. Er hatte befürchtet, Villon ließe sich bereitwillig festnageln. Connery zeigte sich erstaunlich furchtlos, Herb Villon herauszufordern. Mallory mißfiel die Art, wie die Unterhaltung bisher verlaufen war. Hazel kritzelte wieder eifrig in ihrem Notizblock. Villon übernahm erneut die Kontrolle.

»Meine Verdächtigungen haben die hübsche Angewohnheit, sich irgendwann bezahlt zu machen«, sagte Villon gelassen. »Was Neons Mörder angeht, haben sich meine Verdachtsmomente erhärtet. Da paßt eins zum anderen. Früher oder später wird sein Mörder einen Fehler machen, so wie alle Mörder Fehler machen. Manche lösen sich den Schlips und knöpfen den Hemdkragen auf, wenn ihnen die Sache ein bißchen zu heiß wird.«

Connery knallte mit der Faust auf den Tisch. »Wollen sie mich als Neons Mörder beschuldigen?«

»Sie sind mein verläßlichster Kandidat«, sagte Villon lächelnd.

»Sie können mir nichts anhängen. Sie haben keinerlei Beweise. Sie sind ein aufgeblasener Fatzke. Ich habe genug von Ihrem ganzen Blödsinn!«

Er stieß seinen Stuhl zurück, den Supermann auffing. Grob schubste Connery Supermann zur Seite und bahnte sich einen Weg hinter die Bühne.

»Ich glaube, Sie haben ihn auf hundertachtzig gebracht«, sagte Mae zu Villon. »Sag mal, Agnes, ist der immer so empfindlich?«

Ungerührt, mit einer frisch angezündeten Zigarette im Mundwinkel, sagte Agnes: »Es ist Halloween. Diese Parties bringen ihn immer fast ans Limit. Da kann alles mögliche passieren, und gewöhnlich tut es das auch. Es ist zwar noch ein bißchen früh, aber ich kann euch versichern, es wird sicher noch einige zerkratzte Gesichter und Ohrfeigen geben, ein paar Schlägereien, eine Reihe hysterischer Anfälle, und wahrscheinlich werden auch die Bullen noch ein- oder zweimal vorbeischauen. Und zur Krönung des Ganzen reibt Herb ihm mehr oder weniger ungeschminkt unter die Nase, daß er ihn für Neons Mörder hält.«

»Jetzt mach aber mal einen Punkt«, sagte Mae, während Supermann, den das alles offenbar langweilte, sich davontrollte. »Herb hat nicht behauptet, Milton habe Neon umgebracht.«

»Er hätte es ruhig ohne Umschweife sagen können.« Sie blickte Villon an, der überlegte, ob er sein Sandwich nun essen oder zurückgehen lassen sollte. »Unser Detective hat da nicht gerade viel Feingefühl bewiesen.« Villon gluckste. »Er hat genau das ausgeführt, was er sich vorgenommen hatte. Er ist hierhergekommen, weil er Milton durcheinanderbringen wollte, und, Mr. Villon, das ist Ihnen ganz vorzüglich gelungen.«

»Warst du nicht auch ein wenig durcheinander, Agnes?« fragte Mae.

»Ich, wieso?«

»Du arbeitest doch für Connery.«

»Ich habe die Party heute abend mit vorbereitet.«

»Agnes, ich glaube, du bist bei einer ganzen Reihe anderer Sachen mit dabei. Jetzt laß mich bitte ausreden. Lange Zeit habe ich mich gefragt, wie du dich finanzierst. Wie kommt es, daß du mich nie um Geld angehst?« Sie wünschte, Beverly würde endlich damit aufhören, Jim Mallory anzublikken, als handle es sich um ein Dessert. Und sie war sich sicher, Seymour Steel Cheeks flirtend an der Bar stehen zu sehen, nur wußte sie nicht, mit wem.

»Ich habe private Rücklagen.«

»Was bist du doch für ein Glückskind. Also, Herb, was geschieht als nächstes?«

Bevor Villon antworten konnte, kam Simon Le Grand an ihren Tisch gestürzt, wobei die Schlangen auf seiner Perücke aberwitzig durch die Luft hopsten. Er ging vor Villon in die Hocke und sagte: »Ein Mord ist geschehen. Im Garten. Ich habe eine Wache an der Tür postiert, damit keiner raus kann.«

»Ich gehe da raus«, sagte Mae, »ich will es mit eigenen Augen sehen. Versuchen Sie nicht, mich zurückzuhalten, Herb.« Villon gab Mallory ein Zeichen, ihm und Mae zu folgen. »Ihr bleibt hier«, sagte er zu den anderen. Hazel Dickson wollte davon nichts wissen. Sie beeilte sich, den Exodus in den Garten nicht zu verpassen.

Milton Connery hatte etwa ein halbes Dutzend privater Wachmänner engagiert, die bei der Party für Ruhe und Ordnung sorgen sollten. Das machte er an Halloween und am Neujahrsabend immer so, um sicher zu gehen, daß die Veranstaltungen den gesetzlichen Rahmen nicht sprengten. Heute abend trugen die sechs Wachen Kostüme und hatten sich unter die Menge gemischt. Der Wachmann an der Tür zum Garten war als Charlie Chaplin verkleidet. Er sah absolut lächerlich aus. Er wußte, wer Villon und Mallory waren, da er durch Simon LeGrand über ihre Anwesenheit bei der Veranstaltung informiert war. Mae stupste den Mann unters Kinn, während sie an ihm vorbei in den Garten schlenderte, und fragte: »Wie geht's Paulette?« Die Schauspielerin Paulette Goddard war Chaplins augenblickliche Flamme und möglicherweise auch seine Frau.

Villon und Mallory hockten sich links und rechts neben Billie Doux. Sie drehten sie auf den Rücken. »Die gleiche Vorgehensweise wie bei den anderen«, sagte Villon. »Die Kehle eingeritzt und ein Messerstich ins Herz. Hazel, klemm dich ans Telefon und ruf im Revier an. Laß den Gerichtsmediziner rauskommen sowie ein paar Männer zur Verstärkung.«

»Ich mache mich besser auf die Suche nach Milton und erzähl's ihm«, sagte Simon LeGrand nervös, »das wird ihm ganz und gar nicht gefallen.«

»Einen Augenblick noch, nicht so eilig. Kennen Sie sie?« fragte Villon.

»Bist du sicher, daß es eine Frau ist?« fragte Mallory.

»Es ist eine Frau«, sagte Mae leise. »Sie war ein hübsches, junges Mädchen. Ihr Name ist Billie Doux.« Hazel machte sich eine mentale Notiz des Namens, während sie sich auf die Suche nach einem Telefon begab. »Sie war die Produktionsassistentin meines Films. Sie hat mir erzählt, daß sie als Mae West verkleidet kommen wollte, und ich habe sie gebeten, es nicht zu tun. Ich hatte das ungute Gefühl, heute abend würde etwas Schlimmes passieren.«

»Bitte, Mr. Villon«, sagte Simon LeGrand. »Ich muß es Milton sagen.« Villon winkte ihn fort. Eine Reihe unflätigster Ausdrücke vor sich hin murmelnd, machte sich Simon eilig davon.

»Herb, er könnte noch drinnen sein und sich an sein nächstes Opfer heranmachen«, sagte Mallory zu Villon.

»Verdammt! Beverly!« Mae fuhr hoch. »Sie ist da drinnen ganz ohne Schutz!«

Villon versperrte ihr den Weg. »Nur die Ruhe bewahren, Mae, nichts überstürzen. Timony und Steel Cheeks sind bei ihr. Der Killer würde in der Menge nichts unternehmen. Er tötete Billie, weil sie die Dummheit beging, allein vor die Tür zu gehen.«

»Sie hat sich nicht an meine Warnung gehalten«, sagte Mae erbost.

»Vielleicht hat sie sie auch gar nicht mitbekommen. Womöglich war sie schon hier draußen, als Sie Ihre kleine Ansprache hielten.«

»Yeah, Sie haben vermutlich recht.« Sie starrte auf den Leichnam. »Wenn ich Billie so ansehe, wird mir ganz mulmig zumute. Der Schlag sitzt. So sieht das also aus. Die Wunde am Hals, der tödliche Stich ins Herz. Genau so haben die anderen ausgesehen, als man sie gefunden hat. Verdammt noch mal, warum ist der Kerl bloß hinter mir her?«

Ein Barkeeper beschrieb Hazel den Weg zum Telefon. Auf dem Weg dorthin geriet sie ins Stolpern und fiel vornüber. Zwei starke Arme fingen sie auf und verhinderten ihren Sturz. »Vielen Dank, Supermann«, sagte Hazel erleichtert zu ihrem Beschützer und machte sich dann weiter auf die Suche nach dem Telefon.

Villon redete mit dem Wachmann im Chaplin-Kostüm. »Wie viele von euch arbeiten in diesem Irrenhaus?«

»Wir sind sechs.«

»Kannst du sie zusammentrommeln?«

»Ich kann's versuchen.«

»Na, dann los. Jim, du übernimmst die Tür, während mein Freund hier seine Kollegen holt.«

Jim stellte sich in den Durchgang, während Mae sich weiter um Beverly ängstigte. »Ich hätte sie an der Ostküste lassen sollen. Dieses Engagement war ein großer Fehler. Ich werde Jim Timony dafür würgen, daß er sie hierhergelotst hat. Wenn ihr etwas zustößt, werde ich mir das nie verzeihen.«

»Mae«, sagte Villon, »Sie vergessen die Bodyguards, die mit Ihrer Schwester am Tisch sind.«

Mae schlug sich mit der Hand auf die Hüfte und stampfte

mit dem Fuß. »Ich muß wohl einen Sprung in der Schüssel haben. Danke, daß Sie mich dran erinnern. Da fällt mir ein Stein vom Herzen. Also, wo wir schon hier rumstehen, könnten wir doch gleich nach Hinweisen suchen? Was ist mit der Zigarette neben der Leiche?«

Villon hob sie auf. »Vermutlich Billies. Es ist Lippenstift dran.«

»Das nennen Sie an diesem Ort und auf dieser Party einen Hinweis? Sehen Sie irgendwen heute abend, der ohne Lippenstift herumläuft?« Sie schlenderte umher, die Hände auf den Hüften, und ließ sich brummelnd über Villons Naivität aus. »Wie steht's mit Fußabdrücken?«

Villon äffte sie nach: »An diesem Ort und auf dieser Party?«

»Okay, wie wär's dann mit dem Ring? Vielleicht hat er den Ring verloren?«

Villon kniete am Boden und untersuchte den Saum ihres Kostüms. »Er hat ihn nicht verloren. Hier hat er das Blut abgewischt.«

»Wie ungehobelt«, sagte Mae, »einen blutverschmierten Ring am Saumzipfel seines Opfers abzuwischen. Wissen Sie, ich habe dieses Kleid in *Belle of the Nineties* getragen. Billie hat es aus der Garderobe bekommen. O zum Teufel, warten Sie nur, bis Desdemona und Goneril spitzkriegen, daß sie ermordet wurde. Die Mädchen waren eng miteinander befreundet.«

Mallory blockierte Robinson Crusoe und Freitag den Durchgang. »Man hat uns gesagt, wir sollten uns bei Detective Villon melden«, maulte Crusoe.

»Ihr gehört zur Wachmannschaft?« fragte Herb.

»Genau das. Womit können wir behilflich sein?«

»Trommelt alle Mae-West-Imitatoren zusammen. Und bittet eure Kumpel, dabei mitzuhelfen.«

»Unsere Jungs sind nicht so leicht zu finden. Nate, der mit dem Charlie-Chaplin-Kostüm, hat uns an der Bar aufgegabelt. Von den anderen dreien habe ich schon seit einer Stunde keinen mehr gesehen.«

»Nun, dann haltet weiter die Augen auf.« Er wies mit dem Daumen in Billies Richtung. »Ihr Killer könnte sich noch hier herumtreiben, und er ist übergeschnappt genug, noch einen weiteren Mord zu versuchen. Bringt die Imitatoren hinter die Bühne und haltet sie dort fest. Von uns ist Verstärkung unterwegs, die werden das hier übernehmen. Also los.« Crusoe und Freitag schoben ab, wenig begeistert darüber, sich in die dichtgedrängte Masse wahnwitziger Kreaturen stürzen zu müssen.

Agnes Darwin blickte stehend auf Milton Connery hinab, der hinter seinem Schreibtisch saß, als Simon LeGrand ohne anzuklopfen hereinplatzte, eine Grobheit, die Connery nicht ausstehen konnte, aber heute abend hatte Simon andere Sorgen. Im Garten lag eine Leiche. Die Mordnachricht würde sich in Kürze wie die Syphilis verbreiten, und Simon war wenig an einer möglichen Massenhysterie gelegen. »Milton! Milton!« brüllte er.

»Mit deinem Geschrei weckst du noch die Toten«, sagte Agnes übertrieben ruhig.

Simon kämpfte gegen eine ansteigende Panik: »Aber im Garten liegt eine Leiche und –«

Agnes schnitt ihm mit einer Handbewegung das Wort ab. »Ich weiß. Ich habe mitbekommen, wie du es Villon zugeflüstert hast. Ich bin hier, um Milton zu informieren. Milton wollte nicht zuhören.« Sie zeigte auf Connery. Simon trat einen Schritt näher.

»O, o, o«, sagte Simon, »o, o, o.«

»Naja«, sagte Agnes, »ich denke, o, o, o ist besser als lautes Geschrei.«

Über der Halsvene waren Einstiche zu erkennen. Und man hatte ihm auch ein Messer ins Herz gestochen. Was aber keiner der beiden je vergessen würde, war der Ausdruck schieren Entsetzens auf Miltons Gesicht.

»Aber – aber – aber«, stotterte Simon, »er ist doch kein Imitator. Warum Milton?«

»O Simon«, sagte Agnes, während sie ihn am Arm nahm

und auf dem Weg zu Villon und Mallory aus dem Büro führte, »es gibt jede Menge Gründe dafür, Milton umzubringen. Ich selbst könnte dir so einige aufzählen. Jetzt sieh mich bloß nicht so an, ich bin eine Hexe, kein Vampir. Ich habe keine vorspringenden Zähne, ich finde sie äußerst unattraktiv. Laß uns in den Garten gehen und Mr. Villon mitteilen, daß er heute abend das große Los gezogen hat. Nicht nur einen, sondern gleich zwei Morde. Was meinst du, Simon, ob er sich da nicht freuen wird?«

SECHZEHN

Agnes mußte an den alten griechischen Brauch denken, nach dem der Überbringer einer schlechten Nachricht getötet wurde. Der Ausdruck auf Villons Gesicht ließ sie fast davon überzeugt sein, daß sie und Simon verloren waren.

Mae, die Hände erschöpft auf die Hüften gelegt, sagte trocken: »Was haben wir für ein Glück. Gleich zwei Volltreffer.« Sie schüttelte den Kopf und schnalzte mit der Zunge. »Eins müssen wir dem Killer lassen. Er treibt sich gerade da herum, wo sich kein Engel mehr hinwagt. Herb, haben Sie Wurzeln geschlagen? Wollen Sie nicht zu Connery gehen?«

»Wozu die Eile? Der läuft uns nicht mehr davon. Jim, sieh du dir die Sache an. Da ist ja auch Charlie Chaplin, soll der die Tür wieder übernehmen.« Hazel Dickson kam hinter Charlie Chaplin her.

»Sie sind unterwegs«, sagte Hazel zu Villon. »Wohin hat Mallory es so eilig?«

»Hazel«, sagte Villon, »heute ist dein Glückstag. Ich nehme an, du hast die Neuigkeit von Billie Doux' Ermordung an die ›Times‹ durchgegeben.«

»Hast du je erlebt, daß ich eine einnahmeträchtige Gelegenheit ungenutzt verstreichen lasse?«

»Nein, meine Liebe, und die zweite einnahmeträchtige Gelegenheit wartet bereits.« Er berichtete ihr von Connerys Ermordung. Hazel heulte auf und verschwand in Richtung Telefon.

»Herb.« Maes Stimme war gedämpft. Sie machte einen besorgten Eindruck. »Herb, ich glaube, der Killer stand direkt neben uns am Tisch, als Sie Connery geködert haben. Der Typ in dem Supermann-Outfit, der mit der unmöglichen Maske mit den roten Punkten. Der hat uns belauscht. Ich habe gespürt, wie der mich beobachtet hat. Er stand einfach nur da, dieser dreiste Mistkerl. Kurz nachdem Connery seinen großen Abgang hatte, habe ich auch ihn gehen gesehen. Verstehen Sie nicht? Er ist Connery hinterher und hat ihn umgebracht. Sie haben mehr oder weniger offen gesagt, daß Connery Neon getötet hat, und Supermann ist Neons Bruder. Er muß es einfach sein!« Sie war ganz außer sich, erregt, ihr Adrenalin brodelte. »Simon! Gehen Sie zu Selma Hamilton Burr, meinem farbigen Bodyguard. Sagen Sie ihm, er soll den Saal nach einem Typ im Supermann-Kostüm durchkämmen.«

»Na, machen Sie schon, Simon«, krächzte Villon.

Simon stapfte los, und er überlegte im stillen: *Connery ist tot.* Wer übernimmt den Club? An wen geht heute abend die Kasse? Wer sind die anderen Teilhaber? Agnes würde Bescheid wissen. Er müßte mit Agnes reden. Vielleicht mit ihr einen Deal vereinbaren. Jetzt, da Connery aus dem Weg war, brauchte er keine vernünftige Abrechnung der Einnahmen von heute abend vorzulegen. Und was für Einnahmen! Die größte Summe, seit er für diesen Club arbeitete. Er erblickte Selma. Er war mit Goneril und Desdemona auf der Tanzfläche.

Die drei führten einen Negertanz auf, angefeuert von einem Kreis krakelender Zuschauer. Simon bahnte sich einen Weg auf die Tanzfläche. Er brüllte Selma zu, daß Mae einen Auftrag für ihn habe. Maes Name war wie Magie. Selma verließ mit Simon die Tanzfläche und sagte: »Wenn Supermann noch hier ist, werde ich ihn finden.«

Simon entdeckte Robinson Crusoe und Freitag, die gerade einige zornige Mae Wests hinter die Bühne trieben. Jason, der Barkeeper, blickte zu ihm und deutete auf den Eingang. Mehrere Zivilbullen betraten mit dem Gerichtsmediziner den Saal. Simon fing sie ab und führte sie in den Garten, wo Villon einen Seufzer der Erleichterung ausstieß. Hazel Dickson ging kurz zu Maes Tisch hinüber, um Timony und Beverly über Connerys Ermordung zu informieren.

Beverly schnappte nach Luft. »Und was wird aus meiner Gala morgen abend?« Sie wandte sich flehend an Timony: »Wer wird Connerys Nachfolger?«

»Da bin ich genauso ratlos wie Sie«, sagte Timony. »Vielleicht weiß Simon LeGrand Bescheid.« Er gab Dudley Van Helsing und Salvatore Puccini die Anweisung, ein scharfes Auge auf Beverly zu haben, und überlegte, wo Seymour Steel Cheeks abgeblieben sein konnte.

Im Garten kniete der Gerichtsmediziner am Boden und untersuchte die Leiche. Villon stellte einige seiner Leute ab, Selma bei der Suche nach einem Mann im Supermann-Kostüm zu unterstützen. Als Hazel wieder auftauchte, schickte Villon sie und Mae zurück an den Tisch.

»Was soll ich am Tisch? So wie ich Beverly kenne, wenn die erfährt, daß Connery den Löffel –«

»Schon erledigt«, unterbrach sie Hazel.

»Na, bitte. Das trifft sich ja bestens. Beverly macht sich vermutlich die größten Sorgen, daß morgen ihre Premiere ins Wasser fallen könnte.«

»So ist es«, sagte Hazel.

»Gut zu wissen, daß Sie einem manchmal ganz gelegen kommen«, sagte Mae zu Hazel. Und zu Villon gewandt: »Und wenn's keine Premiere gibt, könnte ich kaum glücklicher sein. Ich verschiffe Beverly zurück in den Osten.«

Der Gerichtsmediziner erhob sich. »Für mich gibt es hier nichts mehr zu tun.«

»Oh, und ob. Im Büro hinter der Bühne liegt eine zweite Leiche. Die von Milton Connery, dem der Laden hier gehört.«

»Aha!« sagte der Gerichtsmediziner mit gespielter Begeisterung, »zwei für den Preis von einer. Ich wußte gar nicht, daß Vampire Überstunden einlegen.«

»Also los, Mallory ist bei der Leiche.«

»Tote haben merkwürdige Bettnachbarn«, murmelte der Gerichtsmediziner, während er hinter Villon den Garten verließ.

Agnes Darwin hatte mit verschränkten Armen abseits gestanden und überlegt, was nach dem Tod Connerys aus ihr werden sollte. Es war, als ob Mae ihre Gedanken erraten hätte. »Nun, Agnes, kram deine Kristallkugel hervor und sieh nach, was die Zukunft für dich bereithält, jetzt, wo dein Wohltäter seine gerechte Strafe erhalten hat.«

»Milton war nicht mein Wohltäter.« Das Eis in ihrer Stimme war nicht zu überhören.

»Okay, du gehst weiter in deine Kirche, und ich gehe in meine. Und wer übernimmt jetzt hier die Leitung? Simon LeGrand? Hinreichend talentiert dürfte er wohl sein. Wer steckt eigentlich hinter dem Geschäft?«

»Soweit ich weiß, war es Milton ganz allein.«

»Ach, ja? Keine stillen Teilhaber? So, wie der Mob sich in den vergangenen Jahren in dieser Stadt breitgemacht hat, haben die Milton ganz bestimmt nicht links liegengelassen.« Sie schnippte mit den Fingern. »Ich wette, ich finde was darüber in seinem Büro.« Sie nahm mit rollenden Hüften Kurs auf Connerys Büro. Sie sah, wie drei ihrer Faksimiles von zwei Männern, die wie Peter Pan und der Kleine Lord gekleidet waren, in Richtung des hinteren Bühnenbereichs gedrängt wurden. Der Kleine Lord hatte O-Beine und einen Watschelgang. So viel zum Thema privates Wachpersonal, dachte Mae. Agnes war ihr auf den Fersen und erklärte ihr, daß sie kein Recht habe, in Connerys Privatpapieren herumzuwühlen. Connery hatte einen Anwalt, dem die gesetzliche Vollmacht übertragen war, falls Connery etwas zustoßen sollte. Mae ließ Agnes einfach daherreden, stießen ihre Worte doch auf beinahe taube Ohren.

Der Raum hinter der Bühne war ein wahres Füllhorn an Mae-West-Imitatoren in verschiedenen Stadien des Zorns, des Aufruhrs und der Überdrehtheit. Die meisten waren Männer. Es gab aber auch ein paar Frauen, die einen niedergeschlagenen Eindruck machten. Charlie Chaplin versuchte sie zu überzeugen, daß man sie nur zu ihrer eigenen Sicherheit zusammengepfercht habe. Nachdem er ihnen eröffnet hatte, Billie Doux sei im Garten ermordet aufgefunden worden, kam in bester Mae-West-Manier die dreiste Nachfrage:

»War sie so unterbelichtet, sich ausgerechnet in die Büsche zu schlagen?«

»Zeig mir die Tür zu Connerys Büro«, sagte Mae, die mit Agnes hinter die Bühne trat, »und versuch nicht, mich hinters Licht zu führen.« Agnes deutete auf eine Tür links von Mae. Sie stand offen, und Mae erblickte Villon, Mallory und den Gerichtsmediziner. Sie trat in das Büro und war völlig verblüfft, Father Riggs neben einem stählernen Aktenschrank stehen zu sehen.

»Also, Father Riggs, was machen Sie denn hier?« Er sah aus wie ein Fisch auf dem Trocknen, und so fühlte er sich auch.

»Mae, wie schön, Sie zu sehen. Ich bekam einen Anruf, in dem man mich bat, herzukommen und den letzten Segen zu erteilen. Ich habe nur keine Ahnung, ob dieser Gentleman hier« – er deutete auf Connery – »katholisch war.«

»Agnes?« Mae dachte, Agnes könne ihrem Aussehen nach gut eine Bluttransfusion gebrauchen. »Was war Connery außer einem Ganoven und Killer sonst noch?«

»Er war kein religiöser Mensch«, sagte Agnes, die überlegte, wie lange sie für Connery noch die Fackel hochhalten konnte, bevor sie erlosch.

Mae sah erschöpft aus. »Ich wußte, es würde einer von diesen Abenden werden. Nun, Father –«

Father Riggs unterbrach sie: »Vielleicht ist die Person im Garten ...«

Mae stutzte einen Moment, bevor sie antwortete: »Billie Doux? Ich weiß nicht, ob sie katholisch war oder nicht. Vielleicht wissen die Mädchen Bescheid. Sie waren enge Freunde.« Simon stand in der Tür und wartete ungeduldig auf ein kurzes Gespräch mit Agnes. »Simon! Haben Sie Father Riggs angerufen und hierhergebeten, damit er den letzten Segen erteile?«

»Ich kenne Father Riggs nicht. Wir sind uns noch nie begegnet.«

»Können Sie uns sagen, ob Connery katholisch war?«

»Wir haben nie über Religion gesprochen.«

»Der Sie da angerufen hat, Father, war das ein Mann oder eine Frau?«

»Also, offen gesagt, Mae, ich kann es nicht so genau sagen. Meinem Empfinden nach war es eine männliche Stimme, auch wenn sie sehr hoch klang.«

»Hier schwirren jede Menge Geschöpfe mit ziemlich hohen Stimmchen herum. Hören Sie, Simon, halten Sie nach meinen Mädchen Ausschau und fragen Sie sie, ob sie wissen, ob Billie Doux katholisch war.«

»Ich muß unbedingt mit Agnes reden«, sagte Simon nervös.

»Agnes läuft Ihnen nicht davon, stimmt's, Agnes?«

»Ich bin hier«, sagte Agnes.

»Sehen Sie, Simon, Agnes bleibt hier. Ich denke, solange wir priesterlichen Beistand im Haus haben, sollten wir ihn auch nutzen.« Simon verschwand, und Mae lächelte Father Riggs zu. »Nun, Father, wie geht's denn so?«

Villon war nicht weniger überrascht, Father Riggs zu sehen, nachdem er zuvor zu sehr mit dem Gerichtsmediziner beschäftigt gewesen war, um das Eintreten des Priesters zu bemerken. »Hallo, Father Riggs, wie schön, Sie wiederzusehen, wenn auch unter weniger angenehmen Umständen. Ich dachte, Sie gehörten zu den verkleideten Partygästen. Obwohl es schon eine ziemliche Geschmacklosigkeit bedeuten würde, auf einer Halloween-Party in Priestertracht zu erscheinen.«

»Oh, da bin ich durchaus anderer Meinung. Ich bin da draußen schon ein paar Nonnen begegnet, und wenn ich mich nicht täusche, gibt's da auch eine ziemlich große Frau im Papstkostüm. Und ich habe auch einen Medizinmann gesehen.«

»Medizinmänner zählen nicht«, sagte Mae. »Soweit ich weiß, gehören die keiner staatlich anerkannten Konfession an. Würden Sie mich bitte einen Augenblick entschuldigen, Father, ich muß kurz ein paar Worte mit meinem Freund Herb wechseln. Ich muß Sie kurz vor die Tür führen, Herb.« Sie rollte mit den Augen und setzte mit verschmitztem Lächeln hinzu: »Oder hätten Sie lieber, ich würde Sie ins Verderben führen? Wäre vom Weg her in etwa das gleiche.«

»Meine liebe Miss Darwin«, sagte Father Riggs zu Agnes, die sich mit gehetztem Blick mit dem Feuerzeug eine Zigarette anzündete, »verzeihen Sie mir, wenn ich es sage, aber Sie sehen so aus, als könnten Sie ein paar tröstende Worte vertragen.«

»Ich könnte schon ein paar Worte vertragen«, erwiderte sie, nachdem sie den Rauch ausgestoßen hatte, »aber das Wort Trost gehört nicht dazu.«

Er legte einen anderen Gang ein. »Ist Mae West nicht eine außergewöhnliche Frau?«

»Ja, das ist sie«, sagte Agnes mit grimmigem Gesicht und bitterböser Stimme.

»Die Vampir-Morde scheinen sie nicht im geringsten zu beunruhigen. Aber warum sollte der Killer Mr. Connery auf die gleiche Art und Weise abschlachten, wie zuvor die Imitatoren?«

»Vielleicht weil er seine Ausrüstung einmal ausgepackt hatte. Ich bezweifle, daß zwischen Billies Tod und dem von Milton mehr als eine halbe Stunde liegt.«

Jetzt war Mallory an der Reihe, sich von der Gegenwart des Priesters überrascht zu zeigen. Father Riggs erklärte einmal mehr den Grund seiner Anwesenheit, und Mallory sagte: »Also, das ist wirklich merkwürdig.«

»Genau der richtige Ausdruck für die heutige Veranstaltung«, sagte Agnes. Mallory nahm davon keine Notiz. »Ich hoffe nur, irgendwer hat sich da keinen fiesen Scherz mit Ihnen erlaubt.«

Father Riggs war verwirrt. »Aber warum sollte er mich anrufen? Gut, meine Kirche liegt gleich um die Ecke und bietet sich an, aber ... Nun, was soll's, nicht der Rede wert. Mein Alltag ist wenig aufregend, da ist das hier schon ziemlich faszinierend. Es ist, wie bei der Schlagzeile von morgen mit dabeigewesen zu sein.«

Der Gerichtsmediziner wandte sich an Mallory: »Ich laß den Fleischwagen von hinten anfahren. Ich denke, es ist keine gute Idee, die Leichen quer durch den Club zu schleppen.«

Mae hatte es mitbekommen, während sie mit Villon von draußen zurückkehrte. »Das würde nicht viel ausmachen. Die Horde da drinnen würde es für einen Teil der Show halten. Was haben Sie mit all den Imitatoren vor«, fragte sie Villon, »die man dort hinten zusammengetrieben hat? Die Unruhe steigt. Warum lassen Sie sie nicht einfach wieder laufen und sich amüsieren. Ich denke, der Vampir ist nicht gar so behämmert, daß er heute nacht noch ein drittes Mal zuschlägt.«

»Sie haben selbst gesagt, Katastrophen kommen immer zu dritt«, erinnerte Villon sie.

»Nun, ich habe eben nicht immer recht«, sagte Mae herablassend. »Wie dem auch sei, mit einem Priester in der Nähe brauchen wir uns vor dem Vampir nicht zu fürchten. Das Kruzifix um seinen Hals wird ihn vertreiben, stimmt's, Father?«

»In Filmen ist das gewöhnlich so«, sagte er lachend, »aber wie ich Ihnen gestern schon sagte, ich glaube nicht an die Existenz von Vampiren.«

Simon LeGrand kehrte völlig außer Atem zurück. »Sie haben Glück, Father, Billie Doux war katholisch.«

»Wie schön«, sagte Mae. »Also war der Abend für Sie doch nicht ganz umsonst.«

»Ich werde mich sofort um sie kümmern, solange noch Zeit ist.«

»Simon, würden Sie –« sagte Villon. Sein Blick fiel auf Father Riggs, der das Büro verließ und in den Garten eilte. Simon wartete auf die zweite Hälfte von Villons Satz.

»Würde ich was?« fragte Simon.

»Wie?« fragte Villon.

»Sie sagten, ›Simon, würden Sie ...‹«, sagte Simon, »und ich warte darauf, wie's weitergeht.«

»Würden Sie bitte diese Aktenfächer öffnen, oder sind sie gar nicht verschlossen?« sagte Mae eilig.

»Wenn ja, der Schlüssel liegt in der obersten Schublade. Er hat alles in der obersten Lade.«

»Ich wette, ich weiß, was sich in den Akten befindet.«

»Mae, ich will dir einen guten Rat geben«, sagte Agnes. »In diese Akten zu sehen ist wie das Öffnen der Büchse der Pandora.«

»Ich bin nie einer Pandora begegnet, und wenn doch, kann ich mich nicht daran erinnern, ihre Büchse geöffnet zu haben.«

Agnes erklärte ihr den Pandora-Mythos. »Das ist also die Braut«, rief Mae laut, »der wir den ganzen Schlamassel in der Welt verdanken. Beverly und mir hat unsere Mutter jedenfalls beigebracht, unsere Nasen nicht in Dinge zu stecken, die uns nichts angehen. Aber was hat das alles mit dem Öffnen der Akten zu tun?«

Agnes wandte sich an Villon. »Herb, Sie können sich vorstellen, was die Akten enthalten.«

»Kann ich auch«, sagte Mae, »und als ordentliche Steuerzahlerin habe ich das Recht zu erfahren, was sich in diesen Akten befindet.«

Diesmal war es Villon, der die Hände auf die Hüften legte. »Mae, ich erkenne da nicht so recht den Zusammenhang. Was hat Ihr Steuerzahlen denn mit der Erlaubnis zu tun, in diesen Akten herumschnüffeln zu dürfen?«

»Hmm, ich möchte mir gern ein paar von den Bildern ansehen. Ich bin sicher, die sind sehr interessant, und ich bin immer interessiert an interessanten Dingen.«

»Connery ist tot«, sagte Agnes zu Mae. »Lassen wir den Inhalt der Akten zusammen mit ihm ruhen.« Dann wandte sie sich an Villon: »Herb, ich weiß, was da ist, und das könnte eine ganze Reihe Leute ruinieren, wenn es in falsche Hände gerät. Im Garten steht ein großer Grill. Bitten Sie jemanden, ein Feuer zu machen, und verbrennen Sie alles, was sich in diesen Akten befindet.«

»Also, einen Augenblick mal.« Maes Augen blickten mißtrauisch. »Wieso werde ich den Gedanken nicht los, du könntest das Zeug nur deshalb möglichst schnell den Flammen übergeben wollen, weil es dich selbst belastet?«

»Ich habe nichts zu fürchten. Ich habe nie an den Orgien

teilgenommen. Ich war nur bei der Vorbereitung dabei und habe die Teilnehmer zusammengestellt. Ja, Neon war auch darunter. Connery hat mich großzügig dafür entlohnt, und ich schäme mich nicht zu sagen« – ihre Stimme verschluckte sich –, »daß ich diese Zahlungen vermissen werde.«

»Agnes, du könntest dich an der Fackel verbrennen, die du da hochhältst«, sagte Mae sanft und mitfühlend. Sie lief zu Agnes hinüber und legte ihr einen Arm um die Schulter. »Junge, du bist mir wirklich eine tolle Hexe. Hast nicht genügend Verstand, dich selbst zu verzaubern und dir ein wenig Ruhe und Frieden zu gönnen, so wie ich mir Ruhe und Frieden verschaffe, wenn ich mich in meiner Badewanne nach Olympia-Norm ausstrecke, wo ich mich im Augenblick nur allzu gern befände.« Sie wandte sich Villon zu: »Was meinen Sie, Herb? Wollen Sie das Zeug verbrennen?«

»Agnes, Jim Mallory und ich werden die einzelnen Fächer durchgehen«, sagte Villon zu Agnes. »Es muß sein. Wir können nicht einfach anderer Leute Eigentum zerstören, ohne zu wissen, worum es überhaupt geht. Es könnten ja auch wichtige Unterlagen darunter sein, von denen Sie gar nichts wissen.«

»Was ist mit Hazel Dickson?« fragte Agnes.

»Was soll mit ihr sein?« fragte Villon.

»Sie werden ihr nichts von dem verraten, was Sie in dem Aktenschrank finden?« fragte Agnes.

»Ganz bestimmt nicht«, sagte Villon. »Sie hat heute abend schon genug aus dem Vollen schöpfen können. Ich möchte nicht, daß sie übermütig wird. Nur herein, Jungs.« Zwei Arbeiter vom Leichenschauhaus kamen mit einer Bahre herein.

Mae lief zur Tür. »Ich gehe zurück an den Tisch. Kommst du mit, Agnes?«

»Gerne. Ich möchte jetzt nicht allein sein.« Agnes zögerte.

Mae drehte sich um und blickte sie an. »Na, los doch, Herrgott, oder wartest du auf eine schriftliche Einladung?«

Beverly kochte, als Mae und Agnes zurückkehrten. »Wo hast du gesteckt, Mae? Mich die ganze Zeit hier allein zu lassen.«

»Haben meine Bodyguards dich nicht unterhalten?« Selma Hamilton Burr saß wieder bei Salvatore Puccini und Dudley Van Helsing. »Was ist los mit euch Schlafmützen? Kennt denn keiner einen dreckigen Witz? Einen Augenblick. Beverly, da ist jemand, den ich dir vorstellen möchte.« In der Hoffnung, sich in dem allgemeinen Trubel noch verständlich machen zu können, rief sie laut: »Father Wally! Hier sind wir!« Er erblickte Mae und kam an den Tisch.

»Mein Gott, finden Sie nicht, daß die es hier ein wenig zu bunt treiben?« Mae bedeutete ihm, neben ihr Platz zu nehmen.

»Meinen Sie den Striptease auf dem Bartresen?« Sie drehte sich zu ihren Bodyguards. »Wie kommt es, daß ausgerechnet die unvorteilhaftesten Gestalten sich in der Öffentlichkeit produzieren müssen? O Beverly, entschuldige, ich habe dir Father Riggs ja noch gar nicht vorgestellt. Beverly, das ist Father Riggs. Father, meine Schwester Beverly.«

»Die Ähnlichkeit ist verblüffend«, bemerkte der Priester.

»Sagen Sie, Father, sind Sie schon einmal in dieser Lasterhöhle gewesen?« fragte Mae säuselnd.

»O bei Gott, nein. Das hier ist eine ganz neue Erfahrung für mich.«

»Sie könnten darüber nächsten Sonntag Ihre Predigt halten.«

»Dazu sehe ich keinen Anlaß. Es ist nur eine Party. Alle scheinen sich prächtig zu amüsieren.«

»Sie wissen doch, was in der Stadtbibliothek angeschlagen steht, Father. Beurteile nie ein Buch nach seinem Einband. Es gibt hier jede Menge traurige Herzen heute abend. Viele der anwesenden Transvestiten standen den Ermordeten sehr nahe. Diese tapferen Kerle, die sich als Mae West verkleiden, wissen, daß sie ihr Leben aufs Spiel setzen. Dieser verrückte Vampir hat heute abend zweimal zugeschlagen. Um Connery tut es mir nicht leid. Er war ein dreckiges Stinktier. Und ein Stinktier ist nichts anderes als eine Ratte mit Pelz. Bei Billie Doux ist das anders. Sie war ein unschuldiges Mädchen, das jemanden suchte, der sie liebhatte. Warum sie ihn ausgerechnet hier zu finden hoffte, wird mir immer ein Rätsel bleiben. Gefunden hat sie lediglich Supermann, und das, wie ich glaube, sehr zu ihrem Bedauern.«

»Supermann? Was für ein Supermann?« Beverly hatte ihr geöffnetes Schminketui in der Hand und besserte ihr Gesicht nach, ein Gesicht, von dem irgendein Unerschrockener ihr eines Tages sagen würde, es befände sich jenseits aller Ausbesserungsmöglichkeiten.

»Du hast dich so angeregt mit Jim Mallory unterhalten, daß du nichts mitbekommen hast. Wo wir von Jim reden, wo ist Timony? Und wo ist mein Indianer?«

»Oh, dein Indianer gefällt mir ganz ausgezeichnet!« sagte Beverly mit einem kindischen Glucksen.

»Ach ja? Nun, dann mach dir mal keine zu großen Hoffnungen. Der ist nicht zum Ausleihen.« Sie erblickte Timony zusammen mit Desdemona und Goneril an der Bar. »Da ist Timony ja, bei meinen Mädchen. Ah, die armen Dinger. Seht sie euch nur an. Billies Ermordung hat sie am Boden zerstört. Ich hoffe nur, sie haben nicht mitbekommen, wie die Jungs vom Leichenschauhaus die kalte Platte rausgebracht haben.«

»Würde es ihnen gut tun, wenn ich ihnen ein paar tröstende Worte spende?« fragte Father Riggs.

»Ein paar Brandy Alexander wären wohl angebrachter. Timony kümmert sich schon darum. Er ist für die zwei immer schon wie ein Vater gewesen. Sie werden ihn vermissen, wenn er zurück an die Ostküste geht.«

»Er geht fort?« fragte Father Riggs.

»Yeah, Father. Wenn es Zeit ist zu gehen, muß man eben gehen. Da ist Seymour zusammen mit Hazel Dickson an der Bar. Er erzählt, und sie schreibt fleißig. Ich hoffe, er verrät keine Staatsgeheimnisse. Sollte er das tun, kann er sich auf einen Staatsempfang gefaßt machen, und ich meine damit nicht den beim Präsidenten. Also, wie wir schon sagten, Father, beurteile nie ein Buch nach dem Einband.«

»Sie haben das gesagt«, korrigierte er.

Mae lächelte. »Danke, Father, daß Sie es mit den Worten so genau nehmen.«

Beverly klappte ihr Schminketui zu und stopfte es in ihre Handtasche. »Du hast da gerade was von Supermann gesagt, Mae. Was für ein Supermann?«

»Nun ja, den Villon und ich für den Mörder halten.«

»O wirklich! Du hast doch gesagt, der Mörder geht als Vampir verkleidet.«

»Also, heute abend hat er sich anders verkleidet, und das war sehr schlau von ihm. Ein sehr heller Kopf, dieser Mörder, Father, ein wirklich heller Kopf. Wenn ich heute einen Hut aufgesetzt hätte, müßte ich ihn vor ihm ziehen.«

»Ich komme da nicht mehr mit«, sagte Father Riggs. »Sie sind um einiges zu schnell für mich.«

»Das haben mir schon eine ganze Reihe von Typen über die Jahre gesagt. Zum Glück haben auch viele aufholen können.« Sie lächelte. »Ich wiederhole eine Spur langsamer. Bevor Connery getötet wurde, saß er genau da, wo Sie jetzt sitzen, Father, und Herb Villon machte ihm die Hölle heiß. Und gleich neben dem Tisch stand dieser Typ mit seinem wilden Supermann-Kostüm und dieser merkwürdigen Maske und tat so, als verfolge er das Geschehen auf der Tanzfläche, aber in Wirklichkeit hörte er dem Gespräch zwischen Villon und Connery zu. Villon sagte Connery mehr oder weniger direkt auf den Kopf zu, er wisse, Connery habe Neon ermordet, nur habe er nicht die entsprechenden Beweise, um ihn festnehmen zu lassen. Connery wurde wütend und sprang auf, wobei sein Stuhl nach hinten kippte. Unser Supermann fing ihn übrigens auf, was eine nette Geste von ihm war. Alles weitere war weniger nett. Connery ging zurück in sein Büro, und ich sah, wie Supermann sich in die gleiche Richtung davonmachte. Billie Doux war bereits tot. Als Herb ihre Leiche untersuchte, die Simon LeGrand entdeckt hatte, entdeckte er Blutflecken am Saum ihres Kleides. Supermann mußte eine seiner Waffen daran abgewischt haben.«

»Warum sollte Supermann auch Billies Mörder sein?«

»Connery wurde auf die gleiche Art umgebracht wie die anderen fünf: zwei Einstiche am Hals und der Messerstich ins Herz.«

»Mußt du das so detailliert beschreiben, Schwesterherz?« sagte Beverly nervös.

»Nun zier dich nicht so. Wir haben schon Schlimmeres gesehen, wenn Paps im Ring zusammengeschlagen wurde.« Sie wandte sich wieder dem Priester zu. »Supermann ist unser heißester Tip für den Killer. Und noch eins, er hat sich eiligst von hier davongemacht. Einige Wachmänner tun heute abend Dienst, und Villon hat sie gebeten, nach Supermann Ausschau zu halten. Keine Spur von ihm. Wenn er ein ganz normaler Partygast war, warum sollte er da so früh nach Hause gegangen sein? Der Abend ist noch jung. Es ist noch vor Mitternacht.« Sie wandte sich beiläufig an Agnes und sagte: »Deine liebste Zeit.« Agnes hatte den Kellner herangewunken und bestellte eine neue Flasche Champagner. »Sei vorsichtig mit dem Blubberzeug, Agnes«, warnte Mae gutmütig. »Dir könnte schwindlig davon werden, und dann könntest du von deinem Besen kippen und dir wehtun.« Sie tätschelte die Hand des Priesters. »Konnten Sie mir folgen, Father?«

»Das klingt alles ziemlich logisch, wenn es sich so zugetragen hat. Mir will nur noch nicht recht einleuchten, warum er Mr. Connery umbringen wollte?«

»Er tötete Mr. Connery, weil er ihn genau wie Herb Villon für Neon Lights Mörder hielt. Und wir glauben, der Killer im Supermann-Kostüm ist Neon Lights Bruder.«

»Einfach grandios!« Der Priester nahm das ihm angebotene Glas Champagner. »Können Sie das beweisen?«

Mae gab keine Antwort. Herb Villon und Jim Mallory kamen an den Tisch. Sie lehnte sich in ihrem Stuhl zurück und sagte: »Ich vermute, da habe ich etwas wirklich Aufregendes verpaßt.«

»Mae«, sagte Villon, »ich vermute, was wir da vernichtet haben, hätte selbst Ihnen die Schamröte ins Gesicht getrieben.«

»Oh, da bin ich mir nicht so sicher. Ich glaube, ich bin das letzte Mal rot geworden, als Jimmy Walker, der damalige Bürgermeister von New York, mir einen Antrag machte.

Und rot bin ich auch nur deshalb geworden, weil er mir den Antrag in Helen Morgans Nachtclub vor den Augen seiner Frau und seiner Geliebten machte. Also, dazu braucht man wirklich *Chuzpe.*«

»Und was bedeutet *Chuzpe*?« fragte Father Riggs.

»Nerven, Father, einfach nur Nerven, und manchmal solche aus Draht. Wie Supermann heute abend. Zwei Morde hintereinander innerhalb einer halben Stunde. Also, wenn das kein Beispiel für *Chuzpe* ist, dann weiß ich es auch nicht.«

Simon LeGrand setzte sich zu ihnen und sagte zu Agnes: »Ich muß immer noch mit dir reden, Agnes.«

»Worüber? Milton ist tot.« Ihre Stimme kippte. »Was gibt's da noch zu bereden? Seine Beerdigung. Sie wird bescheiden ausfallen, da kannst du dir sicher sein. Es gibt nicht viele, die um Milton Connery trauern. Ich kümmere mich um die Bestattung. Es gibt da ein Unternehmen auf der Fairfax, gleich gegenüber vom Hexenkessel. Es ist konfessionslos. Was seine persönliche Habe angeht, werde ich morgen früh seinen Anwalt anrufen, ob er ein Testament hinterlassen hat. Der Anwalt wird dann alles weitere regeln. Und was das Tailspin betrifft, so gehe ich davon aus, daß genügend Geld flüssig ist, damit Beverlys Premiere morgen abend wie geplant über die Bühne gehen kann.«

Zu Maes großer Überraschung und Erleichterung ergriff Beverly nun das Wort: »Ich denke, es wäre ein Sakrileg, vor dem Hintergrund von Mr. Connerys Ermordung und allem weiteren morgen abend die Show zu eröffnen. Nein, es wird keine Premiere geben. Fällt aus. Was meinst du, Schwesterherz?«

Mae lehnte sich mit einem breiten Lächeln zurück. »Beverly, ich stimme völlig mit dir überein. Nun, Herb Villon, ich denke, für uns gibt's morgen einiges zu besprechen, oder?«

»Satt und genug, Mae, satt und genug.«

SIEBZEHN

Für viele Leute war der nächste Tag ein rabenschwarzer Freitag. Goldie Rothfeld saß am Küchentisch, einen heißen, schwarzen Kaffee schlürfend, und starrte auf ein Stück ihrer selbstgebackenen Kaffeetorte. Der Rabbi war letzte Nacht spät nach Hause gekommen. Er war in den vergangenen zwei Monaten überhaupt häufig spät heimgekehrt. War da eine andere Frau? Betrog Morris sie? Sie überlegte, ihn zu wecken und zur Rede zu stellen, entschied sich aber gleich wieder dagegen. Wenn es eine andere Frau gab, dann sollte es eben so sein. Das Telefon klingelte, und sie ging hinüber zur Wand.

»Hallo?«

»Könnte ich bitte den Rabbi sprechen?« Es war eine Frau.

»Er schläft noch. Freitags bleibt der Rabbi immer länger im Bett. Wenn Sie mir Ihre Telefonnummer geben, ruft er Sie zurück.«

»Spreche ich mit seiner Frau?«

»Ja. Und mit wem habe ich das Vergnügen?«

»Ich bin Madame Kvitcherdicker, seine Stimmtrainerin.«

Goldies Herz setzte einen Schlag aus. »Stimmtrainerin? Seit wann?«

»Hat er Ihnen nichts davon erzählt? Oh, ich könnte mir die Zunge abbeißen. Es sollte bestimmt eine Überraschung für Sie werden. Er sagte, Sie sähen es gerne, wenn er seine Gesangskarriere wieder aufnähme. Und, meine verehrte Mrs. Rothfeld, wie recht Sie damit haben. Er hat ein prächtiges Instrument. Er muß es mit der Welt teilen. Es wird ganz bestimmt nicht seinen Dienst als Rabbiner beeinträchtigen. Es gibt so viele Rabbiner, die professionell auftreten. Kennen Sie Yosele Rosenblatt?«

»Natürlich. Er ist der Größte.«

»Ihr Mann ist noch besser, glauben Sie mir.« Goldie

schwebte im siebten Himmel. »Wir haben gestern bis nach Mitternacht geprobt, bis ich eine Morddrohung aus der Nachbarschaft erhielt. Also, Mrs. Rabbi ...«

»Goldie. Sagen Sie Goldie zu mir.« Ihre Stimme überschlug sich vor Freude.

»O Goldie, wir müssen uns bald einmal treffen. Aber verraten Sie nicht, daß Sie von seinen Gesangsstunden bei mir wissen. Wir hatten vor, Sonntagabend wieder zu proben, aber mir ist etwas dazwischen gekommen. Wir müssen einen neuen Termin vereinbaren.« Sie machte eine Pause. »O Liebste. Wenn Sie ihm sagen, daß ich angerufen habe, dann weiß er, daß Sie es wissen, und die Überraschung ist dahin. Mögen Sie Überraschungen? Ich kann sie ja nicht ausstehen. Nun denn, wie wär's, wenn ich später noch einmal anrufe? Sagen wir in einer Stunde?«

»Das wäre gerade recht. Halten Sie ihn für gut?«

»Goldie, Sie tragen den richtigen Namen, denn Sie sind mit einer potentiellen Goldgrube verheiratet. In Kürze werde ich Probeauftritte für ihn abmachen, und Sie können meine Worte rot unterstreichen, die reiche Hollywood-Klientel wird sich um ihn reißen. Noch dazu wo er so umwerfend aussieht. Meine Liebe, wenn ich zwanzig Jahre jünger wäre, würde ich Ihnen wahrlich schlaflose Nächte bereiten!« Ihre Stimme ging in sprudelndes Gelächter über, und Goldie hatte dem Klang nach das Bild einer ungemein korpulenten Frau vor Augen.

Eine halbe Stunde später schlurfte Morris Rothfeld in seinem altbekannten zerschlissenen Bademantel und seinen ausgetretenen Schlafpantinen in die Küche, gähnte und kratzte sich am Kopf. Goldie fiel ihm um den Hals und drückte ihm einen feuchten Kuß ins Gesicht.

»Bitte, Goldie, nicht auf nüchternen Magen.«

»Ich liebe dich, Morris Rothfeld, ich liebe dich, ich liebe dich, ich liebe dich.«

Seine Augen weiteten sich vor Erstaunen. »Wie das? Ist eine Nachricht eingetroffen, daß ich eine Erbschaft gemacht habe?«

Eingehüllt in einen Harlekin-Peignoir, öffnete Mae West die Tür und ließ Herb Villon und Jim Mallory eintreten. »Die Dame des Hauses öffnet höchstpersönlich?« fragte Villon.

Sie wiggelte zum Sideboard hinüber. »Der Dame des Hauses blieb keine andere Wahl. Ich glaube, Desdemona und Goneril haben das Zeitliche gesegnet. Oder sie liegen im Koma, nach den vielen Drinks gestern im Club und den Tränenfluten um Billie, nachdem wir zu Hause waren.«

»Ich vermute, Beverly liegt noch in Morpheus' Armen?« fragte Villon.

»Nein, mein Guter, sie ist gestern Nacht allein zu Bett gegangen.« Sie deutete auf Kaffee und Brötchen auf dem Sideboard. »Bedienen Sie sich. Es ist zwar ein wenig dürftig, aber ich habe mein Möglichstes versucht.« Sie lief wogend zu ihrem Thronsessel, wo bereits eine Tasse schwarzen Kaffees auf einem Beistelltisch für sie bereitstand. »Ich habe noch keinen Blick in die Zeitung geworfen. Hat der gestrige Abend für Schlagzeilen gesorgt? Ich habe gar keine Reporter oder Fotografen bemerkt.«

»Hazel hat die Stellung eisern gehalten. Sie hat die ganze Zunft ausgestochen.« Er schenkte sich und Mallory Kaffee ein.

»Eine hübsche Dame, Ihre Hazel, wenn auch ein wenig eingebildet. Wollen Sie sie heiraten, Herb?«

»Wieso?«

»Sind Sie denn nicht in sie verliebt?«

»Muß ich das?«

»Sie müssen gar nichts. Ich bin nur wie alle anderen Frauen unnatürlich neugierig. Wenn für sie nicht irgendwann der Zahltag in Aussicht steht, warum gibt sie sich dann mit Ihnen ab?«

»Weil – wenn ich das von mir selbst sagen darf –«, sagte Villon, »ich so ziemlich das Beste bin, was sie in dieser Stadt finden wird.«

»Tse«, machte Mae und fuhr dann fort: »Und da behaupten Sie von mir, ich wäre eine Egomanin. Verglichen mit

Ihnen, Herb Villon, bin ich Schneewittchen ohne Zwerge. Ich höre Rumoren in der Küche. Die Ladies leben noch.«

Desdemona trat ein. »Miss Mae, das Bromo Seltzer ist ausgegangen. Wenn wir nicht bald welches auftreiben, müssen wir sterben.«

»Geschieht euch recht, so wie ihr zwei gestern abend geschluckt und euch aufgeführt habt. Ruf in der Drogerie an, die sollen was rausschicken. Und wo du schon dabei bist, sag ihnen, sie sollen etwas Riechsalz mitliefern.«

»Fühlen Sie sich schwach auf den Beinen?«

»Nein, ich fühle mich nicht schwach auf den Beinen, aber es könnte später noch einen Notfall geben.«

»Wieso?«

»Ich schick dir einen Expressbrief! Und jetzt zisch ab!« Mae lächelte den Detectives zu, während Desdemona langsam und gemessenen Schrittes zurück in die Küche schlurfte. »Das dürfte heute ein anstrengender Tag hier im Haus werden.« Sie warf einen Blick auf ihre mit Diamanten besetzte Uhr. »Ich habe eine Verabredung in der Kirche.« Sie warteten auf ihre Erklärung. »Ich habe Father Riggs angerufen und mich zur Beichte angemeldet. Ihm fiel der Hörer aus der Hand. Nachdem er ihn wieder am Ohr hatte, habe ich ihm etwas von Depressionen erzählt, wegen dieser ganzen Morde, und daß ich Trost brauchte. Er bot sich an herzukommen, aber ich sagte nein, ich wollte mich heute strikt an die Regeln halten. Keine Privilegien. Ich sagte ihm, Seymour würde mich mit dem Rolls vorbeikutschieren, ansonsten wäre ich allein. Also, was meinen Sie, Herb? Glauben Sie, er weiß, daß wir es wissen?«

»Ich glaube, er ist das Spielchen leid. Und außerdem ist er ein Kirchenmann.«

»Mir scheint, das ist seinem Gedächtnis bereits vor längerer Zeit entfallen. Schade um den Mistkerl. Bei dem Aussehen hätte er es zum Filmstar bringen können. Wenn er gestern abend nicht noch einmal in den Club zurückgekehrt wäre, könnte er sich weiter frei herumtreiben. Glauben Sie, er wollte geschnappt werden?«

»Kennen Sie den alten Spruch, daß der Mörder immer an den Ort seines Verbrechens zurückkehrt? Nun, in diesem Fall, denke ich, hat er erkannt, daß es ein Fehler war, Milton Connery im Club umzubringen. Was ist mit Ihnen, Mae?«

Sie unterdrückte einen Schauder. »Er hatte mich direkt vor sich. Er stand über mich gebeugt. Er hätte die Sache ein für alle Mal hinter sich bringen können. Glauben Sie wirklich, er ist hinter mir her, weil ich Neon davon überzeugt habe, an seiner Karriere festzuhalten?«

»Absolut. Der Mann ist vollkommen übergeschnappt.«

Maes Hände hingen in der Luft, die Handflächen nach vorn. Sie wollte es einfach nicht glauben. »Ich bin noch nie einem Priester begegnet, der wahnsinnig gewesen wäre! Wie soll er seinem Schöpfer gegenübertreten, nach allem, was er angerichtet hat?« Sie dachte nach und beantwortete ihre Frage dann selbst: »Vermutlich wird er als Waise das Gericht um Gnade bitten.« Sie bat Mallory, ihr einen Kaffee vom Sideboard zu holen. »Und meine Faksimiles hat er nicht deshalb umgebracht, weil sie es verdient hätten, sondern weil er mir einen gehörigen Schrecken einjagen wollte.« Sie blickte Villon an. »Und die Williamsons? Geht auch das auf sein Konto?«

»Zuerst hatte ich auf Connery getippt. Dvorack muß ihm gesteckt haben, daß sie einen privaten Schnüffler anheuern wollten, um weiter an der Sache dranzubleiben. Aber dann fiel mir ein, daß auch Father Riggs sie haßte, weil sie Neon unterstützten. Wie dem auch sei, Connery ist tot und aus dem Rennen. Nur für Father Riggs ist heute der Tag des Jüngsten Gerichts.«

»Ich werde mich dem Anlaß entsprechend dezent kleiden. Wissen Sie, ich sage meinen Freunden immer, ›Wir sehen uns in der Kirche‹. Und jetzt gehe ich tatsächlich hin, und dabei ist nicht einmal Sonntag. Kommen Sie nur rein, James.« Timony nickte den Detectives zu. »Steht dein Entschluß, morgen früh abzureisen?«

»Ich sagte, ich werde gehen, sobald der Mörder gefaßt ist und du außer Gefahr bist.«

»Er ist noch nicht gefaßt. Zwischen Herd und Brunnen kann noch jede Menge zu Bruch gehen. Und da ist ja auch Dornröschen.«

Beverly kam forsch zur Tür herein. »Hallo allerseits, was für ein herrlicher Morgen!«

»Frag mal die Mädchen in der Küche«, sagte Mae. »Auf dem Sideboard stehen Kaffee und Brötchen. Mehr war nicht im Haus. Es sei denn, Goneril hat irgendwo Vorräte für den Fall einer Hungersnot gehortet.«

»Begebe ich mich in Gefahr«, fragte Beverly Villon, »wenn ich in Begleitung eines Bodyguards bei Bullocks einkaufen gehe?«

»Warten Sie damit lieber noch ein paar Stunden«, sagte Villon.

»Oh, so schnell bin ich weiß Gott nicht ausgehfertig! Diese Brötchen machen einen ziemlich angeschlagenen Eindruck.«

Mae war auf dem Weg ins Boudoir. »Hier gibt's einiges im Raum, das einen ziemlich angeschlagenen Eindruck macht.« Und zu Villon und Mallory gewandt: »Ich bin in zwei Minuten wieder da.«

Um Father Riggs' Augen lagen tiefschwarze Ringe. Er hatte eine schlaflose Nacht hinter sich. Eine Nacht, in der er ohne Unterlaß zum Allmächtigen gebetet und ihn um Gnade angefleht hatte. Er entdeckte ein Babyfoto seines Bruders Mikkey am Boden seiner Schreibtischschublade und stellte es auf den Kaminsims im Wohnzimmer. Er zündete eine Votivkerze an und stellte sie vor das Bild seines Bruders. Er weinte bitterlich. Dann kam der Anruf von Mae West. Mae West. MAE WEST. Ja, Mae, die Beichte ablegen. Bekenne deine zahllosen Sünden. Bekenne, Mae. Du bist genauso schuld an diesen Morden wie ich. Wenn du nicht dazwischengekommen wärst, wenn du Mickey nicht den falschen Weg gewiesen hättest, würde er heute noch leben. Diese ekelerregenden Imitatoren hätten nicht sterben müssen. Die Williamsons wären noch am Leben. Er saß am Schreibtisch und starrte in die obere Schublade. Starrte auf das auf einem Samttuch ruhende Messer. Starrte auf den Ring mit dem Fledermauskopf und den tödlichen Zähnen. MAE WEST.

Der Summer meldete ihm, daß jemand im Beichtstuhl auf ihn wartete. Sie konnte es nicht sein. Dazu war es zu früh. Er trocknete sich die Augen. Langsam verließ er die Wohnung und begab sich in seine Hälfte des Beichtstuhls.

»Sind Sie es, Father?« Er schon wieder. Der Schwachsinnige. Sein Bruder und Verwandter im Geiste.

»Ja, mein Sohn.«

»Vergeben Sie mir, Father, denn ich habe gesündigt. Aber das wissen Sie sicher schon, wenn Sie heute morgen in die Zeitung geschaut haben. Ich habe der Party gestern abend zweifellos zu einigen zusätzlichen Glanzlichtern verholfen. Sie wissen, manchmal verliere ich etwas den Überblick. Ich kann wirklich nicht sagen, warum ich diesen Cannery umgebracht habe.«

»Connery.«

»Ja, genau, Connery. Ich glaube nicht, daß er irgendeine Verbindung zu Mae West hatte. Na ja, wie sagt man, mitgehangen, mitgefangen. Wissen Sie, Father, ich überlege, ob Sie nicht doch große Lust hätten, mich bei den Bullen zu verpfeifen.«

»Ganz und gar nicht«, sagte er sanft. »Vielleicht erkennst du gar nicht, was für einen großen Dienst du der Menschheit erweist.«

»Yeah? Sie meinen, wie ein großer Forscher oder so was ähnliches?«

»Milton Connery war ein nichtsnutziger Mensch.«

»Sie kannten ihn?« Er war überrascht.

»Ich habe von ihm gehört.« Das Blut in seinem Schädel pochte. Er fühlte in seine Tasche. Der Ring und das Messer waren da. Vielleicht sollte er diesen Idioten umbringen. Ihn von seinem Elend erlösen. Auf der anderen Seite amüsierte er sich vielleicht prächtig. Eingesperrt in seiner eigenen verrückten Welt. Oh, warum verschwindet er nicht einfach?

»Father? Warum sind Sie so still? Langweile ich Sie?«

Er wollte losbrüllen, ja, ja, ja, ihr langweilt mich alle ganz fürchterlich, muß ich mit Leuten wie euch den Rest meiner Tage verbringen? Seligen Vollidioten von deinem Schlag die Beichte abnehmen, alte Damen drauflosschwatzen hören, nicht, weil sie irgend etwas zu beichten hätten, sondern weil sie sich einsam fühlen und jemanden zum Plaudern brauchen, religiösen Fanatikern dabei zuhören müssen, wie sie sich endlos darüber auslassen, daß sie besorgt sind, für Jesus nicht ihr Bestes zu geben. Und Jesus. Was ist mit Ihm? Ihn habe ich betrogen, so wie ich mich betrogen habe. Er hörte sich sagen, »Fünfzig Gegrüßet seist du Marias!«

»Sind Sie übergeschnappt? Ich meine, ich bitte um Vergebung, Father, aber –«

»Fünfzig Gegrüßet seist du Marias! Und jetzt scher dich gefälligst zum Teufel!«

Father Wally ging zurück in seine Wohnung. Er lehnte sich gegen die Tür und schnappte nach Luft. *Mae West.* Er mußte sich bereithalten. Er war da. Der Moment, auf den er gewartet hatte. Er zog das Messer und den Ring aus der Tasche und legte sie auf den Ankleidetisch. Dann murmelte er: »Heilige Maria, voll der Scheiße . . .«

Der Rolls-Royce parkte draußen vor dem Eingang zur Kirche. Mae saß auf dem Rücksitz zwischen Villon und Mallory. Seymour Steel Cheeks überlegte, woher Maes plötzlicher Drang rührte, in die Kirche zu gehen. Und noch dazu an einem Freitag, nicht am Sonntag. Im Reservat waren sie sonntags in die Kirche gegangen. Die Kinder hatten nie große Lust dazu, aber wer quengelte, bekam gleich mit einem nassen Handtuch eins übergezogen.

»Hat nicht gerade viel von einer Kirche, was?« psalmodierte Mae. »Deshalb bin ich auch so großzügig mit meinen Spenden. Drinnen gibt's nur eine begrenzte Anzahl von Sitzplätzen, was den Vorverkauf nicht gerade ankurbelt. Hört zu, Jungs, ich muß euch etwas sagen, was mir auf dem

Herzen liegt. Ich hoffe, ich klinge jetzt nicht wie eine Heuchlerin, was ganz bestimmt nicht zutrifft. Ich wünschte, es wäre jemand anders als ausgerechnet Father Wally. Ich habe tief in meinem Herzen eine Schwäche für ihn. Und daran wird sich wohl nie etwas ändern. Er und der Rabbi haben mich im Innern berührt, jeder auf seine Art. Manchmal wünsche ich, ich hätte ein tieferes religiöses Empfinden.«

»Mae, ich denke, auf Ihre eigene Art haben Sie das«, sagte Villon.

Sie tätschelte seine Wange. »Geben Sie mir einige Minuten im Beichtstuhl, und dann kommen Sie auf Zehenspitzen herein. Und bitte, Gentlemen, versuchen Sie, ihm nicht wehzutun.« Sie hielt Villon ihre Hand hin. Er legte den Ring mit dem Fledermauskopf auf ihre Handfläche. Sie steckte ihn in die Handtasche, wo er leicht greifbar war. »Seymour! Ich bin bereit für den Kirchgang.«

Im Nu war er aus dem Wagen und hielt Mae die Tür auf. Auf dem Gehsteig warf sie einen Blick auf den stattlichen Indianer, der einen brutalen Kater auskurierte. »Seymour, du hast auch schon mal besser ausgesehen. Du solltest dich vom Feuerwasser fernhalten.« Sie tätschelte ihm die Wange. »Ich denke, es ist an der Zeit, dir eine kleine Pension zukommen zu lassen.«

Pension! Endlich! Pension! Er blickte hinter ihr her, wie sie hüftenschwingend den Weg zur Kirche hinauflief. Die Glocken müßten läuten, dachte Seymour, Glocken, jede Menge Glocken. Die heilige Mae gewährt mir eine Pension!

Beim Eintritt in die Kirche überflog Mae mit Blicken die Einrichtung. Ein schäbiges kleines Haus des Gebets. Es konnte ein paar frische Schichten Lack vertragen. Aus den Rückenteilen und Armlehnen der Bankreihen waren Stücke herausgebrochen. Mehrere der bunten Kirchenfenster wiesen Risse auf. Der Zustand dieses Ortes reicht vermutlich aus, um einen zum Mörder werden zu lassen, dachte Mae. Sie lief durch den Gang zum Beichtstuhl. Nachdem sie Platz genommen hatte, drückte sie mit ihrem Zeigefinger, auf dem ein schwergewichtiger Diamantring steckte, den Summer. Acht ihrer Finger trugen Diamantringe. Sie gaben ihr ein Gefühl von Trost, wie sie es von einem Priester niemals erwarten konnte. Sie hörte, wie Father Riggs auf der anderen Seite des Gitters Platz nahm. Sie fuhr sich mit der Zunge über ihre Lippen. Sie öffnete die Hand und starrte auf den Ring. Endlich, nachdem sie tief Luft geholt hatte, begann sie zu sprechen.

»Vergeben Sie mir, Father, denn ich habe gesündigt.«

»Ja, mein Kind.« Seine Stimme klang sanft und angestrengt. »Was ich zu sagen habe, bedrückt mich bereits seit langem, doch nach einigen tragischen Vorfällen während der letzten Nacht, wußte ich, daß es an der Zeit war, es mir von der Seele zu reden. Nun, hier ist das Szenario, das ich Ihnen mitzuteilen habe. Ich bin genauso verantwortlich für die Morde an den Imitatoren, wie es der Mörder ist. Wenn ich seinen jüngeren Bruder nicht davon überzeugt hätte, daß er zum Transvestiten geboren ist, würden all die Unglücklichen heute noch leben und auf der Bühne stehen, als wären sie meine Wenigkeit, was sie bedauerlicherweise nicht sind und auch nie sein werden.« Sie griff in ihre Handtasche und zog ein parfümiertes Taschentuch hervor, das sie sich unter die Nase hielt. »Was Sie da riechen, ist mein spezielles Parfüm, *Noche de Diablo*. Die Nacht des Teufels. In den vergangenen Monaten gehörten dem Teufel so einige Nächte. Verdammt – entschuldigen Sie – viele Nächte sogar.«

Villon und Mallory waren leise eingetreten und schlichen genauso leise den Holzfußboden entlang, wo sie sich ein paar Schritte vom Beichtstuhl entfernt auf Maes Seite postierten. Sie konnten ihre Worte deutlich hören.

»Aber, Father, das entschuldigt nicht die grausamen Taten des Mörders. Fünf Opfer. Zweifellos eine wirkliche Schande. Und, Father, um unser Gespräch nicht unnötig in die Länge zu ziehen, und weil Sie längst wissen, daß ich Sie als den Killer entlarvt habe, will ich Ihnen sagen, wie ich darauf gekommen bin. Sie haben gestern abend im Tailspin zwei dicke Patzer begangen. Als klar wurde, daß Connery vermutlich nicht katholisch war, sagten Sie, ›vielleicht die zweite Person im Garten‹. Zu diesem Zeitpunkt wußte außer mir und den Bullen niemand, daß Billie Doux tot im Garten lag. Und als Sie davon erfuhren, daß Billie nun ganz gewiß katholisch war, eilten Sie schnurstracks in den Garten, bevor ich Simon LeGrand auch nur bitten konnte, Sie dorthin zu begleiten. Also kannten Sie bereits den Weg in den Garten, weil Sie Billie Doux zuvor dort ermordet hatten. Und in meiner Handtasche befindet sich das Gegenstück zu dem Ring mit dem Fledermauskopf, den Ihr jüngerer Bruder im Hexenkessel für Sie als Geschenk gekauft hatte.«

»Father, Sie hätten sich nicht für Neon schämen dürfen. Er war ein großes Talent. Und wenn Sie ihn tatsächlich unbedingt da herausholen wollten, hätten Sie mir nur Ihre wahre Identität offenbaren sollen und ich hätte mich bestimmt auf Ihre Seite gestellt. Aber Sie waren viel zu blind vor Wut, um offen mit mir zu reden. Wenn Sie es getan hätten, würde Ihr armer kleiner Bruder heute noch leben. Sie –«

Der gellende Schrei, der durch das Kirchenschiff hallte, war der Schrei eines wahnsinnigen Todesengels. Villon und Mallory sahen voller Erstaunen, wie Father Riggs aus dem Beichtstuhl schoß, das Gesicht haßverzerrt, während auf seinem Zeigefinger der Ring mit dem Fledermauskopf und den Zähnen aufblitzte. In der linken Hand hielt der Priester ein Messer.

»Father, der Anblick Ihres Messers gefällt mir nicht«, sagte sie mit sanftem Flüstern.

Er kam drohend auf sie zu. Sie wich nicht zurück. Sie sah, wie Villon und Mallory sich von hinten näherten. Sie rissen ihn zu Boden. Seymour Steel Cheeks, der auch mitbekommen wollte, was da vor sich ging, trat in die Kirche. »Seymour!« rief Mae. »Steh den Jungs zur Seite.« Sie stieg aus dem Beichtstuhl und sah, wie Villon dem Priester die Hände auf den Rücken zerrte und ihm Handschellen anlegte. Dann halfen sie dem Priester auf die Beine, der schnaubte, nach Luft rang und Mae mit einem Ausdruck des Haßes anblickte, wie sie ihn nie wieder zu sehen erhoffte. »Seymor, suche ein Telefon und rufe beim Revier an.«

»Nicht nötig«, sagte Villon. »Ein paar Einsatzwagen parken gleich um die Ecke.«

»Sie denken aber auch an alles, was?«

»Mae, wenn ich Ihnen ein paar Sachen erzähle, an die ich so denke, würden Sie wahrscheinlich schamrot anlaufen.«

»Ach, ja? Warum versuchen Sie's nicht einfach mal?«

»Ich hätte Sie als *erstes* umbringen sollen«, stieß Father Riggs mit einem häßlichen Knurren hervor und wurde dann abgeführt.

Ich hätte Sie als erstes umbringen sollen.

Mae starrte dem Mann hinterher, während er nach draußen geführt wurde. *Ich hätte Sie als erstes umbringen sollen.* Nie zuvor hatte sie von einem solchen Haß gehört oder ihn gar selbst erfahren. Sie war perplex. Nach all den Schecks, die sie ihm zugesteckt hatte.

Mae ließ sich in eine der Bankreihen sinken und sagte knapp. »Seymour! Gib mir das Riechsalz!« Zum ersten Mal seit langer Zeit kämpfte sie mit den Tränen.

Haffmans Kriminalromane im Heyne-Taschenbuch

Klassiker

Sie liefern den Beweis, daß die »gute alte Zeit« nur eine Mär ist, denn die zwanziger Jahre (George Baxt), die dreißiger Jahre (James M. Cain) und die fünfziger Jahre (Bill S. Ballinger) waren genauso mörderisch und gefährlich wie die heutige Zeit.

Bill S. Ballinger
Die längste Sekunde
Kriminalroman
05/28

George Baxt
Mordfall für Alfred Hitchcock
Kriminalroman
05/18

Mordfall für Dorothy Parker
Kriminalroman
05/42

James M. Cain
Wenn der Postmann zweimal klingelt
Kriminalroman
05/27

Wilhelm Heyne Verlag
München

HAFFMANS' ENTERTAINER

Die rasante, amüsante, wohlfeile, heiße Reihe mit Krimis, Komik, Kino, Abenteuer, SF, Erotik und jeder Art von Unterhaltung. Elegante gebundene Bücher zum Preis von Taschenbüchern.

KRIMINELLE ENTERTAINER:

THOMAS ADCOCK
Hell's Kitchen
Feuer und Schwefel

GEORGE BAXT
Mordfall für Alfred Hitchcock
Mordfall für Tallulah Bankhead
Mordfall für Greta Garbo

ARNOLD BREUER
Interview mit einer Toten

EDMUND CRISPIN
Der wandernde Spielzeugladen

JÜRGEN EBERTOWSKI
Maltagold

AARON ELKINS
Fluch!

KINKY FRIEDMAN
Lone Star
Wenn die Katze weg ist ...
Frequent Flyer
Nie wieder Tequila

SUSAN GEASON
Fish im Trüben

STEPHEN GREENLEAF
Blutgruppe

HEN HERMANNS
Maximum Trouble

KARR & WEHNER
Geierfrühling

DAN KAVANAGH
Schieber-City

CONNY LENS
Verliebt in den Tod

BOB LEUCI
Captain Butterfly
Auf der Kippe

ELLIOT PAUL
Mickey Finn

DAVID M. PIERCE
Rosen lieben Sonne
Hear the Wind Blow
Angels in Heaven

WALTER SATTERTHWAIT
Wand aus Glas
Mit den Toten in Frieden